Unerwartet ist der Typ plötzlich da. Die Kölner Studentin Mia hat den Restaurator Matteo flüchtig in Venedig kennengelernt und in die Stadt am Rhein eingeladen. Mia lebt mit zwei Freundinnen in einer WG im Kölner Norden. Ihr Gast Matteo strahlt etwas Magisches, Unergründliches, Weltfremdes aus. Hingebungsvoll begibt er sich auf die Spuren uralter Verbindungen zwischen Köln und Venedig, geführt von tief empfundener Religiosität und der Lust am geduldigen Betrachten. Immer näher gerät er an die Abgründe seiner Existenz, ein Sog, der auch seine Mitbewohnerinnen erfasst. Als er zurück in die Heimat will, ist nichts mehr so, wie es einmal war.

HANNS-JOSEF ORTHEIL wurde 1951 in Köln geboren. Er ist Schriftsteller, Pianist und Professor für Kreatives Schreiben und Kulturjournalismus an der Universität Hildesheim. Seit vielen Jahren gehört er zu den beliebtesten und meistgelesenen deutschen Autoren der Gegenwart. Sein Werk wurde mit vielen Preisen ausgezeichnet, darunter dem Thomas-Mann-Preis, dem Nicolas-Born-Preis, dem Stefan-Andres-Preis und dem Hannelore-Greve-Literaturpreis. Seine Romane wurden in über zwanzig Sprachen übersetzt.

Hanns-Josef Ortheil

DER TYP IST DA

Roman

btb

Sollte diese Publikation Links auf Webseiten Dritter enthalten,
so übernehmen wir für deren Inhalte keine Haftung,
da wir uns diese nicht zu eigen machen, sondern lediglich auf
deren Stand zum Zeitpunkt der Erstveröffentlichung verweisen.

Verlagsgruppe Random House FSC® N001967

3. Auflage
Genehmigte Taschenbuchausgabe März 2019
btb Verlag in der Verlagsgruppe Random House GmbH,
Neumarkter Str. 28, 81673 München
Copyright © 2017, Verlag Kiepenheuer & Witsch, Köln
Lektorat: Klaus Siblewski
Umschlaggestaltung: semper smile, München
Umschlagmotiv: Ferdinand Hodler, »Jenenser Student«,
1908./AKG Images
Druck und Einband: GGP Media GmbH, Pößneck
cb · Herstellung: sc
Printed in Germany
ISBN 978-3-442-71546-6

www.btb-verlag.de
www.facebook.com/btbverlag

1

Der Typ ist da. Als Mia von der Bibliothek nach Hause kommt, steht er vor der Haustür. Ruhig, wartend, als sei er ganz sicher, dass sie kommen werde. Sie schaut ihn an, erkennt ihn aber auf den ersten Blick nicht. Sie will schon an ihm vorbeigehen und die Haustür aufschließen, als er sie auf Italienisch anspricht. Es ist der vertraute, melodische Klang, den sie noch vor Kurzem täglich in Venedig gehört hat.

Mia erschrickt ein wenig, sie hält inne und schaut den Typ länger an. Er grüßt noch einmal und sagt, dass er ihrer Einladung gefolgt sei. »Jetzt bin ich da«, erklärt er, und es klingt derart eindringlich, dass Mia nicht sofort antwortet. Sie will keinen Fehler machen, denn der Typ meint es anscheinend ernst. Wer aber ist er und wieso spricht er von einer Einladung?

Er ist etwas größer als sie, vielleicht um die ein Meter achtzig, er ist schlank und trägt einen kurzen schwarzen Wintermantel. Die braunen Haare sind sorgfältig kurz geschnitten, er hat einen Bart, nichts Auffälliges, Dichtes, sondern eine schwache Behaarung um die Mundpartie, so wie die meisten jungen Venezianer sie jetzt haben. Eine Mundmaske, ein kleiner Schatten um das Kinn, ein Akzent, dass man nicht alles preisgibt, sondern einige

– 5 –

Feinheiten des Lebens für sich behalten will. Er lächelt nicht, sein Gesicht zeigt auch sonst keine Bewegung, er schaut sie an wie ein Junge, der umarmt und willkommen geheißen werden will. Wie alt er wohl ist? Zwanzig? Zweiundzwanzig? Höchstens dreiundzwanzig, nein, eher doch zweiundzwanzig. Er hat den Sprung in die Erwachsenenwelt noch nicht ganz geschafft, er wartet geradezu darauf, dass man ihn an der Hand packt und mit ins Haus nimmt.

Hat er etwas dabei? Einen Koffer? Nein, das nicht, sondern nur eine einfache, schwarze Sporttasche. Er trägt Turnschuhe, sie leuchten hell in der einbrechenden Dunkelheit. Was ist mit ihm? Will er etwa bei ihr wohnen? Das geht nicht, denkt Mia, es geht auf gar keinen Fall. Mia wohnt mit zwei anderen jungen Frauen in einer Dreier-WG im dritten Stock des Kölner Mietshauses, vor dem der Fremde und sie noch immer stehen. Übernachtungen von Männern, haben die drei Frauen fest vereinbart, sind in der WG nicht erwünscht. Männer am Frühstückstisch möchte erst recht keine von ihnen sehen, und wenn eine einen festen Freund haben sollte, übernachtet sie bei ihm, er aber nicht bei ihr. Keine der drei jungen Frauen hat jedoch gegenwärtig einen festen Freund, das macht die Männer-Thematik unkompliziert.

Mia tastet sich an die Sache heran. Am einfachsten ist es, wenn sie nachfragt.

– Du kommst aus Venedig?

– Ja, direkt aus Venedig.

– Mit dem Flieger?

– Nein, mit dem Zug.

– Und wie lange wartest Du schon?

– Seit fast einer Stunde.

– Und woher hast Du meine Adresse?

Der Typ schüttelt den Kopf, als fragte Mia etwas Unsinniges, Falsches. Er greift mit der rechten Hand in seine Manteltasche und zieht einen kleinen, leicht zerknitterten Zettel hervor. Dann reicht er ihn Mia, und sie liest ihre Adresse in ihrer Handschrift. Viele dieser Zettel hat sie vor ihrer Abreise aus Venedig an ihre venezianischen Bekannten verteilt und gesagt:

– Kommt mich einmal besuchen! Köln ist schön! Ich werde Euch Köln und den Dom und den Rhein zeigen. Ihr werdet staunen!

– Erinnerst Du Dich nicht an mich?, fragt der Typ.

Mia denkt nach, sie muss ihn in Venedig gesehen und getroffen haben. Allein war sie aber nie mit ihm zusammen, höchstens in Gesellschaft mit anderen. Er muss einer der vielen Venezianer sein, in deren wechselnder Begleitung sie während ihres Studienjahrs in Venedig oft durch die Calli der Stadt gezogen ist.

– Ich bin Matteo, sagt der Typ und rührt sich weiter nicht.

Als sie seinen Namen hört, fällt er ihr wieder ein. Matteo! Er war der Unscheinbarste von allen, ein stiller, höflicher junger Mann, immer etwas am Rand des Geschehens. Die anderen haben sich lustig über ihn gemacht, weil er weder rauchte noch trank. Welche Laster hast Du eigentlich, Matteo?, haben sie ihn gefragt, Matteo aber hat abgewunken. Die anderen fragen ihn immer dasselbe, das hat nichts mehr zu bedeuten und setzt ihm auch nicht mehr zu. Es stimmt, er raucht und trinkt nicht, aber auf ihn ist Verlass. Matteo ist ein Mensch, der ande-

– 7 –

ren hilft, so gut er nur kann. Das hat er gelernt: helfen, anderen unter die Arme greifen, Kaputtes reparieren, Zerstörtes zusammenfügen.

Matteo hat Mias Einladung nach Köln ernst genommen. Das sieht ihm ähnlich, denkt Mia, das passt zu ihm! Keiner von den vielen, die ich in Venedig kennengelernt habe, wird je nach Köln kommen! Sie werden davon reden, aber sie werden es nicht tun. Köln ist in ihren Augen unendlich weit weg, so weit, dass sie es befremdlich fänden, einen ganzen Tag in einem Zug zu verbringen, nur um das ferne Köln zu sehen. *Colonia!* Das hörte sich gut an, aber der schöne Name ist genug. *Colonia e Venezia!* Ja, das klingt noch besser, aber niemand will dieser klanglich schönen Verbindung in der Wirklichkeit nachgehen.

Matteo dagegen geht ihr nach. Vielleicht will er wissen, was dran ist an diesem Colonia? Ist es das? Ist er deshalb einfach in einen Zug gestiegen und losgefahren oder steckt etwas anderes dahinter? Aber was könnte das sein?

Mia hat keine Zeit, darüber nachzudenken, und es kommt ihr auch falsch vor, dass sie den Typ so lange warten und vor der Haustür stehen gelassen hat. Er ist einen ganzen Tag lang hierhergefahren, er hat vieles auf sich genommen, um Colonia und Mia zu sehen.

Sie lächelt und entschuldigt sich. Es tut ihr leid, dass sie Matteo nicht gleich erkannt hat. Sie war überrascht, sie hatte nicht mit ihm gerechnet, längst lebt sie wieder in ihrer deutschen Studentinnenwelt, *Kunstgeschichte im medialen Kontext*, so nennt sich ihr Hauptfach, und sie studiert es in einer Kunsthochschule direkt am Rhein.

– 8 –

Für ein ganzes Jahr und damit für zwei Semester ist sie als Austauschstudentin nach Venedig gegangen. Sie hatte sich genau das gewünscht, und sie war nicht enttäuscht worden. In Venedig zu studieren, war das Beste gewesen, was sie bisher erlebt hat. Sie wäre noch ein weiteres Semester geblieben, wenn ihre Mutter nicht plötzlich und vollkommen unerwartet gestorben wäre.

Mia beugt sich nach vorn und umarmt Matteo. Sie deutet einen Begrüßungskuss an, erst links, dann rechts. Matteo hält still und macht es dann ebenso, erst links, dann rechts.

– Matteo, sagt Mia, wie schön, dass Du da bist. Komm mit hinauf, ich zeige Dir mein Zuhause.

Der Typ greift nach seiner Sporttasche, und Mia schließt die Haustür auf. Sie macht Licht und geht die vielen Stufen hinauf in den dritten Stock voran. Was soll jetzt werden? Sie kann diesen Fremden nicht einfach abweisen oder anderswo unterbringen. Er ist ihr Gast, das wird sie den beiden anderen Mädels erklären. Matteo ist eine Ausnahme, er wird in der WG übernachten. Ein paar Tage mit ihm müssen drin sein, alles Weitere wird sich schon finden.

Als sie die Wohnungstür aufschließt, spürt sie erst, wie nervös sie ist. Es fällt ihr schwer, sich auf diesen unerwarteten Besuch einzustellen.

– Tritt ein, Matteo!, sagt sie leise, und als sie das hört, kommt es ihr pathetisch und übertrieben vor.

Matteo ist nicht der Herr Kardinal, oder? Nein, ist er nicht. Aber wer ist Matteo denn, wer genau ist er?

2

Xenia ist die Geschäftsführerin des kleinen Cafés, das sich schräg gegenüber dem Mietshaus, in dem Mia gerade mit ihrem Gast verschwunden ist, befindet. Schon vor einiger Zeit hat sie den dunkel gekleideten Fremden neben der Haustür bemerkt. Zuerst hat sie ihn nur kurz wahrgenommen und sich einen Moment lang gefragt, wer das sein könnte. Ein junger, regungslos dastehender Mann, mit schwarzem Mantel, schwarzer Hose und grauem Schal, ein schmales, herb und konzentriert wirkendes Gesicht. Er kam ihr vor wie ein Priester aus einem südlichen Land, aus Spanien vielleicht oder auch aus Italien. Reisten Priester wie er aber mit Sporttaschen? Sicher, warum denn nicht? Xenia kennt keine Priester persönlich, beim Anblick des Fremden bedauert sie das, denn sie spricht gerne mit Menschen, die sie nicht kennt, ja, dieses Mit-anderen-Sprechen macht einen Großteil ihres Lebens aus.

Seit fast zwei Jahren ist sie die Geschäftsführerin des kleinen Cafés, das einem Iraner in mittlerem Alter gehört. Er besitzt in Köln viele Geschäfte und Läden und handelt mit den unterschiedlichsten Produkten. Im Café taucht er höchstens zweimal in der Woche auf, trinkt in aller Eile einen doppelten Espresso, verschwindet kurz

– 10 –

auf der Toilette, wirft einen Blick auf die Zahlen und verabschiedet sich meist mit einem Scherz. Er versteht viel von alten Stoffen und Antiquitäten, angeblich handelt er aber auch mit iranischem Kaviar – Xenia durchschaut das nicht, und es ist ihr auch egal. Hauptsache, er vertraut ihr und lässt sie machen. Und genau das tut er, er hat großes Vertrauen zu ihr und überlässt ihr die gesamte Regie in dem Café, das sie zusammen mit zwei weiteren jungen Frauen managt.

Vor drei Jahren wurde es erst eröffnet, im unteren Geschoss eines maroden Altbaus, nach einer gründlichen Renovierung von zwei schmalen Räumen mit breiter Fensterfront, in denen davor Teppiche verkauft worden waren. Xenia war von Anfang an dabei, zunächst nur als Servicekraft früh am Morgen, zwischen 6 und 9 Uhr, danach als Teilzeitkraft in der Spätschicht (zwischen 15 und 19 Uhr) und schließlich als hauptverantwortliche Geschäftsführerin, die von frühmorgens bis 19 Uhr unermüdlich im Einsatz ist.

Ein Café zu führen war schon immer ihr Traum gewesen. Mit der Zeit hat sie das gesamte Angebot von Speisen und Getränken nach ihren eigenen Vorstellungen und Wünschen komponiert. Es gibt über zwanzig verschiedene Sorten Kaffee und über zehn verschiedene Sorten Kakao, daneben natürlich die verspielten Milchgetränke (*Kirsch-Mandel-Latte* etc.) und fünf Sorten Tee (sie mag keinen Tee). Auch Alkohol mag sie nicht, also hat sie ihn beinahe komplett von der Karte gestrichen, mit der Ausnahme von Gin und einem Sekt, den sie von einem rheinischen Winzer bezieht. Sekt gehört einfach dazu, weil es manchmal etwas zu feiern gibt, einen Geburtstag, die Geburt eines Kindes oder auch nur, dass ein Tag voll und ganz in Ordnung ist und nur noch einer kleinen Steigerung bedarf.

Aus der näheren Umgebung kommen die Frühaufsteher morgens kurz vorbei und verschwinden mit zwei belegten Brötchen zur Arbeit, später kommen die Mütter mit den Kleinkindern zum Frühstück, und am Mittag gibt es ein preiswertes Tagesgericht (Sachen wie *Chili con Carne* oder *Tortellini mit Spinat*), zu dem die Angestellten aus den umliegenden Büros erscheinen. Am liebsten verkauft Xenia aber die rheinischen Waffeln, die es erst am Nachmittag gibt. Sie macht sie selbst, und sie überredet die Gäste, die Sorten alle durchzuprobieren (mit *Roter Grütze*, mit *Ahornsirup* oder auch einfach nur mit *Zimt und Zucker*).

Nachdem sie den Fremden vor der Haustür zunächst nur kurz wahrgenommen und gemustert hatte, ist ihr Blick schließlich häufiger an diesem Bild hängen geblieben. Was ist nur mit ihm? Warum benutzt er kein Smartphone und auch kein Handy? Er steht einfach nur da und blickt die Straße entlang. In regelmäßigen Abständen schaut sie hin, einmal hält er einen kleinen Block in der Hand und schreibt etwas auf oder skizziert etwas, so sieht es jedenfalls aus. Schließlich setzt er sich auf die Stufen vor der Haustür und säubert mit einem Papiertaschentuch seine Turnschuhe. Er tut das so langsam und so gewissenhaft wie ein Schuhputzer, ja, er widmet sich den Schuhen so, als wollte er sie fit machen für einen großen Auftritt. Danach wieder dieses ruhige Schauen, hinauf zu den Ästen der nahen Ahornbäume, dann wieder die Straße entlang, durch die sich alle paar Minuten eine Kette von Autos schiebt, auf der Suche nach einem Parkplatz.

Xenia hält es beinahe nicht mehr aus, den Fremden so müßig zu sehen. Je länger er sich nicht von der Stelle rührt, umso mehr erscheint er wie eine Figur in einem französischen oder italienischen Film der späten Vierzigerjahre. Xenia mag Filme aus dieser Zeit mehr als alle anderen, sie ist geradezu vernarrt in die Kleidung, die Gespräche und die Gestik dieser Zeit, es war die Ära mit den schönsten Frauen, die es je in Filmen gegeben hat. Die Vierziger- und zum Teil noch die Fünfzigerjahre – die Gesichter von Schauspielerinnen aus diesem Zeitraum (wie Simone Signoret, Michèle Morgan oder Juliette Gréco) haben sich Xenias Gedächtnis eingebrannt, danach ist ihrer Meinung nach das Schöne zu »Kosmetik«, »Mode« und »Style« verkommen, und heute gibt es fast überhaupt keine Schauspielerinnen mit einem prägnanten, unverwechselbaren Gesicht mehr, ganz zu schweigen von ihrem Auftreten oder ihrer Kleidung, die nur noch den flachsten Alltag dekorieren.

Als es ihr zu viel wird, tritt sie nahe an eine der großen Fensterfronten heran und schaut direkt zu dem Fremden hinüber. Er bemerkt sie auch gleich, zeigt aber keinerlei Reaktion. Sie winkt mit der rechten Hand, als kennten sie sich, die kurze Geste entlockt ihm immerhin so etwas wie ein Lächeln. Xenia will schon hinaus auf die Straße und zu ihm gehen, um ihn zu fragen, worauf er warte und ob sie ihm helfen könne, da dreht er sich entschieden um, als befürchte er genau das und wolle allein gelassen werden. Sie hätte ihn zu einem Kaffee eingeladen und sich ein paar Minuten Zeit für ein Gespräch genommen, aber er gibt ihr anscheinend zu verstehen, dass er das nicht will. Also gut, soll er doch weiter regungslos dastehen oder auf den Stufen sitzen!

Wenn sie nichts zu tun hat, setzt sie sich meist zu einem ihrer Gäste oder zu einer Gruppe und unterhält sich. Sie ist dafür bekannt, sich sehr gut unterhalten zu können, sie beugt sich nach vorn über den Tisch zu ihrem Gesprächspartner hin, sie schaut ihn direkt an. Manche genießen das, weil sie das Gefühl haben, Xenia durchdringe sie mit ihren Fragen und ihren interessanten Bemerkungen. Sicher ist, dass sie ein besonderes Vermögen hat, auf andere einzugehen, sie hat viele biografische Details ihrer Gäste im Kopf, und sie versteht es, diese Details unauffällig und mühelos ins Gespräch einzubringen.

Sie selbst spürt genau, wenn es während eines Gesprächs »ernst wird«. Sie empfindet dann eine gewisse Wärme und Nähe, als befände sie sich mit ihrem Gesprächspartner in einem intimen Raum, der noch etwas von einer Kinderstube hat. Direkt nebenan gibt es die elterliche Küche, es riecht gut (wie nach einer gerade aufgesetzten Suppe), eine leise Musik ist zu hören, alles stimmt, sodass der Gesprächsfluss kaum noch aufzuhalten ist. In solchen Fällen kommt Xenia immer wieder an denselben Tisch und setzt die Konversation mit ihrem Gast mit vielen Unterbrechungen über Stunden hin fort, manchmal kann sie sich gar nicht mehr von ihm trennen und begleitet ihn am Abend hinaus auf die Straße – und danach weiter, in ein Kino, ein Restaurant und später vielleicht auch in ein fremdes Bett. Solche Begegnungen liebt sie, sie sind »Kino der Vierzigerjahre«, ohne dass daraus feste Freundschaften oder gar Liebesbeziehungen entstünden. Auf etwas Festes kann Xenia gut verzichten, sie braucht Distanz, und es schaudert ihr, wenn sie bei anderen ein Übermaß an Anhänglichkeit bemerkt.

Jetzt, am frühen Abend, hat sie Mia schon von Weitem näher kommen sehen, doch sie hat sich nicht gezeigt, sondern hinter dem gläsernen Thekenaufbau mit den vielen belegten Brötchen versteckt. Mia wird den Fremden gleich bemerken – und was dann, was wird geschehen? Xenia steht still und kneift die Augen etwas zusammen, als sie sieht, wie die beiden da draußen miteinander umgehen. Als Mia die Haustür aufschließt und der Fremde hinter ihr eintritt, sagt sie leise: »Na sowas.« Und als sich die Haustür hinter Mia und dem Fremden schließt, flüstert sie: »Der Herr steh uns bei ...«

Sie versteht nicht, wieso ihr ausgerechnet diese Worte eingefallen sind, schon lange Zeit hat sie keinen Gottesdienst mehr besucht. Sie ist etwas durcheinander, ja, sie bemerkt es erst jetzt, ohne genau zu verstehen, woher diese Unruhe kommt. Am liebsten würde sie Mia und dem Fremden sofort folgen. Sie bedient aber noch einige Zeit weiter und räumt, um sich etwas zu beruhigen, in der Küche auf. Dann sagt sie einer Mitarbeiterin, sie verschwinde für eine halbe Stunde, es gebe drüben, in ihrer WG, etwas zu regeln. Sie läuft aus dem Café, schließt rasch die Haustür auf und eilt hinauf in den dritten Stock.

Als sie die Wohnung betritt, sitzt der Fremde allein in der Küche. Er kritzelt in einem winzigen Notizbuch und schaut nur kurz auf, als Xenia sich in der Küche umschaut.

– Hallo!, sagt sie.

– Buona sera, antwortet der Fremde.

Sie spricht langsam und ruhig und erkundigt sich auf Deutsch, wo Mia sei. Der Fremde versteht kein Wort und antwortet etwas einsilbig auf Italienisch, das nun wiederum Xenia nicht versteht. Sie versucht es mit dem Englischen. Der schmale Mann mit dem schwarzen Pullover und der schwarzen Hose sagt aber nur:

– Outside. She is outside.

Sie bemerkt sofort, dass er keine vielen Worte machen will. Sie verlässt die Küche und schaut in Mias Zimmer nach deren Verbleib. Anscheinend ist sie noch einmal nach draußen gegangen. Und warum? Xenia braucht nicht lange zu überlegen, sie ahnt es sofort: Mia ist zu einem Einkauf nach draußen geeilt. Sie wird für den Fremden kochen, jetzt gleich, zur Begrüßung. Xenia geht zurück in die Küche und gibt dem Fremden die Hand. Sie stellen sich einander kurz vor: Matteo, der Venezianer, und Xenia, die junge Kölnerin, die hier, im Norden der Stadt, aufgewachsen und groß geworden ist.

Ein Gespräch kommt danach aber nicht richtig in Gang, Xenia sieht dem Fremden an, dass er dazu keine Lust hat. Sie will ihn nicht nerven und auf keinen Fall aufdringlich erscheinen, deshalb läuft sie zurück in ihr Café, gespannt darauf, was an diesem Abend noch alles passieren wird.

3

Lisa verlässt die Buchhandlung in der Nähe des Kölner Doms, in der sie seit etwa anderthalb Jahren arbeitet, etwas früher als sonst. An diesem Abend ist nicht viel los, und so hat die Geschäftsführerin ihr freigegeben. Überstunden hat Lisa in den letzten Wochen genug gemacht, die neuen Herbstbücher liegen in den Regalen, und die eifrigsten Kunden kommen schon vorbei, um sich nach den lesenswertesten Titeln der Saison zu erkundigen.

Genau wegen dieser Gespräche ist Lisa Buchhändlerin geworden. Sie liest sich Stück für Stück durch die Produktion eines Halbjahres und macht sich zu jedem Buch ein paar Notizen. Von ihr erfahren die Kunden nur persönliche Eindrücke und nichts von all dem, woraus die meisten Rezensionen auf oft so ermüdende Weise bestehen. Lange Inhaltsangaben zum Beispiel erspart sie sich, und auch biografische Angaben zum Leben eines Autors hält sie nur in den seltensten Fällen für notwendig.

Gute Bücher sind dichte, atmosphärische Gehäuse, die eine Leserin wie sie im besten Fall für einige Tage gefangen halten. Lisa hat ein gutes Gespür dafür, wie solche Bücher das schaffen, wie sie erst ein schwaches Interesse wecken, dann eine gewisse Anziehung ausüben und einem schließlich Fesseln anlegen. Dann lebt sie eine

Weile im Buch, sie teilt das Leben der Figuren, sie ist hingerissen von der Besonderheit einer Welt – und es fällt ihr nach solchen Lektüren schwer, sich wieder mit dem banalen Alltag zufriedenzugeben.

Für Lisa, die junge Buchhändlerin, sind gute Bücher intensivere Reisen als die realen, die sie früher noch absolvieren zu müssen glaubte. Seit sie fest angestellte Buchhändlerin ist, reist sie kaum noch und macht höchstens für ein paar Tage einen Ausflug in die nähere Umgebung von Köln. Mit dem Fahrrad radelt sie zur S-Bahn, fährt ein paar Stationen und steigt irgendwo aus. Sie durchkreuzt einen halben Tag lang »die Natur«, dann reicht es ihr auch schon wieder. Geballte, menschenleere Natur entlastet und befreit das Hirn kurzfristig, längere Zeit hält sie es zwischen Kuhweiden und Pferdekoppeln jedoch nicht aus. Lisa hat nie ein Verhältnis zu Pflanzen oder Tieren entwickelt, sie übersieht diese Welten. Selbst wenn sie in Büchern vorkommen, wird sie leicht ungeduldig, weil sie keine Details kennt und die einfachsten Blumen am Wegrand nicht exakt benennen kann.

In der Nähe des Doms steigt sie in eine U-Bahn und fährt zurück nach Hause, in den Kölner Norden. Unterwegs zählt sie immer die Menschen, die gerade ein Buch lesen. Am frühen Abend sind es in dieser Bahn immerhin acht, schade, dass sie nicht herausbekommt, welche Titel da gerade gelesen werden. Sollte sie in Zukunft noch einmal etwas weiter verreisen, käme nur Paris in Frage. Von Köln aus ist man mit dem Zug in kaum mehr als drei Stunden dort. Paris gefällt Lisa wegen der vielen Menschen, die während einer Metrofahrt ein Buch lesen. Sie hätte eine kleine Tasche mit einigen schmalen Büchern dabei und würde den halben Tag mit der Metro fahren, unter lauter Leserinnen und Lesern, geborgen und einander zugehörig wie nirgends sonst.

Sie verlässt die U-Bahn und geht langsam durch die Straßen des Viertels, in dem sie nun schon seit vielen Jahren lebt. Als sie sich ihrer WG-Wohnung im dritten Stock eines Mietshauses nähert, schaut sie noch kurz in dem Café schräg gegenüber vorbei. Xenia müsste noch im Einsatz sein, und vielleicht ist auch Mia aus der Bibliothek der Kunsthochschule am Rhein zurück, in der sie oft die Nachmittagsstunden verbringt. Lisa schaut durch die breiten Fensterfronten und erkennt Xenia, die gerade aus der Küche kommt und einen Teller mit Waffeln zu einem Gästetisch bringt. Sie klopft gegen die Scheibe, Xenia sieht sie sofort und macht mit dem Kopf ein kurzes Zeichen, unbedingt ins Café zu kommen.

Lisa schaut auf die Uhr. Wenn sie sich jetzt zu Xenia an einen Tisch setzt, kann das eine Stunde oder auch zwei Stunden dauern. Xenia lässt einen manchmal nicht los und bespricht mit einem die zurückliegenden Tage, Detail für Detail. Das möchte Lisa heute Abend nicht, sie hat ein Buch dabei, das sie lesen will, selbst auf das Abendessen würde sie heute dafür verzichten und sich mit einem Tee bescheiden.

Sie betritt das Café und bleibt vor der Theke stehen.

– Ich habe nicht viel Zeit, sagt sie zu Xenia. Gibt es was Besonderes?

– Allerdings, antwortet Xenia, in unserer Küche sitzt ein junger Venezianer. Anscheinend ist er bei uns zu Besuch.

Lisa reagiert nicht, sie vermutet, dass Xenia einen

– 19 –

Scherz macht. So etwas macht sie sehr gern, sie denkt sich etwas Irritierendes aus und nennt es: »freies Fantasieren oder: einen Roman schreiben«. Manchmal ist nicht das Geringste dran an diesen Fantasien, manchmal stimmt aber auch alles.

– Schreiben wir wieder an einem Roman?, fragt Lisa.

– Vielleicht, antwortet Xenia, es ist aber eine reale Geschichte, etwas Reales in Romanform. Der Typ stand über eine Stunde vor unserer Haustür und hat anscheinend auf Mia gewartet. Er ist übertrieben schwarz gekleidet und sieht aus wie ein Priester. Ich bin ihm kurz oben in unserer Küche begegnet, er sagt kaum ein Wort und wirkt unheimlich ernst.

– Was sagt denn Mia dazu?

– Ich habe sie noch nicht gesprochen. Sie hat den Typ anscheinend in der Küche abgesetzt und ist dann zum Einkaufen gegangen.

– Wieso denn das?

– Ich vermute, sie kocht etwas für ihn. Vielleicht war er lange unterwegs und sollte etwas zu essen bekommen.

– Im Ernst?

– Absolut, ja, im Ernst.

– Heißt das, der Typ wird bei uns wohnen? Das ist gegen unsere Vereinbarung.

– Allerdings. Und das Schlimmste ist: Er versteht kein einziges Wort Deutsch.

– Spricht er denn wenigstens Englisch?

– Ja, das schon, aber mit einem starken Akzent.

– Was sollen wir dann mit ihm anfangen?

– Das frage ich mich auch. Nur Mia kann sich mit ihm in seiner Muttersprache unterhalten.

– Vielleicht braucht sie einen Hausknecht.

– Sei nicht so garstig.

– Ist er attraktiv?

– Dazu sage ich nichts.

– Aha, das lässt ja tief blicken.

– Wir blicken jetzt gar nicht tief, wir verständigen uns lieber darüber, wie wir beide vorgehen. Der Typ soll wo auch immer übernachten, bei uns übernachtet er jedenfalls nicht. Einverstanden?

– Natürlich. Der Typ ist Mias Problem, nicht unseres. Bis gleich!

Lisa verlässt das Café und geht hinüber zur Haustür. Sie zögert einen Moment vor dem Aufschließen, als hätte sie etwas vergessen und noch zu erledigen. Soll sie wirklich hinaufgehen? Und was ist, wenn Mia nicht vom Einkauf zurück und sie allein mit dem Typen in der Küche ist? Sie hat keine Ahnung, um wen es sich genau handelt, und es gefällt ihr keineswegs, einem Wildfremden allein in der eigenen Küche zu begegnen.

Sie atmet tief durch und geht dann langsam die Treppen zum dritten Stock hinauf. Als sie die Wohnungstür öffnet, hört sie eine leise Musik, die aus der Küche kommt. Sie hängt den Mantel an die Garderobe, stellt ihre Tasche mit den Büchern in den Flur und geht vorsichtig in Richtung der Klänge.

Am Küchentisch sitzt ein schwarz gekleideter Mann, der mit einem feinen Küchenmesser Gemüse zerlegt. Er schneidet es sehr langsam klein und blickt so aufmerksam und nachdenklich auf die Berge von Karotten, Sellerie und Lauch, als wäre er ein Maler, der den Aufbau eines Stilllebens vorbereitet. Das Küchenradio läuft, anscheinend hat er einen italienischen Sender eingeschaltet. Im Hintergrund der Canzoni, die da gerade gesungen werden, rauscht es gewaltig, als wollte dieses Rauschen die Entfernung markieren, die diese Musik zu überbrücken hat.

– Hey, sagt Lisa laut.

Der Typ soll sie wahrnehmen und begrüßen. Als er sie bemerkt, steht er sofort auf. Er reicht ihr die Hand und sagt (auf Italienisch), er sei Matteo aus dem fernen Venedig. Lisa antwortet auf Deutsch und nennt ihren Namen. Sie ist etwas verlegen, denn der Typ sieht ganz anders aus, als sie ihn sich nach Xenias Erzählungen vorgestellt hatte. Er wirkt auf sie auch nicht wie ein Priester, sondern wie ein Student, der sich mit lauter ernsten und anstrengenden Texten beschäftigt. Vermutlich liest er viel Philosophisches, oder er ist ein Mathematiker, der schwierigste Gleichungen löst. Er könnte bereits dreißig Jahre alt sein, so bestimmt und konzentriert wie er wirkt. Vielleicht ist er ein universitäres Genie, ein junger Hochschullehrer oder dergleichen.

Sie kann ihn nicht lange anschauen, sie hat in diesen ersten Momenten des Kennenlernens zu viel Respekt vor ihm. Deshalb erkundigt sie sich nur noch nach Mia.

– Mia is just inside, in her room, antwortet der Fremde, mehr nicht.

Daher fragt sie nichts weiter, sondern verlässt die Küche. Mia erscheint gerade im Flur.

– Wer ist das?, fragt Lisa.

– Ein ferner Bekannter aus Venedig. Er ist gekommen, um mich zu besuchen. Ich habe ihn eingeladen, antwortet Mia.

– Davon hast Du bisher nie erzählt.

– Weil ich nicht dachte, dass er wirklich kommen würde.

– Und er ist einfach so gekommen, ohne jede Ankündigung?

– Ja, einfach so. Und jetzt sitzt er in unserer Küche, und ich koche mit ihm eine Minestrone. Etwas dagegen?

– Du hältst Dich nicht an unsere Vereinbarung, Mia!

– Nein, in diesem Fall nicht. Ich kann Matteo nicht auf die Straße setzen, er ist mein persönlicher Gast, und persönliche Gäste behandle ich anständig, verstanden?

– Hattest Du etwas mit ihm?

– Wie bitte? Was geht Dich das an? Aber damit es Dich beruhigt: Ich hatte nichts mit ihm, gar nichts.

– Das soll ich Dir glauben?

– Glaub, was Du willst.

– Und er fährt die weite Strecke, nur um Dich zu sehen?

– Was weiß ich? Ich weiß auch nicht genau, warum er gekommen ist. Nur meinetwegen jedenfalls nicht.

– Nicht deinetwegen? Warum denn sonst?

– Ich weiß es nicht, Lisa! Ich weiß nur sehr wenig über ihn, im Grunde weiß ich gar nichts.

– Und dann lässt Du ihn einfach so bei Dir wohnen?

– Ja, tue ich. Willst Du mit uns essen? Wir kochen eine einfache, gute Minestrone.

– Vielen Dank! Ich verbringe den Abend mit einem Buch. Menschen, die kaum einen Satz herausbekommen, sind nicht so mein Fall.

– Ist ja gut, Lisa! Wir müssen uns jetzt darauf einstellen. Für ein paar Tage. Mach es mir bitte nicht unnötig schwer.

– Ich bin ja schon still, es ist alles in Ordnung. Wie lange wird er denn bleiben?

– Ich weiß es nicht, ich kann ihn doch nicht in den ersten Minuten bereits fragen, wie lange er bleibt.

Lisa passt das alles nicht. Sie hat klein beigegeben, nachdem sie eben noch mit Xenia vereinbart hatte, die Anwesenheit dieses fremden Mannes auf keinen Fall zu dulden. Dieser Matteo ist also Mias »persönlicher Gast«! Das hört sich an, als wäre der Apostel in persona gekommen. Ist er vielleicht doch ein Priester? Oder versteht er etwas vom Kochen? Auch danach sah es eben in der Küche aus. Als wäre er ein raffinierter, geduldiger Koch, der täglich fünfzehn Stunden an einem Herd verbringt.

Lisa packt sich die Tasche mit ihren Büchern und zieht sich in ihr Zimmer zurück. Sie wechselt die Kleidung, legt sich auf ihr Bett und streift die Kopfhörer über. Jetzt etwas Fetziges, das diese irritierenden Szenen vertreibt, jetzt etwas aus weiter Ferne! Sie schließt die Augen und hört auf die Stimme von Nina Simone: *Birds flying high you know how I feel ...*

4

Kurz vor Mitternacht zieht Matteo sich aus und legt sich, nur mit der Unterhose bekleidet, in sein Bett. Mia hat eine Matratze aufgetrieben und sie mit einem dunkelblauen Laken überzogen. Matteo schlüpft unter das weiße Leinentuch mit der Decke und zieht beides straff hoch, bis an sein Kinn. Er liegt auf dem Rücken und blickt nach oben. Mia ist noch draußen, im Bad, er hat ihr bereits eine gute Nacht gewünscht, eigentlich sollte er jetzt so schnell wie möglich einschlafen.

Er schließt die Augen. Seit er in Köln angekommen ist, friert er leicht, obwohl es in der Stadt keineswegs kälter ist als in Venedig. Er hat sogar den Eindruck, dass es viel wärmer ist. Die Menschen bewegen sich so direkt aufeinander zu und aneinander vorbei, dass er die Wärme zu spüren meint, die sie abgeben und ausstrahlen. Sie gehen viel schneller und nervöser als die Venezianer. Überall sieht man sogar Menschen laufen, als verspäteten sie sich gerade oder als versuchten sie, unbedingt den nächsten Bus oder die nächste Bahn zu erreichen. Was treibt sie bloß so?

Alles an diesen Kölner Welten erscheint ihm fremd. Als er den Hauptbahnhof verließ, stand er sehr lange auf dem Bahnhofsvorplatz mit dem Blick auf den Dom. Ein

Gebäude wie dieses hat er noch nie gesehen, in Venedig gibt es nichts Vergleichbares. Die Basilika von San Marco, die er bis in jedes Detail kennt, ist nicht so hoch und massiv, sie erscheint eher wie ein geduckt lagernder Basar aus orientalischen Farben, eine goldgeschmückte Höhle, in deren Wärmespeicher aus Kerzen und Mosaiken man sich wie in eine geheimnisvolle Kultstätte zurückzieht.

Von dem Moment an, in dem er den Dom anstaunte, hat Matteo begriffen, dass es für ihn hier in Köln um Vergleiche gehen wird. Venezia – Colonia? Worin unterscheiden sich diese Städte und worin die Lebensformen der Menschen? Vielleicht hat er sich deshalb auf die weite Reise gemacht, oder warum hat er sich in den Zug gesetzt und ist wahrhaftig losgefahren, mit so wenig Gepäck, wie es nur eben ging?

Ein paar Stunden hat er sich nun bereits mit Mia unterhalten, während sie zusammen eine gute Minestrone gekocht und gegessen haben. Die junge Frau aus dem Café gegenüber ist hinzugekommen und hat ebenfalls einen Teller gegessen, sich dann aber gleich wieder verabschiedet. Und die dritte Bewohnerin dieser WG (wie heißt sie doch gleich?) hat sich überhaupt nicht mehr gezeigt, sondern den ganzen Abend in ihrem Zimmer verbracht (sie hat etwas gegen ihn, das hat er gleich gespürt).

Mit Mia hat er fast die ganze Zeit nur über Venedig gesprochen. Sie hat sich laufend nach ihren Freunden und Bekannten erkundigt, und sie hat die Läden und Geschäfte eins nach dem andern erwähnt und aufgezählt, als müsste sie sich ihr dortiges, kaum zurückliegendes Leben noch einmal genau vor Augen führen.

Darüber, wo und wann sie beide sich in Venedig gesehen haben, wurde aber kein Wort gewechselt. Natürlich, sie weiß nicht, dass sie ihm gleich bei der ersten Begegnung sympathisch war und aufgefallen ist. Und warum? Sie hat etwas Munteres, Ungebrochenes, Lebenslustiges, sie zieht die anderen mit, sie mag keine öden Debatten oder Besserwissereien, sie ist einfach gern unterwegs. Eine junge Frau wie sie gibt es unter den jungen Venezianerinnen nicht. Sie sind viel mehr auf sich bedacht, sie spiegeln sich in der Schönheit der Stadt, und viele imitieren den Lebensstil ihrer Mütter und schleichen bereits so langsam durch die Calli, als wären sie selbst feine Delikatessen, die irgendein Prinz aus einem Palazzo direkt am Canal Grande einmal in sein Reich führen wird.

Wie schnell Mia Italienisch gelernt hat, er hat es genau mitbekommen! Am Ende sprach sie, wenn es darauf ankam, sogar venezianischen Dialekt! Ohne dass er es darauf angelegt hätte, hat er sie immer wieder in der Stadt gesehen. Er hat sie nie angesprochen, nein, es hat ihm gereicht, sie bei ihrem Treiben zu beobachten. Meist war sie ja mit einer kleinen, sich immer wieder neu zusammensetzenden Clique unterwegs, mit drei, vier Jungs und auffallend wenigen Mädchen, manchmal unterhielt sie sich auch mit einigen Flüchtlingen, als interessierte sie sich detailliert für deren Geschichten. Bestimmt interessierte sie sich für diese Geschichten, denn sie interessierte sich für einfach alles in dieser Stadt – und keineswegs nur für die bekannten touristischen Sachen.

Sie hatte etwas Leuchtendes, Strahlendes, das hat ihm

so sehr gefallen. Das Lachen, mit dem sie über die Brücken Venedigs eilte, das schnelle Laufen auf einem der großen Campi, wie eine junge Hündin, die im rasenden Zickzack den gesamten Platz durchmisst und abgrast! Sie war schnell, neugierig, emphatisch – ja, das hat ihm imponiert, und zwar so sehr, dass er nicht gewagt hat, sie allein anzusprechen. Hat sie ihn überhaupt einmal als Einzelperson bemerkt? Drei- oder viermal haben sie bei irgendeinem Anlass angestoßen, und jedes Mal hat sie gefragt:

– Und wer bist *Du*?

– Ich bin Matteo!, hat er geantwortet, und erst beim dritten Mal hat sie gesagt:

– Natürlich, Du bist der stille Matteo! Ich sollte es ja längst wissen, entschuldige!

Sie ist noch immer im Bad, die Dusche rauscht, vielleicht wäscht sie sich noch die Haare. Seinen Namen kennt sie immerhin inzwischen, aber sonst weiß sie wohl nichts von ihm. Auch an diesem Abend hat er nichts von sich erzählt, und er hat genau bemerkt, dass sie es ihrerseits vermieden hat, ihn nach Persönlichem oder Privatem auszufragen. Warum er in Wahrheit nach Köln gekommen ist, was ihn alles so umtreibt?!

Gestern vor einem Jahr, gestern, als er sich auf den Weg nach Köln gemacht hat, ist sein Vater beim Absturz eines Hubschraubers in den Herbstnebeln des venezianischen Festlandes ums Leben gekommen. Er hat den Hubschrauber nicht selbst geflogen, sondern einen guten Freund begleitet, der sich mit Hubschraubern auskannte und einer der sichersten und erfahrensten Piloten überhaupt war. Vaters Tod hat die Familie nicht nur seelisch erschüttert und mitgenommen, sondern anfänglich auch wirtschaftlich ruiniert.

Seit Matteo sich erinnern kann, wohnt seine Familie in dem kleinen Palazzo in der Nähe des Campo San Polo, den der Vater von seinen Eltern (und die wiederum von ihren Eltern) geerbt hat. Es ist ein Palazzo aus dem fünfzehnten Jahrhundert mit allem, was auch die großen Palazzi bieten: einem *Piano nobile* (Empfangssaal) im ersten Stock, zwei Mezzaningeschossen (mit kleinen Zimmern, früher für die Bedienten) – und einer großen geräumigen Wohnung mit sechs Zimmern im zweiten Stock.

Matteos Vater war (wie auch die Mutter) von Beruf Restaurator, den Eltern gehörte eine kleine Firma, die nach Vaters Tod zusammenbrach. Auch die Einnahmen durch seine Nebengeschäfte als Immobilienmakler blieben aus, sodass die Familie (die Mutter, eine Schwester und Matteo) einen Palazzo bewohnte, den ihre überlebenden Mitglieder nicht mehr bewirtschaften konnten. Instand gesetzt oder gar aufwendig renoviert hatte man ihn auch vor Vaters Tod nicht, sie hatten dafür kein Geld, und der Vater war auch nicht der Mann gewesen, der viel darum gegeben hätte, einen prachtvollen venezianischen Bau aus dem fünfzehnten Jahrhundert standesgemäß zu bewohnen.

Um weiter in ihrem alten Zuhause leben zu können, haben sie die beiden Mezzaningeschosse an Touristen vermietet, und so ist Matteo nach dem Tod seines Vaters immer häufiger zum Bahnhof oder zum Flughafen gefahren, um dort Gäste und Besucher aus Frankreich, England oder Deutschland abzuholen. Seine Mutter wählte die Fremden aus, sie sprach etwas Französisch und mochte deshalb die Franzosen am meisten, während sie mit deutschen Touristen (weil sie so viel nachfragten, allerlei Entferntes wissen wollten und meist auch noch um Rabatte kämpften) nicht gut zurechtkam.

Matteo hat sich daran gewöhnt, seiner Mutter und der erheblich älteren Schwester zu helfen, er erledigt viele Einkäufe, begleitet die Touristen (wenn sie es wünschen) oder säubert (zusammen mit der Schwester) an jedem Tag die Treppen des ganzen Hauses. So etwas macht er meist in der Frühe, später (ab 10 Uhr) geht er hinüber zu der kleinen Filiale eines Restaurierungsbetriebs, die er selbst leitet.

Es ist nur ein winziger Laden ebenfalls in der Nähe des Campo San Polo, ein dunkles Verlies mit Antiquitäten und lauter Möbeln, die von Familien in der Umgebung zur Restaurierung herbeigeschleift wurden. Wenn es sich um kleinere Arbeiten handelt, kümmert sich Matteo um die Instandsetzung. Geht es um größere Aufträge, leitet er sie an die Hauptfiliale und den Besitzer des Betriebs, einen ehemaligen Glasbläser aus Murano, weiter. Der Mann verdient mit seinen vielen Filialen sehr gut, er hat über zwanzig Mitarbeiter, während Matteo von seinem kleinen Gehalt in Venedig nicht würde leben können.

Das Rauschen im Bad ist vorbei. Matteo hört, dass Mia ins Zimmer kommt, sie zieht die Tür leise zu und trippelt (anscheinend mit nackten Füßen) zu ihrem Bett, schräg gegenüber, in der anderen Ecke des Zimmers. Er riecht den Duft ihres Duschgels, Grapefruit oder vielleicht auch Zitrone, seine Schwester benutzt ein ganz ähnliches Gel. Er hält die Augen geschlossen und versucht, nur schwach zu atmen. Mia kriecht anscheinend direkt unter die Decke, er hört nur noch ein leises Rascheln, dann ist es still.

Er würde gern etwas sagen und ein paar Worte mit ihr reden, aber das kommt ihm zu vertraulich vor. Sie sind keine guten Freunde, sie sind lediglich Bekannte. Er ist bei Mia zu Gast, mehr ist es nicht. Vielleicht ist er sogar nur ein Tourist, doch das möchte er auf keinen Fall sein. Seit seine Familie das Wohnhaus an Touristen vermietet, hat er eine starke Abneigung gegen die meisten. Natürlich, nicht alle sind gleich, es gibt auch die sympathischen oder die skurrilen (die zum Beispiel nach Venedig gekommen sind, um dort ausschließlich zu rudern). Schlimm sind aber die, die laufend über Preise reden, bei jedem Essen Preise vergleichen und ewig im Internet nachschauen, wo sie dies oder das noch preiswerter bekommen könnten.

Er versucht weiter, möglichst leise zu atmen, er möchte Mia auf keinen Fall stören. Ob er ihr seine Geheimnisse je verraten wird, weiß er noch nicht, eher nein, eher auf keinen Fall. Ein Geheimnis besteht darin, dass er Venedig noch kein einziges Mal in seinem Leben nennenswert verlassen hat. Im Ausland war er noch nie, und in Italien ist er lediglich gerade mal bis Padua (während eines Schulausflugs) gekommen.

Er mag das Festland nicht, er kommt dort nicht zurecht. Wenn er mit dem Bus zum Flughafen fahren muss, versucht er, nicht zum Fenster hinauszuschauen. Wie hässlich die Welt sein kann! Autofriedhöfe, Betonbauten mit schrägen Anbauten aus Holz oder Plastik – und das alles gedankenlos an die Ausfallstraßen gereiht, wo es sich gerade ergibt! Er mag auch Erde nicht, das schwammige Braun oder all die blonden, fisseligen Strohfarben, selbst das verweste Grün stößt ihn ab. Gibt es etwas Schöneres als Venedig im Meer, eine Stadt nur aus Tausenden von Steinfarben, mit Gebäuden, die auf das Wasser schauen, in ihm baden, sich in ihm spiegeln? Wer möchte eine solche Stadt denn verlassen? Er jedenfalls nicht. Und warum hat er sie dann verlassen, gestern, zum ersten Mal für eine Reise ins Ausland?

Vor genau einem Jahr ist sein Vater gestorben. Schon der Gedanke, diesen Tag in Venedig zubringen zu müssen, tat weh. Er wollte weit weg und sich ablenken, Vaters Tod ist keine Vergangenheit, sondern Gegenwart, brennend und beängstigend. Deshalb also der plötzliche Entschluss zu dieser Reise. Außerdem traf es sich gut, dass seine Restaurierungsfiliale in diesem Herbst und dem darauf folgenden Winter für eine gründliche Renovierung geschlossen sein wird. Drittens aber spielt noch eine nicht unbedeutende Rolle, dass Mutter und Schwester ihn gedrängt haben, endlich einmal ins Ausland zu reisen.

– Ich kenne niemandem in deinem Alter, der nicht im Ausland war, hat seine Schwester vorwurfsvoll gesagt.

Und seine Mutter (die ihn besser versteht als die Schwester) fügte hinzu:

– Es stimmt, Matteo, du solltest unbedingt einmal ins Ausland reisen!

Jetzt, in Herbst und Winter, gibt es in Venedig viel weniger Touristen als sonst. Die beiden Mezzaningeschosse werden bis zum März leer stehen, höchstens im Hauptgeschäft des Restaurierungsbetriebs auf Murano könnte er Arbeit finden und etwas Geld verdienen. Sobald er aus Köln zurück ist, wird er das tun: auf Murano arbeiten, Mutter und Schwester unterstützen, so gut es nur geht.

Schläft Mia? Ja, er hört ihr regelmäßiges Atmen. Was ist mit diesem Colonia? Der Dom macht ihm Angst, und genau deshalb wird er sich mit ihm als Erstes beschäftigen. Morgen, sobald es möglich ist. Er horcht weiter auf Mias Atem, das beruhigt ihn. Kaum ist er in der Fremde, spürt er auch schon ein tief sitzendes, beißendes Heimweh. Er glaubt, das Rasseln der Vaporetti-Motoren zu hören, die so phlegmatisch von Station zu Station treiben, als führen sie von allein.

Die Nachtnebel haben sich auf den Canal Grande gelegt und ziehen dünne, schwankende Fäden in die abzweigenden schmalen Kanäle. In der Nähe des Rialto, vor der Kirche San Giacomo, stehen ein paar seiner Freunde in kleinen Gruppen und trinken Bier. Wieso schmeckt ihnen so etwas? Und wieso können sie seit Neustem nicht genug davon bekommen? Ganz zu schweigen von dem fürchterlichsten und peinlichsten Zeug, das es in Venedig zu trinken gibt: *Aperol Sprizz*, das orangefarbene, klebrige, vulgäre Gesöff, mit Strohhalm und Olive im Glas!

Auf dem Campo San Polo ist es dagegen vollkommen still. Die roten Sitzbänke glänzen im Laternenlicht. Und die große Zypresse hinter der Kirche zieht sich in der nächtlichen Kühle zusammen. Warum ist er nicht dort geblieben, im Stillen, im Schweigen?!

5

Von den drei Bewohnerinnen des dritten Stocks eines Mietshauses im Kölner Norden steht Xenia fast jeden Morgen am frühsten auf. Kurz nach sechs ist sie bereits unter der Dusche, zieht sich rasch an und eilt dann hinüber in ihr Café. Als sie sich einen dünnen Mantel übergestreift hat, schaut sie noch in die Küche, um einen ersten Schluck Wasser zu nehmen. Matteo steht am Küchentisch und wischt ihn sauber, die Spüle ist bereits leer, anscheinend hat er schon seit einiger Zeit die Küche aufgeräumt und auf Hochglanz gebracht.

Sie wünscht ihm (auf Deutsch) einen guten Morgen und sagt, dass so etwas »doch nicht nötig gewesen wäre«. Er begrüßt sie (auf Italienisch) und redet ebenfalls ein paar Worte, sie versteht nichts und bleibt noch etwas in der Küche. So sauber und ordentlich hat es in ihr noch nie ausgesehen – das muss sie zugeben. Sie hat ein schlechtes Gewissen gegenüber dem Fremden, weil sie zunächst gegen seinen Verbleib in der Wohnung plädiert hat.

Warum stellt sie sich so an? So, wie es aussieht, ist es ein zurückhaltender, bescheidener und freundlicher Mensch. Hilfsbereit – und kein Schwätzer. Sie fragt ihn (auf Englisch), ob er mit ihr hinüber ins Café kommen

– 34 –

mag, sie wolle sich mit einem Frühstück für die Säuberung der Küche bedanken. Er nickt, antwortet aber nicht. Macht nichts, er folgt ihr jedenfalls in den Flur, zieht seinen schwarzen Mantel über und greift nach einer kleinen Umhängetasche, die er anscheinend schon für seinen Aufbruch dort hinterlegt hat.

Im Café angekommen, stellt sie zunächst die Stühle auf die Tische, um die beiden großen Räume vor der Öffnung noch einmal gründlich durchzufegen. Matteo legt seinen Mantel ab und macht sofort mit. Sie bedeutet ihm mit Zeichen, dass er sich setzen solle, aber er schüttelt den Kopf. Vielleicht hat er sie falsch verstanden und glaubt, sie habe ihn oben in der Küche des Mietshauses darum gebeten, auch noch das Café gründlich zu säubern. Mein Gott, ist ihr das peinlich!

Er hat bereits die kleine Abstellkammer mit dem Putzzeug entdeckt und beginnt nun wahrhaftig, den Boden gründlich zu wischen. Nein, das ist zu viel, sie will das nicht! Sie will ihm den Bodenwischer aus der Hand nehmen, aber er lacht nur und sagt, die Arbeit mache »big fun«. »Fun«?! Das Bodenwischen?! Jemanden wie ihn hat sie bisher noch nicht kennengelernt, er ist wirklich kurios – oder stimmt mit ihm etwas nicht? Vielleicht gehört er einer seltenen Sekte an, die alles putzt und säubert, was ihr in die Quere kommt? Leute, die das Seelenheil durch ununterbrochenes Putzen der dreckigen irdischen Finsternis zu gewinnen versuchen?

Sie beobachtet ihn zwischendurch genau, während sie in der Küche mit dem Belegen der Brötchen, die schon vor dem Hintereingang bereitlagen, beginnt. Er arbeitet rasch und professionell, und das zeigt ihr, dass er so etwas nicht zum ersten Mal macht. Als sie den Wasserkocher einschalten will, springt das Gerät nicht an. Was ist los? Seit sie mit diesem Kocher arbeitet, ist so etwas noch nie passiert. Herrgott, heute Morgen ist sie so durcheinander wie seit ewigen Zeiten nicht. Als sie vor sich hin flucht, steht Matteo schon neben ihr. Sie deutet auf den Wasserkocher, der anscheinend defekt ist. Er nimmt ihn in die rechte Hand und geht damit an einen Tisch. Dann öffnet er seine Umhängtasche und holt eine winzige Taschenlampe heraus. Auch einen Schraubenzieher hat er dabei, als hätte er damit gerechnet, etwas reparieren zu müssen.

Xenia kann nicht hinschauen, wie Matteo den Kocher auseinandernimmt und sorgfältig untersucht. Sie steht in der Küche und belegt Brötchen in einem abnormen Tempo. Wieso ist sie heute so schnell, was soll das? Langsamer, zurück ins normale Tempo. Da begreift sie erst, was los ist: Sie hat die Butter vergessen, sie hat Wurst, Käse und Eierscheiben einfach auf die nackten Brötchenhälften gepresst, selbst die Salatblätter hat sie liegen gelassen! Noch einmal von vorn. Sie bestreicht die Brötchen so langsam mit Butter, als täte sie das zum ersten Mal. »Die Butter nicht vergessen!«, sagt sie laut und muss auflachen, als sie sich selbst zuhört. Als wäre sie ihre eigene Lehrerin. Als leitete sie einen Kurs für Kleinkinder. Als sie das siebte Brötchen mit Butter bestreicht, kommt Matteo mit dem Kocher zurück. Er füllt ihn mit Wasser, die rote Lampe leuchtet auf, das Gerät funktioniert wieder.

Xenia ist nervös, sie hat das Gefühl, einen Morgen zu erleben, wie sie noch selten einen erlebt hat. Wer ist der

Typ, der frühmorgens nach sechs alle Räume säubert und putzt, die Reste vom gestrigen Abend beseitigt, spült, Wasserkocher repariert und sich jetzt daranmacht, Brötchen mit Wurst, Käse und Eierscheiben zu belegen? Moment. Das kommt nun aber überhaupt nicht infrage! Sie packt ihn an der Hand und führt ihn wie ein kleines Kind aus der Küche in die Gasträume. Dann zieht sie einen Stuhl zurück und sagt »Sit down, have a nice time!«.

Matteo versteht und bedankt sich. Er setzt sich wahrhaftig an den Tisch und hängt seine Umhängetasche an den Stuhl. Xenia fragt, ob er einen Kaffee oder einen Tee wolle. Na klar, er möchte einen Kaffee, und, ja, er möchte ein Brötchen mit Käse.

Zehn Minuten später sitzen sie beide an Matteos Tisch und frühstücken zusammen. Xenia hat noch nie mit jemandem in ihrem Café gefrühstückt. Der Typ isst sehr langsam und spricht Italienisch mit ihr. Sie glaubt zu verstehen, dass er empfehlen will, die Brötchen zu toasten. Er drückt sie zusammen, als wären es weiche Schwämme. Die Salatblätter springen heraus, und die feuchten Käsescheiben taumeln auf den Teller und schwitzen. Das sieht nicht gut aus, da hat er recht. Aber: Brötchen toasten?! So was macht man in Deutschland nicht, macht man das in Venedig?

Xenia war noch nie in Venedig, und sie sagt das dem Fremden beinahe belustigt. Er findet das aber weder lustig noch komisch, sondern bedauert sie. Noch nie in Venedig?! »Poor Xenia!« Jetzt redet er weiter (Englisch) mit ihr wie mit einem Kind und kann nicht verstehen, dass sie noch nie in seinem Venedig war. Einige Minuten ist es still, und sie sieht, dass ihm das Brötchen nicht schmeckt, er sich aber bemüht, es aufzuessen. Als er es endlich geschafft hat, sagt er, dass er ihr zeigen möchte, wie man bessere Brötchen mache. Meint er das ernst? Ist er ein Koch, oder hat er in Venedig vielleicht einen Laden, wo man jeden Morgen die besten Brötchen der Stadt bekommt? Und: Gibt es in Venedig überhaupt so etwas wie »Brötchen«?

Plötzlich kommt ihr das Wort seltsam vor, fremd, albern, kindisch. »Bröt-chen ...« Wie sagt man in Italien dazu? »Pa-ni-ni« ..., flüstert er, und dann versucht er ihr zu erklären, dass man Panini in einem kleinen Grill toastet. Keine Salatblätter, dafür aber Tomaten, kein gekochter Schinken in dicken Scheiben, nur sehr feiner, dünn geschnitten und roh. Mozzarella, gute Saucen und Aufstriche!

– You have to buy a good little grill for your guests, sagt er, und dann quetscht er das armselige deutsche Brötchen, das weich und blass vor ihm liegt, noch einmal mit spitzen Fingern zusammen:

– This here is nonsense, I don't like it.

Sie holt noch etwas Kaffee und bleibt an ihrem gemeinsamen Tisch sitzen. Warum war sie noch nie in Venedig? Sie war in Indien, in Pakistan, in Australien, in Neuseeland – und noch Gott weiß wo. Sogar auf Island ist sie schon gewesen, aber noch nie in Venedig. Sie erzählt ihm in ihrem lockeren Englisch von ihren Reisen, er lehnt sich etwas zurück, trinkt seinen Kaffee und hört zu. Manchmal nickt er, als gefalle ihm, was sie sagt. Er wirkt sehr aufmerksam und beinahe so, als nähme er eine Prüfung ab. Ja, so fühlt es sich an: Als wäre er ein freundlicher Prüfer, der die Kandidatin auf keinen Fall hereinlegen oder bloßstellen wird. Jemand, der es nur gut mir ihr meint. Ein Mensch ohne Neid, Stolz und Eitelkeit, einfach »ein Mensch«!

Als sie das denkt, hält sie inne. Was legt sie sich da zurecht? Sie kennt ihn in Wahrheit doch viel zu kurz, als dass sie solche (zudem noch kitschigen) Behauptungen aufstellen könnte. Sie schluckt, leert ihre Tasse und fragt ihn, ob er Musik hören wolle. Ja, gerne. Sie geht zur Theke und sucht nach etwas Passendem, sie will ihm einen Gefallen tun. Sie weiß, wo die CD mit Liedern von Gianna Nannini liegt. Sie legt die CD auf und dreht die Lautstärke hoch.

Als die ersten Klänge durch den Raum wirbeln, steht Matteo sofort auf. Er greift nach seiner Tasche und holt seinen Mantel. Er blickt sich nicht mehr nach ihr um, er sagt nichts, er eilt, so schnell er eben kann, aus dem Café. Sie sieht ihn in der Flucht der Straße verschwinden, im Trab, als hätte er sich verspätet und einen wichtigen Termin vergessen. Was bedeutet das nun wieder? Sie setzt sich (ein wenig erschrocken) und schaut hinaus. Draußen vor der Tür warten die ersten Gäste. Sie blickt auf die Uhr, das Café öffnet um sieben Uhr. Es ist zehn Minuten nach sieben, sie hat vergessen, die Tür pünktlich aufzuschließen.

Während die ersten Gäste hereinströmen, muss sie weiter an den Fremden denken. Ein wenig benommen fängt sie an, die Gäste zu bedienen. Zum Glück kommt jetzt auch eine Mitarbeiterin, die sie nicht erwartet hat.

– Gut, dass Du vorbeikommst, sagt Xenia, ich bin heute schlecht drauf.

– Was ist denn los?, fragt die Mitarbeiterin.

– Lass mal, es geht schon, ich habe nur schlecht geschlafen und zu viel geträumt.

Eine Stunde später geht es ihr besser. Als Lisa, bevor sie mit der U-Bahn zur Buchhandlung fährt, kurz bei ihr vorbeischaut, hat Xenia sich wieder im Griff.

– Wer hat denn unsere Küche so auf Vordermann gebracht?, fragt Lisa.

Xenia erklärt ihr, wer es war. Lisa antwortet nicht, sondern kauft nur stumm zwei belegte Brötchen (zum Mitnehmen). Noch immer spürt sie den geheimen Groll darüber, dass sie sich mit dem Verbleib des Fremden in der Wohnung einverstanden erklärt hat. Wieso räumt er jetzt derart gründlich auf? Sie hat ja geahnt, dass mit ihm etwas nicht stimmt. Kein Mensch räumt freiwillig eine Küche auf. Es ist eine beknackte, dumme Arbeit, etwas für Volltrottel. Der Typ versucht, sich im besten Licht zu zeigen. Mit seinen Saubermannputzaktionen wirbt er für sich und sein Bleiben. Wie plump, wie offensichtlich!

Am frühen Morgen will Lisa nicht mit Xenia über das Thema, das sie seit gestern Abend so erregt, diskutieren. Sie fühlt sich in ihrer eigenen Wohnung nicht wohl. Nicht mal auf die Toilette ist sie gestern Abend gegangen, während Mia und der Typ ihre Minestrone zelebrierten. »Es gibt eine einfache, gute Minestrone!« Natürlich, eine Minestrone ist immer »einfach« und immer »gut«. Da kann man nichts falsch machen. Jeder Flachkoch bekommt so etwas hin, selbst ohne Speck oder Schinken. Auch sie weiß natürlich, wie man »eine einfache, gute Minestrone« macht. Und ihre Minestrone wird sogar etwas besser sein als die, die Mia sich gestern Abend ausgedacht hat. Mia ist keine gute Köchin. Alles, was sie kann, sind Allerweltsgerichte, die sie immer gleich für mehrere Personen kocht. Dann ist zumindest eine Person dabei, der es schmeckt. Irgendwann wird sie ihr das einmal ins Gesicht sagen.

Du bist eine Allerweltsköchin, wird sie sagen, Deine Gerichte haben mir noch nie so richtig geschmeckt.

Gegen acht Uhr dreißig steigt sie am Dom aus. Sie spürt jetzt nicht nur etwas Groll, sondern regelrecht eine Wut. Sie hat sich von Mia überrumpeln lassen und klein beigegeben, und Xenia hat sich natürlich auch nicht gewehrt. Xenia »mag Menschen«, sie liebt es, wenn die Küche voll ist, als wäre die Küche eine Zweigstelle ihres Cafés. Früher hat sie kleine Horden in ihr beherbergt, Kinder aus dem Haus, die beiden Alten, die über ihnen wohnen. Sie hat die Tagesreste aus dem Café geholt und alles verfüttert, als wäre sie eine Mutter Teresa, die einmal wie die Gottesmutter in den Himmel der Bedürftigen auffahren wird.

Lisa überquert den Platz vor der Domfassade. Vor dem rechten großen Portal steht eine Traube von Menschen. Wahrscheinlich schauen sie sich wieder eines der affigen Spektakel an, die manche Clowns ausgerechnet hier, vor dem Dom, aufführen. Sie will nicht genau hinschauen, dann aber bemerkt sie ihn. Matteo sitzt auf einem Haufen alter Zeitungen und zeichnet. Sie tritt ein wenig näher, um einen Blick auf das Blatt zu werfen. Er zeichnet mit einem sehr feinen Bleistift eine der größeren Portalfiguren, die sich oberhalb der Türöffnung befinden. Er hat ein kleines Fernglas dabei und studiert sie immer wieder genau.

– 41 –

Lisa geht rasch weiter. Weiß Mia davon, was der Typ so alles treibt? Und was weiß Xenia? Wenn beide nichts davon wissen, wird sie ihnen zunächst auch nichts erzählen. Wenn sie aber informiert sind, beweist es, dass sie etwas vor ihr geheim halten. Dieser Typ ist nicht normal, das steht fest. Vielleicht ist er sogar gefährlich. Einer, der in viele verschiedene Rollen schlüpft. Ein Durchtriebener! Einer von den vielen kleinen Teufeln, die brave Leute verunsichern und in den Wahnsinn treiben!

6

Mia hat sehr schlecht geschlafen. Die halbe Nacht hat sie wach gelegen, weil ihr so viel durch den Kopf ging. Die venezianischen Monate sind mit all ihren vielen Bildern wieder so lebendig, als lebte sie noch immer dort. Warum aber hat sie während ihres Aufenthalts nicht häufiger mit Matteo gesprochen? Es war ein Fehler, ihn nicht richtig kennengelernt zu haben, denn er ist viel interessanter als die meisten anderen Jungs, die gern von ihren Psychoproblemen erzählten. Oft hatten sie etwas Verquältes, Anstrengendes und beschäftigten sich endlos mit Petitessen der jeweils letzten Tage. Wie sie wen einschätzten. Wer sie wodurch verletzt hatte. Auf wen sie aufgrund von was nicht mehr zählten. Warum sprachen sie so ausgiebig und ununterbrochen von solchen Defekten, als wäre sie eine ideale Zuhörerin für diese wackligen, verzerrten Geschichten?

Matteo hat am gestrigen Abend kein Wort über so etwas verloren. Er hat von seiner Arbeit als Restaurator gesprochen, von einigen besonders schönen Bildern in den venezianischen Kirchen und davon, wie er zusammen mit seinem Vater einmal monatelang an einem Bild von Paolo Veronese gearbeitet hat. Auf einem Gerüst, hoch oben an der Decke einer Kirche! Auf einem leeren

Blatt hat er dann aus dem Kopf die weibliche Gestalt skizziert, deren Farben sie damals restauriert haben. Unglaublich, wie leicht er diese Gestalt auf das Blatt warf, in wenigen Minuten erschien sie wie ein Geist, der Strich für Strich eine präzisere Form annahm und schließlich aussah wie ein lebendiges Wesen!

So haben sie sich in der Nacht gut unterhalten, ohne auf ein einziges privates Detail zu sprechen zu kommen. Vom erst kurz zurückliegenden Tod ihrer Mutter hat sie nicht gesprochen, und auch nicht davon, dass ihr Vater sie seit diesem Tod jede Woche (mittwochs) in der WG besucht. Er setzt sich allein in die Küche und lässt sich von Xenia aus dem Café eine gut gekühlte Flasche des rheinischen Winzersekts bringen.

– Na, mit wem stoße ich denn heute an?, fragt er jedes Mal, und dann ist doch während der Zeit seines Herumsitzens kaum jemand da, der mit ihm Sekt trinken würde.

Nachmittags, gegen siebzehn Uhr, trinkt niemand Sekt, weder Xenia noch Lisa, die durchaus mit Mias Vater zu dieser Zeit Sekt trinken könnte, weil sie an Mittwochnachmittagen freihat.

Dass ihr Vater Woche für Woche erscheint, bedrückt Mia, sie weiß nicht, wie sie damit umgehen soll. Wenn sie ehrlich ist, findet sie sein Kommen lästig. Sie würde ihm das aber niemals sagen, denn sie weiß, wie wichtig es für ihn ist, ein, zwei Stunden in ihrer Nähe zu verbringen. Vater ist emeritiert, er lehrt seit einem halben Jahr nicht mehr an der Hochschule, sein Büro hat er aufgeben müssen, niemand will noch etwas von ihm hören oder wissen. Das hätte er wohl verkraftet, wenn Mama noch an seiner Seite wäre. Sie hatten vorgehabt, direkt

– 44 –

nach seiner Emeritierung viel zu verreisen, jetzt aber, nach ihrem Tod, ist Vater nicht einmal zu einem Ausflug von zehn Kilometern zu bewegen. Er behauptet, er wolle noch ein großes Buch über ein Thema aus seinem Fachgebiet schreiben: mittelalterliche Geschichte, mit besonderem Blick auf die Geschichte des Rheinlandes.

Mia zwingt sich, nicht an ihren Vater zu denken, obwohl er morgen wieder in der Tür stehen und seinen Platz in der Küche beziehen wird. Sie ist das einzige Kind der Eltern, ihr Vater liebt sie mehr als alles andere auf der Welt. Zum Glück spricht er davon nie, nein, er hält sich mit solchen Erklärungen oder gar Liebesbekundungen zurück. Sie weiß aber Bescheid, oh ja, sie kennt sich in dem, was ihr Vater denkt und tut, sehr genau aus.

Schluss damit! Mia zieht sich rasch an und packt die Tasche, die sie gleich mit in die Kunsthochschule am Rhein nehmen wird. Dass Matteo sehr früh aufgestanden ist, hat sie natürlich bemerkt. Gestern Abend hat er bereits gesagt, er werde das tun und sich frühmorgens auf den Weg in die Stadt machen. Sie hat ihn gefragt, was er vorhabe, und er hat geantwortet, dass er sich ausschließlich mit dem Dom beschäftigen wolle. Sich beschäftigen? Was sollte das heißen? Er werde Teile des Doms zeichnen, Detail für Detail. Sie hat nicht weiter nachgefragt und es sich verkniffen, von ihrem Vater zu sprechen. Ihr Vater ist einer der besten Experten für mittelalterliche Details des Kölner Doms … – hätte sie davon erzählen sollen?!

Matteos Bett sieht unglaublich ordentlich aus. Das Betttuch liegt beinahe faltenlos auf der Matratze, und die beiden Kissen sind so aufeinandergestapelt, dass man sich am liebsten gleich hinlegen würde, um (mit dem Kopf auf diese bequemen Kissen gestützt) etwas zu lesen. Nichts in ihrem Zimmer erinnert noch an den Venezianer, es ist, als wäre er abgereist und hätte nur ein paar flüchtige Stunden hier verbracht. Der Abend mit ihm hat ihr sehr gefallen, er wirkt so ruhig, entspannt und gründlich. Als wisse er, worauf es ihm ankomme und worauf eben nicht. Das kann sie von sich selbst nicht behaupten – und manchmal bedauert sie das. Sie interessiert sich für viele Dinge und Menschen, ohne dass sich ein besonders starkes Interesse für etwas Bestimmtes herausbilden würde. Matteo ist ganz anders, er weiß, was er will, und er hat genau im Auge, mit welchen Schritten er vorankommt.

Als sie die Küche betritt, weiß sie sofort, wer den kleinen Raum in diesen hyperordentlichen Zustand versetzt hat. Das sieht Matteo ähnlich! Es passt genau zu ihm. Er will niemandem Arbeit machen, oder, noch mehr, er will den anderen helfen, sobald er etwas Zeit hat. Gestern hat er davon gesprochen, dass er seinem Vater seit den Kinderjahren geholfen hat. Stundenlang hat er sich auf den hohen Gerüsten oder in dem Betrieb seines Vaters aufgehalten und ihm zugearbeitet, wann immer es ging. Er hat ihm zu essen gebracht, jede Stunde Kaffee beschafft und ihm andere Erledigungen abgenommen. Sie hat ihn gefragt, was sein Vater jetzt mache, und er hat geantwortet: »Vater ist gestorben, er ist jetzt bei seinen Heiligen.«

Als sie das gehört hat, hat es sie getroffen. Es erinnerte sie sofort an den Tod ihrer Mutter. Sie hat davon aber nicht gesprochen, es geht nicht, sie kann darüber mit niemandem reden. Eine kleine Flasche Mineralwasser nimmt sie aus dem Eisschrank und steckt sie in ihre Tasche. Dann geht sie in den Flur, wirft noch einmal einen Blick in ihr Zimmer, schließt es ab und steckt den Schlüssel ein. So etwas hat sie noch nie getan, keine der Mitbewohnerinnen hat es jemals gemacht. Nun aber ist alles ein wenig anders. Sie hat das Gefühl, Matteo schützen zu müssen. Niemand soll in diesem Zimmer herumschnüffeln, das kommt nicht infrage.

Mia hüpft die Treppe herunter und holt das Fahrrad aus dem kleinen Backsteinbau im Hinterhof. Das Fahrrad hat sie in Venedig so sehr vermisst, dass sie ab und zu auf den Lido gefahren ist, nur um dort Fahrrad zu fahren. Kilometerlang ist sie geradelt, immer am Meer entlang, an den alten Hotels vorbei, bis Chioggia. Sie mochte diese menschenleeren Gegenden sehr, sie hatten nichts mit Venedig zu tun, sondern waren normale Strandlandschaften, nur dass kaum jemand dort badete und wenn, dann nur an den dafür ausgewiesenen Stränden.

Jetzt, wo sie sich an diese Fahrten erinnert, muss sie unwillkürlich an Matteo denken. Es wäre schön gewesen, wenn er mitgefahren wäre. Ihn kann sie sich seit dem gestrigen Abend gut als Begleiter vorstellen, wohingegen sie früher nie daran gedacht hat, solche Fahrten zu zweit zu machen. Das Fahrradfahren auf dem Lido und an den Stränden entlang war ihre private Tour geblieben, etwas Isoliertes, Einsames. Es hatte sie an Köln erinnert und an das Radfahren am Rhein entlang, und es hatte ihr geholfen, den so häufig verwirrten Kopf ein wenig zu ordnen.

Bevor sie sich auf das Fahrrad schwingt, schaut Mia

kurz zu Xenias Café hinüber. Sie erkennt die Mitbewohnerin, die hinter der Theke steht und ihr zuwinkt. Mia schiebt das Fahrrad zum Eingang des Cafés und wartet, bis Xenia nach draußen kommt.

– Was gibt es?, fragt Mia.

– Sag mal, fragt Xenia, wie heißen diese Dinger, mit denen man Panini und Sandwiches toastet?

– Wie bitte?, fragt Mia erstaunt.

– Na, diese Dinger, mit denen man Panini und Sandwiches zusammenpresst, damit sie schön gleichmäßig flach werden und hellbraun, mit leichter Kruste.

– Keine Ahnung, wie so was heißt. Tischgrill vielleicht? Nein, Moment. Ich glaube, sie heißen Sandwichmaker.

Sie müssen beide über das Wort lachen, dann eilt Xenia ins Café zurück. Mia sieht, dass sie an den Tisch eines einzelnen, männlichen Gastes geht und sich mit ihm unterhält. Sie weiß genau, dass sie ihm jetzt dieselbe Frage stellt, und anscheinend weiß dieser Gast genau Bescheid, denn Xenia nickt auffällig und schafft es sogar, etwas erleichtert zu lächeln. Mia aber fährt los, es geht zum Rhein, kaum zehn Minuten braucht sie für die Strecke, und danach radelt sie immer am Fluss entlang, bis zur Kirche Sankt Maria in Lyskirchen, wo sie zur nahen Kunsthochschule abbiegt.

Heute ist sie mit zwei Kommilitoninnen (Lin und Benita) für die Arbeit an einem Dokumentarfilmprojekt verabredet. Sie treffen sich zum zweiten Mal, nachdem sie sich während des ersten Treffens noch nicht auf einen Stoff einigen konnten. »Weltbeobachtung« ist das übergeordnete, vage und weiche Thema, das der Dozent ausgegeben hat. In einem ersten Schritt müssen sie einen

Stoff anmelden und im Seminar vorstellen. Erst danach geht es richtig an die Arbeit.

Mia hat an diesem Morgen keine Lust auf lange Diskussionen. Sie kann sich schlecht konzentrieren, der Besuch des venezianischen Gastes beschäftigt sie weiter. Am frühen Abend ist sie mit ihm verabredet, hier, am Rhein, den er unbedingt sehen will. Wenn er Menschen so genau beobachtet wie Bilder, wäre er beinahe der ideale Stoff für den Film.

Halt! Im Ernst?! Wäre es nicht eine gute Idee, den Venezianer zu filmen? Wie er sich durch Köln bewegt? Wie er mit seinen langsamen Bewegungen und seinen ruhigen Worten Köln zu begreifen versucht? Als Mia in einem Seminarraum der Kunsthochschule auf ihre Kommilitoninnen trifft, sagt sie:

– Ich hab's, Leute. Ich habe den idealen Stoff für unser Projekt. Und ich habe dafür auch gleich den passenden Typ. Hört mal zu!

7

An diesem Vormittag sortiert Lisa in ihrer Buchhandlung die fast täglich eintreffenden neuen Herbstbücher. Sie ordnet sie zu kleinen Stapeln und postiert sie auf zwei größeren Tischen, die besonders auffällig im Raum stehen. Es ist noch nicht viel los an diesem Morgen, sodass sie weiter den Bildern und Gedanken nachgehen kann, die sich seit ihrer unerwarteten Begegnung mit dem Fremden in ihr festgesetzt haben. Sie will dem, was sie gesehen hat, nachgehen, vielleicht eröffnen sich einige Anhaltspunkte, wenn sie herausbekommt, wen oder was er gezeichnet hat.

Sie geht hinüber in die Abteilung mit den Köln-Büchern und findet ein Buch, in dem die drei großen Portale der Westfassade des Doms abgebildet sind. Wenn sie sich richtig erinnert, saß er nicht vor dem größten, dem in der Mitte, sondern vor dem Portal rechts. Wie heißt es? Es heißt: Petersportal. Nun weiter, zu den großen Figuren. Welche hat er gezeichnet? Es war eine oberhalb der Türöffnung, auf der linken Seite, aber welche? Sie schaut sich die Figuren genauer an. Seltsam, noch nie hat sie sich um diese Figuren gekümmert, obwohl sie jeden Tag an ihnen vorbeigeht. Da muss erst dieser Venezianer kommen, damit sie sich dafür interessiert. Aber warum interessiert er sich dafür?

– 50 –

Plötzlich glaubt sie zu wissen, welche Figur Matteo gezeichnet hat. Es ist der Apostel Petrus, ja, ohne Zweifel, es ist dieser elegant wie ein alter Römer gekleidete Mann mit den ernsten Augen und dem Bart, der die Dombesucher forschend anschaut. Steht der Dom nicht unter der Schutzherrschaft dieses Heiligen? Ja, sie erinnert sich, und sie erinnert sich auch an den Klang der schweren, großen Domglocke, die ebenfalls nach dem heiligen Petrus benannt ist.

Hat der Venezianer das alles gewusst? Zeichnet er Petrus, weil dieser Apostel unter den vielen Apostelfiguren des Doms eine herausragende Rolle spielt? Einen kurzen Moment hat Matteo gestern den Eindruck eines Gelehrten gemacht. Ob er ein Kunsthistoriker ist, der den Dom anders als die vielen Touristen nicht nur flüchtig betrachtet und abfotografiert, sondern detailliert beobachtet und zeichnet? Und wenn es so ist – was wäre dagegen zu sagen?

Vielleicht zeichnet er den Apostel Petrus aber auch nur, weil sich mit einer solchen Zeichnung Geld verdienen lässt. Auf der Domplatte findet sich rasch ein Käufer, der für eine genaue Zeichnung, die zudem noch vor seinen Augen entstanden ist, Geld ausgibt. Zehn Euro? Vielleicht sogar zwanzig. Der Typ zeichnet eine solche Figur in höchstens zehn bis fünfzehn Minuten. Dann würde er in einer einzigen Stunde fünfzig oder mehr Euro verdienen. Raffiniert.

Lisa kann sich nicht entschließen, welcher Vermutung sie eher folgen soll. Sie versucht, sich mit allen Mitteln abzulenken, und geht sogar laufend auf Kunden zu, um sie in ein Gespräch zu verwickeln. Zwischendurch aber schaut sie immer wieder auf die Uhr, bis sie es nicht mehr aushält. Sie zieht ihre Mittagspause vor, meldet sich bei der Filialleiterin ab und geht zurück zur Domplatte. Nein, Matteo sitzt nicht mehr vor dem Portal rechts und zeichnet die Heiligen.

Sie ist etwas enttäuscht und beginnt, den Dom zu umrunden. Als sie vor dem Eingang des benachbarten Museums Ludwig ankommt, sieht sie ihn. Matteo hockt auf einer kleinen Mauer hinter der Domapsis und skizziert. Wieder kommt das kleine Fernglas zum Einsatz, anscheinend überprüft und kontrolliert er jeden Strich auf dem Blatt durch erneutes Nachschauen. Als sie das sieht, verwirft sie den Gedanken, er wolle mit seinen Zeichnungen Geld verdienen. Nein, das ist es nicht, er zeichnet, um den Dom genau zu studieren und sich die Details einzuprägen.

Mit einem Mal erscheinen ihr die Verdächtigungen und Vorbehalte gegenüber dem Fremden kindisch. Wieso betrachtet sie ihn derart kritisch, er lässt sie doch vollkommen in Ruhe und geht seiner eigenen Wege. Vielleicht ist es aber gerade das: dass er sie in Ruhe lässt und seiner eigenen Wege geht. Und wieso? Was fantasiert sie sich da gerade zusammen?

Sie atmet tief durch und geht auf ihn zu. Er hat überhaupt keinen Blick für die Umgebung, er schaut durch das Fernglas, zeichnet und schaut wieder durchs Glas. Da hilft alles nichts, sie muss sich neben ihn setzen, um von ihm bemerkt zu werden. Als ihr rechter Arm seinen linken Arm streift, zuckt er zusammen und schaut sie an. Erkennt er sie nicht? Er schaut sie an, als wäre sie eine Fremde.

– 52 –

– Hey, sagt sie, erinnerst Du Dich nicht an mich? Wir sind uns gestern in der Wohnung begegnet.

Er lässt das Blatt sinken und schaut sie so genau an, als wäre sie eine der Domfiguren.

– Ich bin Lisa, sagt sie, und es ist ihr längst peinlich, ihn bei der Arbeit gestört zu haben.

– I know, antwortet er endlich.

Sie fragt ihn (ebenfalls auf Englisch), was er hier tue, und er antwortet, dass der Dom das größte Bauwerk sei, das er jemals gesehen habe. Er wolle es genau studieren, in allen Details. Vieles sei leider in schlimmem Zustand und sehr renovierungsbedürftig. Arbeit gebe es hier für Jahrhunderte, viel Arbeit.

Sie fragt nach, ob er Kunsthistoriker sei, doch er winkt lächelnd ab. Nein, das ist er nicht, er ist von Beruf Restaurator. Als Lisa das hört, durchfährt sie die Nachricht, als klärte sich plötzlich alles. Dieser Venezianer ist nach Köln gekommen, um hier, in der Dombauhütte, Arbeit zu finden! In Venedig verdient er nicht viel, hier aber zahlt man einem Mann wie ihm, der aus Venedig kommt und viel Erfahrung hat, sehr viel Geld. Raffiniert. Jetzt hat sie herausgefunden, was ihn in Wahrheit nach Köln geführt hat!

Sie lächelt wissend und genießt ihr Wissen eine Weile schweigend. Ahnen Mia und Xenia etwas von dem, was sie weiß? Sie glaubt es nicht, sondern vermutet, dass sie sich einen Vorsprung vor den beiden verschafft hat. Sprechen wird sie darüber nicht, vielmehr wird sie genau beobachten, wie es mit dem Fremden weitergeht. Sollte er sich in der Wohnung festsetzen, wird sie rechtzeitig eingreifen. Kostenloses Wohnen ist auf gar keinen Fall möglich. Als Angestellter der Dombauhütte verdient er außerdem genug, um sich ein Zimmer in einer anderen Wohnung leisten zu können.

Gut, dass sie ihre Mittagspause genutzt hat, um Erkundigungen einzuziehen. Sie spürt, dass sie langsam ruhiger wird, ja, sie empfindet plötzlich sogar einen leichten Übermut. Als Einzige durchschaut sie genau, was hier gespielt wird. Mia und Xenia sind viel zu naiv, um auf die richtigen, naheliegenden Gedanken zu kommen. Sie beugt sich zu Matteo hin und fragt, ob er zusammen mit ihr eine Kleinigkeit essen wolle. Er antwortet, dass er nur wenig Zeit habe, denn er wolle sich noch der Domschatzkammer widmen. Sie erklärt ihm, dass sie in einer Buchhandlung ganz in der Nähe arbeitet. Aus ihrer Tasche fischt sie eine Karte mit der Adresse.

– Komm mich doch mal besuchen, sagt sie, wir haben viele Bücher über den Dom und seine Geschichte.

Matteo bedankt sich und steckt die Karte ein. Sie steht auf und verabschiedet sich. Dann geht sie langsam an der Südfassade des Doms vorbei, zurück zu ihrer Buchhandlung. Sie wird bei *Merzenich* noch eine Kleinigkeit essen und einen Tee trinken. Einen Moment bleibt sie stehen, holt ein Taschentuch hervor und schnäuzt hinein. Dabei dreht sie den Kopf ein wenig zur Seite, um zu sehen, ob Matteo bereits wieder zeichnet.

Nein, er ist verschwunden. Verschwunden, obwohl er doch mit der Zeichnung noch keineswegs fertig war. Was hat das nun wiederum zu bedeuten? Sie muss sich zwingen, darüber nicht länger nachzudenken. Sie weiß ja nun Bescheid, im Großen und Ganzen. Auf die Kleinigkeiten kommt es vorerst nicht an.

Als sie um eine Ecke verschwindet, hat Matteo sie von hinten auf einem seiner Skizzenblätter festgehalten. Ihren zu langen, unbequemen Mantel, die schweren, dazu nicht passenden Schuhe, ihre Haare, die zu kurz sind für den Zopf, den sie ihnen zugemutet hat. Er hat sich in einem Durchgang des nahen Museums versteckt, das anscheinend lauter Funde aus der Römerzeit ausstellt. Im Durchgang erkennt er einige Sarkophage mit Reliefabbildungen römischer Feldherren oder Soldaten.

So etwas würde er niemals zeichnen. Die alten Römer sind ihm ein Graus. Als einer der wenigen italienischen Städte ist es der Stadt im Meer gelungen, so wenig Römisches wie nur möglich zu präsentieren. Keine Triumphbögen, Kolosseen, Statuen oder Aquädukte! Nichts von all diesem uralten Gerümpel, das mit Kunst nicht das Geringste zu tun hat. Solche Ausstellware ist was für Touristen, die historische Anekdoten verfolgen und erschauern, wenn sie von Neros Mordtaten hören.

Er steckt das Skizzenbuch in seine Tasche. Viele Details hat er in ihm festgehalten und auf vielleicht zehn bis fünfzehn größeren Blättern einige der Portalfiguren skizziert. Er braucht jetzt eine Pause, in der er nicht von Lisa begleitet werden will. Sie ist ihm fremder als die anderen beiden Bewohnerinnen der WG, und er vermutet noch immer, dass sie ihn nicht mag. Aus welchen Gründen auch immer.

Er geht hinüber zur Tourismuszentrale gegenüber der großen Domfassade. Ein paar Minuten muss er in einer Schlange warten. Dann gelingt es ihm, einen Mitarbeiter zu finden, der Italienisch spricht. Er fragt ihn, wo es in der Nähe italienische Lokale gebe. Kaum ein paar Hundert Meter entfernt gibt es welche, in einer Seitenstraße. Matteo lässt sich noch eine kleine Karte der Innenstadt geben, dann macht er sich auf den Weg, um ein wenig Heimat zu inhalieren.

8

Belegte Brötchen sind etwas unglaublich Deutsches,
denkt Xenia. Man schneidet die weichen Dinger in der
Mitte durch und quetscht alles hinein, was gerade rum-
liegt: Käse, Wurst, Majo, Ketchup, Gurken, Zwiebeln, Sa-
lat. Dann klappt man sie wieder zu und muss den Mund
aufreißen wie ein Kamel, um sie zwischen die Zähne zu
bekommen. Es schmeckt nicht richtig, und es ist unfass-
bar unbequem und pervers.

Aber wieso kommt sie erst jetzt darauf? Es war Matteo,
der sie darauf gebracht hat. Wie er die Brötchen zwischen seine Finger nahm! Wie er sie hin und her bau-
meln ließ, dass der ganze Matsch der Füllung heraus-
schwappte! Sie hat lachen müssen und sofort begriffen,
dass es so nicht weitergeht. Sie wird einen Sandwichmaker (oder wie heißen die Dinger?) für das Café anschaf-
fen. Einen großen, mit dem man gleich drei oder vier
Panini toasten kann. Und sie wird sich nach solchen Panini umschauen: länglich müssen sie sein, nicht rund,
schmal, und nicht breit.

Als der Mittagsansturm der Gäste vorbei ist (es gab
Tortellini in Tomatensauce – auch ein solches Gericht
wird sie Matteo probieren lassen, weil sie wahrscheinlich
auch hier alles falsch macht), recherchiert sie im Internet

nach Verkaufsfilialen für Sandwichmaker. Am einfachsten, sie fährt rasch zum Dom, da gibt es gleich mehrere Läden mit Verkäufern, die davon etwas verstehen.

Sie ist unruhig und kann auch in der U-Bahn die Bilder der belegten Brötchen nicht loswerden. Überall liegen diese Dinger herum, in den Bäckereien, in den Bahnhöfen, die halbe Welt der Hungrigen wird von belegten Brötchen gesäumt! Sie fasst es nicht. Dabei ist es eine einfache, längst bekannte Tatsache. Warum regt sie das alles dann aber so maßlos auf?

Es hat mit ihrem Leben zu tun. Es zeigt ihr, dass sie einer blöden Routine verfallen ist. Seit endlosen Tagen macht sie belegte Brötchen und hat keine richtigen Einfälle für ein gesundes, kleines Mittagessen. Sie hat sich damit zufriedengegeben, dass die Brötchen massenhaft gekauft werden und die Kunden behaupten, ihre *Tortellini in Tomatensauce* seien richtig lecker. Lecker! Nichts an diesen schrumpligen Nudelringelchen ist lecker, sie schmecken wie Gummi, und die Tomatensauce ist auch meist zu wässrig, weil sie keine Zeit hat, die Sauce einzukochen.

Du musst Dein Leben ändern!, denkt Xenia und muss lachen. Wofür diese verbrauchte Rilke-Zeile nicht alles gut ist! Aber sie taugt noch immer und hat zum Glück nichts Pathetisches mehr, schließlich kann man heutzutage sein Leben ja wirklich ändern, von Minute zu Minute, zum Beispiel durch den Kauf von Sandwichmakern!

Als sie bei einem *Merzenich*-Laden vorbeikommt, erkennt sie Lisa, die drinnen neben der Theke mit den belegten Brötchen steht und an einem Glas Tee nippt.

Anscheinend verbringt sie dort eine verlängerte Mittagspause. Sie geht zu ihr und sagt:

– Du rätst niemals, warum ich hier bin.

– Also los, verrat es mir, antwortet Lisa.

– Ich werde einen Sandwichmaker kaufen oder vielleicht sogar zwei.

– Wie bitte?

– Der Typ aus Venedig hat heute Morgen mit mir gefrühstückt und vorgeführt, wie beschissen belegte Brötchen sind.

– Spinnst Du?

– Ist Dir nie aufgefallen, dass man sie nicht einmal bequem essen kann? Und dass sie zu weich sind, weil die meisten stundenlang in einer Vitrine liegen? Und dass sie schmecken wie mehlige Pappe?

– Hat der Typ das behauptet?

– Er hat es mir drastisch bewiesen.

– Und er hat einen Sandwichmaker empfohlen?

– In Venedig toastet man Panini. Sie sind schmal, handlich und knusprig. Man …

– Jetzt hör aber auf! Der Typ hat dich ja völlig durcheinandergebracht. Was ist denn mit Dir los?

– Nichts, ich werde einiges ändern.

– Was wirst Du ändern?

– Na, die Speisekarte in meinem Café. Ich werde alles noch einmal ganz von vorne durchdenken.

– Hoffentlich hat der Typ auch Zeit, Dir dabei zu helfen!

– Wieso?

– Ich bin ihm am Mittag kurz begegnet. Er arbeitet an einer Bewerbungsmappe.

– Was?

– Ich sage nichts mehr, bis ich meine Vermutungen beweisen kann. Ich würde ihm nicht trauen, Xenia. Keine Sekunde. Er wird unsere Gutmütigkeit ausnutzen, glaub mir. Er ist nicht der feine, stille und zurückhaltende Mensch, für den Du ihn hältst.

– Wieso sagst Du das? Ich halte ihn gar nicht für fein, still und zurückhaltend. Ich kenne ihn doch gar nicht.

– Aber ich, ich sehe, dass er uns mit seinem Verhalten täuschen will. Weil ich ihn genau beobachte, weil mir nichts entgeht.

– Lisa, irgendetwas stimmt nicht mit Dir!

– Ciao, meine Liebe, ich muss zurück in die Buchhandlung!

Sie umarmen sich flüchtig, Xenia schaut Lisa noch eine Weile hinterher. Was ist nur mit ihr? Sie kann den Typ nicht ausstehen, dabei kennt sie ihn doch gar nicht richtig. Und was beschäftigt sie so an ihm? Eigentlich doch nur, dass er überhaupt da ist, dass er in der Küche auftaucht oder, schlicht gesagt: dass das Leben nicht mehr in jenen Bahnen verläuft, in denen es endlose Zeit verlaufen ist. Gut, dass es das nicht mehr tut!

Sie schüttelt den Kopf und verlässt den *Merzenich*-Laden. Viel Zeit hat sie nicht, sie muss bald wieder zurück ins Café. Die Zeit wird aber reichen, um in zwei oder drei Geschäfte zu gehen und sich die Angebote zeigen zu lassen. Sie muss die Dinger sehen und anfassen, sonst hat sie keine Vorstellung davon. Mit Verkäufern kann sie gut umgehen, sie entlockt ihnen Kommentare, die sie anderen Kunden nie mitteilen würden. Gar nicht so selten kommt es sogar vor, dass sie ihr von den teureren Geräten abraten, weil die billigeren genauso gut oder sogar besser sind.

Kaum eine Stunde später macht sie sich mit einem kleinen Zettel, auf dem sie die Namen der Geräte und die entsprechenden Preise notiert hat, wieder auf den Weg zurück zu ihrem Café. Dort wird sie die Angebote mit denen im Internet vergleichen. Kurz bevor sie in der Nähe des Doms in die Tiefe des U-Bahnhofs steigt, erkennt sie Matteo, der mit einer Gruppe von recht chic gekleideten Männern etwa in seinem Alter an einer Kreuzung steht. Sie reden schwungvoll miteinander, als gäbe es etwas Wichtiges oder Dramatisches zu besprechen. Etwas, das entschieden werden muss. Etwas, über das sie sich noch nicht einig sind. Matteo sagt nichts, das fällt ihr auf, er steht in ihrer Mitte und hält in seiner rechten Hand etwas, das aussieht wie ein Paket. Er presst es fest gegen seine Brust, als befände sich etwas Wertvolles darin.

Die anderen scheinen über den Inhalt zu debattieren. Einige berühren das Paket immer wieder mit einer Hand, als wollten sie den Kontakt zu ihm nicht verlieren. Haben sie es Matteo geschenkt? Aber wer sind sie, und was haben sie mit ihm zu verhandeln? Sind es Freunde von ihm? Aber wieso hat er in Köln solche Freunde?

Xenia spürt, dass Lisas Bedenken und Vorbehalte gegenüber dem Typen sich plötzlich auch in ihr breitmachen. Matteo bewegt sich nicht so, als wären ihm die anderen Männer fremd. Sie machen zusammen Witze, sie sind gut gelaunt, und sie scheinen etwas vorzuhaben. Wenn sie bloß wüsste, was sich in dem Paket befindet!

Sie wendet den Blick ab und läuft die Stufen zur unterirdischen Haltestelle der U-Bahn rasch hinunter. Die

Welt ist aus den Fugen! Von wem ist diese Zeile – oder heißt es gar nicht so? Wie aber dann? Verdammt noch mal, die ruhigen Tage von früher sind wirklich vorbei. Alles dreht sich plötzlich um diesen Typ, von dem nicht mal Mia weiß, wer genau er eigentlich ist. Hat das Paket mit der Bewerbungsmappe zu tun, von der Lisa gesprochen hat?

Als Xenia unten im Bahnhof in der Nähe der Gleise ankommt, ist ihr schwindlig. So, wie der Typ mit seinen Gesellen an der Kreuzung stand, macht er ihr Angst. Angst, jawohl Angst. Er ist anscheinend in irgendwelche Geschäfte verwickelt, danach sah es aus. Vielleicht etwas mit Drogen?

Ach was. Er macht nicht den Eindruck eines ausgebufften Drogenhändlers, und die anderen Typen wirken auch nicht so, als gehörten sie einer Mafia an. Sie bildet sich das alles nur ein, weil Lisa diese dummen Andeutungen gemacht hat. So geht das aber nicht weiter. Sie wird mit Matteo über dieses Paket sprechen, sofort, wenn sie ihn wiedersieht. Anders als Lisa wird sie nicht zögern und Vermutungen Raum lassen. Sie ist niemand, der andere gerne verdächtigt. Und sie möchte ihre Angst loswerden, auf der Stelle, stante pede.

9

Das Paket ist nicht schwer, aber unbequem. Matteo presst es weiter gegen die rechte Brust und geht mit ihm hinüber zur Domschatzkammer, deren Schätze er als Nächstes studieren will. In dem kleinen italienischen Lokal in Domnähe hat er neue Bekanntschaften gemacht. Die Kellner sind kaum älter als er und kommen zu seiner Überraschung alle aus Venetien. Auch der Besitzer des Ristorante stammt aus dieser Gegend, betreibt aber schon seit vielen Jahrzehnten die wohnliche Stube, aus der das Ristorante besteht. Kein Schnickschnack, keine Säulen und Teppiche, sondern schlichte Tische mit weißen Tischdecken und Holzstühle, die aussehen, als kämen sie aus den frühen Siebzigerjahren!

Matteo hat den Besitzer begrüßt und eine Weile mit ihm geplaudert. Er hat davon erzählt, dass er erst seit kurzer Zeit in Köln ist und ihm alles noch sehr fremd vorkommt. Dann hat er sich erkundigt, ob es in dem Ristorante Arbeit für ihn gibt. Er ist von Beruf Restaurator, er kann alles in diesem großen Raum reparieren, was nicht mehr so läuft, wie man es sich wünscht. Er könnte auch in der Küche aushelfen, das Geschirr abwaschen, sich irgendwie sonst nützlich machen. Der Besitzer lacht über seinen Eifer, nein, heute gibt es nichts für ihn zu tun, aber Matteo soll ab und zu vorbeikommen, vielleicht ergibt sich ja etwas.

Das Ristorante war nicht allzu voll, die anderen Kellner hatten Zeit, sich ebenfalls ein wenig mit Matteo zu unterhalten. Ob er der Liebe wegen in Köln sei? Nein, das nicht. Ob er schon viele Mädels kennengelernt habe? Ja, er wohne in einer WG mit drei Kölnerinnen. Im Ernst?! Ja, er habe Glück gehabt.

– Hört ihn Euch an, rief einer der jungen Kellner, er sagt, er habe Glück gehabt! Das ist kein Glück, das ist der Himmel auf Erden.

– Ja, rief ein anderer, Du bist ein ganz Schlauer, was? Spielst die arme Kirchenmaus, die in der Küche aushelfen will, und wohnst mit drei Kölnerinnen zusammen. Jeden Tag wird Dich eine andere aushalten, warte ab!

Matteo lacht mit und tut so, als gefielen ihm diese Bemerkungen. Tun sie aber nicht, sie machen ihn nervös, weil er im Grunde nicht genau weiß, wie er mit den drei Kölnerinnen umgehen soll. Eines hat er sich immerhin schon vorgenommen: Er wird die WG-Küche an jedem Morgen aufräumen und danach Xenia in ihrem Café vor der Frühschicht helfen. Und was ist mit Mia? Er weiß es nicht. Und was mit Lisa, die ihm anscheinend misstraut? Er sollte auf sie zugehen, indem er sie in ihrer Buchhandlung besucht. Nicht gleich, aber noch heute. Damit könnte er vielleicht größere Konflikte mit ihr vermeiden.

Als er das Ristorante wieder verlassen will, lädt ihn der Besitzer zu einer Pasta ein. Auf Kosten des Hauses. Er hat an einem kleinen Tisch in der Nähe der Theke Platz nehmen dürfen, so, als wäre er ein zahlender, hoch-

– 64 –

willkommener Gast. Der Besitzer war sehr freundlich zu ihm und kam immer wieder an seinen Tisch, und die jungen Kellner (warum waren es so viele, auch mit der Hälfte hätte man die Gäste ohne Engpässe bedienen können) hörten bald auch mit ihren spitzen Bemerkungen auf und erzählten von ihren Heimatorten im Norden Venedigs, auf dem Festland.

Mein Gott, wie angenehm war es, wieder ausschließlich Italienisch zu hören! In den verschiedensten Höhenlagen, in allen Lautstärken! Fast hatte Matteo vergessen, dass er nicht zu Hause, sondern in einer Stadt weit entfernt von der Heimat war. Und dann der Geruch! Es war der vertraute Geruch der guten venezianischen Lokale, denn es roch nach Fisch, Gemüse, Wein und Kaffee, und außerdem war es ein wenig wärmer als nötig. Diese venezianische Wohnstubenwärme der alten Ristoranti, in denen die jungen Venezianer sich nicht mehr wohlfühlen! Sie wünschen sich auch im alten Venedig glatte und kühle Verhältnisse, chice Polsterstühle mit Leder überzogen, und schmale Tische, mit Tischplatten aus PVC auf einer Aluminiumsäule.

Solche Ristoranti gibt es auf dem hässlichen Festland, in Mestre, wo die meisten Jungen jetzt auch wohnen und die Abende und Nächte verbringen. In Cafés und Klubs, in denen gegessen, Musik gehört und schließlich auch noch getanzt wird. Er mag solche Etablissements nicht, wie er auch nicht gerne auf die üblichen Partys geht, die in den WGs stattfinden. Das lange Sitzen und Reden macht ihn meist nur müde, es kommt nichts dabei heraus, sondern ist purer, hilfloser Zeitvertreib, und am frühen Morgen hat man schon fast alles vergessen, was man mit diesem oder jenem (es kommt nicht so darauf an, mit wem) geredet hat. Hoffentlich verfallen die drei Kölnerinnen nicht auf die Idee, in ihrer WG eine Party zu veranstalten. Und hoffentlich nimmt keine von ihnen ihn zu einer solchen Party irgendwo anders mit. Er langweilt sich grässlich während solcher Unternehmungen, manchmal bekommt er sogar Magenschmerzen, weil er sich nach draußen und nach Freiheit sehnt und doch nicht nach draußen gehen kann, ohne jemand anderen zu verletzen.

Wenn man nicht raucht, keinen Alkohol trinkt, Partys nicht mag, sich aber für alte Gemälde, Gebäude und sogar für Kirchen interessiert (ist er vielleicht sogar »ein gläubiger Mensch«?), hat man es mit Gleichaltrigen nicht leicht. Natürlich hat er viele Freunde, aber keinen einzigen guten, mit dem er sich Tag für Tag treffen und austauschen könnte. Die engsten Beziehungen sind die zu den Mitgliedern seiner Familie.

Mit seinem Vater war er sehr gerne zusammen, ja, der Vater ist (obwohl er tot ist) noch immer der wichtigste Mensch in seinem Leben. Und mit seiner Mutter und der Schwester gibt es nicht die geringsten Konflikte, obwohl der Umgang vor allem mit seiner Schwester nicht leicht ist (sie hat etwas Pedantisches, Überempfindliches). Seit Vater tot ist, hat sich die Verbindung zu seiner Mutter wieder gebessert. Viele Szenen und Geschichten aus seiner Kindheit, in denen sie die Hauptrolle spielt, hat er als gut in Erinnerung. Doch während der Pubertät haben sie sich langsam voneinander entfernt.

Einige Zeit hat er Mutter und Schwester auch im Verdacht gehabt, sich über ihn auszutauschen. Die Schwester hat ihn »beäugt«, jedenfalls hat er das so empfunden. Vielleicht hat ihn die Nähe zweier Frauen während dieser Pubertätsjahre aber auch nur verunsichert. Plötzlich hat er sich nämlich Fragen gestellt, die er sich zuvor nie stellte: Lieben Frauen anders als Männer? Und wenn ja, wie genau? Warum ist seine Schwester mit keinem Mann befreundet und wird wahrscheinlich nie heiraten? Und warum fällt es ihm selbst so schwer, sich mit einer Frau seines Alters anzufreunden?

Ihn zog es nicht einmal zu einer bestimmten hin, auch das war doch seltsam. Und (anders als fast alle seiner Freunde) mochte er es nicht, häufig über Frauen zu sprechen und ernsthaft darüber zu debattieren, mit welcher man gerne eine Nacht verbracht hätte. Einige Filmschauspielerinnen (Isabelle Huppert, Catherine Deneuve) hatten ihm dagegen sehr gefallen, wobei ihm erst spät aufgefallen war, dass alle, die ihm gefielen, viel älter waren als er. Vielleicht mochte er ältere Frauen lieber als gleichaltrige. Aber wieso? Und war das in Ordnung?

Über solche wichtigen Fragen konnte er mit niemandem sprechen. Und erst recht konnte er niemandem davon erzählen, dass er in seiner Not darüber manchmal mit Gott redete. Mit Gott, ja, mit Gott! Manchmal, wenn er in einer Kirche saß, begann er Gott von sich zu erzählen. Er reihte einfach all die Fragen und Themen aneinander, die ihn gerade bewegten. Was ihm an Isabelle Huppert so gefiel (das Schnörkel- und Alterslose, eine bestimmte Art von »Hingabe«) oder was er an Catherine Deneuve so mochte (dass ihr egal war, was man über sie sagte, dass sie ein genaues Bild von sich selbst hatte und sich damit von niemand abhängig machte, dass sie stolzer und klüger war als die meisten Schauspielerinnen, die ganz unsäglich lasches Zeug über ihren Beruf verbreiteten).

Nach der Pasta gab es einen Obstsalat, als wäre er ein Kind, dem man noch einige Vitamine für eine weite Reise mit auf den Weg geben müsse. Danach hat er sich noch nach einem Küchendetail erkundigt, und man hat ihn auch damit versorgt. Er hat sich von dem Besitzer des Ristorante verabschiedet, der ihn beim Abschied sogar umarmte. Solche älteren guten Männer gab und gibt es gar nicht so selten in Venetien und in Venedig. Es sind Männer vom Schlag seines Vaters. Die jungen Kellner haben ihn nach draußen begleitet und das, wonach er gefragt hat, in einem Karton verpackt.

In der Garderobe der Domschatzkammer steckt Matteo den Karton, der wie ein Paket aussieht, in ein Schließfach. Schon in der Eingangszone ist es sehr dunkel. Der Mann an der Kasse erklärt ihm (auf Englisch), dass die Schatzkammer aus drei Geschossen besteht und es tief in die Erde hinabgeht. Er bekommt einen Plan von der gesamten Anlage, dann betritt er vorsichtig und langsam den ersten Raum.

Er bleibt überrascht stehen. Die goldenen Schätze und Kostbarkeiten stehen jeweils allein in einzelnen Glasvitrinen wie unantastbare, versiegelte Zeichen. Sie wirken magisch, geheimnisvoll und exotisch, als hätten sie früher einen starken Zauber ausgeübt und die Welt regiert. Jede der Kostbarkeiten ist angestrahlt, und sie sind in Räumen mit Backsteinmauern verteilt, die wie Mauern einer großen Krypta aussehen. Seltsam, das alles erinnert an die Basilika von San Marco. Das viele Gold, die

– 68 –

Dunkelheit, die kleinen Strahler! In solchen Räumen ist er so zu Hause, wie er sich gerade noch in dem Ristorante zu Hause gefühlt hat. Hierher wird er mehrmals gehen und sich all die magischen Gegenstände genau anschauen.

Er beginnt mit einem kostbaren Stab, der anscheinend Petrusstab genannt wird. Der einfache Stab besitzt einen Elfenbeinknauf und wird von einer golden schimmernden Manschette mit vielen Herzblättern ummantelt. Matteo schaut nach und liest, dass der Knauf aus dem vierten Jahrhundert stammt und vielleicht in Rom angefertigt wurde. Als ob er es geahnt hätte. Dieser schlichte und ehrliche Knauf kommt aus der Zeit des frühen, christlichen Roms. Er holt sein Skizzenbuch heraus und beginnt, den Petrusstab zu zeichnen. Detail für Detail. Er umrundet die Vitrine, seine Augen können nicht von dem Stab lassen.

Den Wärter, der plötzlich im Raum steht und ihn beobachtet, bemerkt er nicht.

– Ist mit Ihnen alles in Ordnung?, ruft der Mann, viel zu laut.

Matteo erschrickt und schaut sich nach ihm um. Er versteht nicht, um was es geht.

– Che cosa c'è?, antwortet er.

Der Mann betrachtet ihn, als habe er noch nie diese Frage auf Italienisch gehört.

– Italien oder Spanien?, ruft der Mann.

– Venezia, antwortet Matteo und ist erleichtert, dass der Mann genau dieses Wort dreimal leise wiederholt und, als beruhigte diese Wiederholung ihn, sofort verschwindet.

– 69 –

Dann widmet er sich weiter seiner Zeichnung. Als er damit fertig ist, spürt er eine beruhigende Zufriedenheit. Er hat jetzt in Köln ein Stück Venedig entdeckt, ja, er ist der Heimat auch in der Fremde ein wenig nahe.

10

Nach der ausführlichen Besprechung des Dokumentar-
filmprojekts ist Mia mit ihren Kommilitoninnen (Lin
und Benita) an den Rhein gegangen. Im Café des Scho-
koladenmuseums haben sie etwas getrunken und den
Stand des Projekts noch einmal zusammengefasst. Einig
sind sie sich inzwischen darüber, dass Mias Idee etwas
Zündendes hat.

Das Thema des Projekts (»Weltbeobachtung«) könnte
man so verstehen, dass relativ alltägliche Menschen,
Dinge oder Ereignisse detailliert und über einen längeren Zeitraum beobachtet werden. Das würde bedeuten:
dicht an den Sachen dranbleiben, keine langen Geschichten erzählen, sondern zeigen, was vor sich geht. Darüber
hinaus hätten sie aber noch mehr zu bieten: Sie würden
(als Beobachtende) jemanden in den Mittelpunkt stellen,
der ebenfalls als genauer Beobachter agiert und dem die
Dinge, die er sieht, fremd sind. »Weltbeobachtung hoch
zwei« hat Mia das genannt und damit viel Anklang gefunden.

Fragt sich nur, wie man den Typ einbezieht und mit
ihm umgeht. Drei Varianten wären möglich: a) Man erklärt ihm das Projekt und folgt ihm auf seinen Wegen
durch Köln. (Man geht mit ihm in den Dom, streunt mit

ihm durch die Innenstadt, fährt mit ihm Bahn oder Bus oder setzt ihn in die Seilbahn an der Zoobrücke, die über den Rhein zum anderen Rheinufer fährt.) Dabei nimmt man auf, was er so alles sagt und von sich gibt, man befragt ihn, man zeigt seine Skizzen und Zeichnungen, man macht ihn zum Hauptdarsteller. b) Man folgt ihm heimlich, weiht ihn nicht ein, sondiert seine Wege und Aktionen und kommentiert alles (fragend, vermutend) aus dem Off. In diesem Fall ist der Kommentar zentral. (Er könnte etwas Detektivisches haben und Spannung in die Geschichte bringen.) c) Man tut nur so, als folgte man ihm heimlich (weil das Spannung in die Geschichte bringt), weiht den Typ aber in Wahrheit ein und lässt ihn an genau jenen Orten und in jenen Räumen agieren, die man für ihn ausgesucht hat. (In diesem Fall gäbe es zwei Hauptdarsteller: den Typ und den Kommentar.)

Mia, Lin und Benita sind noch uneins, welche Variante sie wählen. Variante a ist eindeutig die biederste, es ist die typische TV-Variante: Wir folgen einem Venezianer auf seinen Wegen durch Köln und fragen ihn, was ihm an Besonderheiten auffällt. Variante b ist attraktiv, gleichzeitig aber riskant. Schafft man es, dem Typ zu folgen, ohne dass er einen bemerkt? Und ist es in Ordnung, ihn nicht einzuweihen und sich derart in sein Privatleben zu mischen? Mia ist für die Variante c, denn mit dieser Variante befriedigt man gleich zwei Ansprüche: Der Typ würde eingeweiht, und die Filmemacherinnen hätten die Chance, sich als kluge, investigative Spurensuchende zu beweisen.

Benita dagegen ist für Variante a (weil sie nicht viel Zeit für das Projekt aufwenden will), während Lin leidenschaftlich für die Variante b kämpft (womit man nach ihren Worten »etwas riskiert – und zwar richtig: großes Risiko!«). Mia kann nicht gut einschätzen, wie die weitere Zusammenarbeit mit den beiden verläuft, der Seminarleiter hat ihr Trio ohne lange Debatten zusammengestellt. Er findet es nicht gut, wenn sich die Studenten eines Projekts schon lange kennen, das, behauptet er, bremse Kreativität aus und führe nur dazu, dass man sich auf eingefahrenen Gleisen bewegt.

Während sie im Schokoladenmuseum etwas trinken, überlegen sie, ob sie sich wenigstens knapp über ihre Vergangenheit austauschen sollen. Wäre es nicht doch besser, sich genauer kennenzulernen? Sie sind sich bald einig, dass es keineswegs besser wäre. Sie wollen intensiv miteinander arbeiten, aber sie wollen sich nicht anfreunden. Kein Schmus, keine Offenbarungen, die gegenseitige Fremdheit könnte ein Garant dafür sein, dass die im besten Fall sehr unterschiedlichen Kulturen, aus denen sie stammen oder in denen sie leben, heftig aufeinanderprallen.

– Ich zum Beispiel, sagt Lin, komme gar nicht aus Asien, obwohl alle das sofort annehmen, die mich kennenlernen. Ich wurde in Brüssel geboren, mein Vater war Diplomat, und meine Mutter …

– Stopp, rufen Mia und Benita beinahe zugleich, jetzt lass das, das widerspricht doch genau den Regeln, die wir gerade vereinbart haben!

Also gut, keine langen biografischen Aussprachen, man bleibt auf Distanz. Lin sagt, dass ihr das sehr schwerfalle und künstlich vorkomme und dass sie außerdem wissen wolle, »mit wem sie es zu tun habe«.

– 73 –

– Das ist ja gerade der Witz, sagt Benita. Diesmal er-
fährst Du das auf indirektem Weg. Durch Weltbeobachtung! Während wir zusammen an dem Projekt arbeiten,
beobachtest Du uns, ob Du es willst oder nicht. Anhand
unserer Reaktionen bekommst Du sehr genau mit, mit
wem Du es zu tun hast. So etwas kann man gar nicht
verbergen, schließlich sind wir alle ja nicht aus Stein.

Lin findet das »sophisticated«, aber sie widerspricht
nicht weiter. Einig sind die drei sich darin, dass sie den
Typ zunächst einmal kennenlernen und beäugen wollen.
Dann werden sie entscheiden, wie sie vorgehen.

– In einer halben Stunde treffe ich mich mit ihm genau
hier, direkt am Rhein! Habt Ihr noch die Geduld, auf ihn
zu warten? Ich stelle ihn Euch vor, Ihr macht Euch ein
erstes Bild. Ich bin gespannt, wie Ihr ihn findet, sagt Mia.

– Du tust, als wäre er etwas ganz Besonderes, sagt Lin.

– Ich tue nicht so, antwortet Mia, er ist etwas Besonderes.

– Und worin besteht das Besondere?, fragt Benita.

– Das weiß ich noch nicht genau, antwortet Mia. Er ist
irgendwie anders. Für sich, eigen, sehr konzentriert, bescheiden.

– Mit einem Wort: Ein Heiliger!, sagt Lin.

– Vielleicht, antwortet Mia, ja, vielleicht ist er ein Heiliger.

Sie unterhalten sich weiter und achten darauf, dass die
Unterhaltung nicht ins allzu Private abtreibt. Lin bestellt
ein Glas Sekt, Benita trinkt einen zweiten Kaffee, und
Mia überlegt, ob sie einen *Aperol Sprizz* bestellen soll,
lässt es dann aber doch und bestellt lediglich ein Glas
Leitungswasser.

Die drei ahnen nicht, dass sich Matteo ganz in ihrer Nähe befindet. Er ist etwas verfrüht am Rhein angekommen und in die Kirche Sankt Maria in Lyskirchen gegangen. Sie steht direkt an der Uferstraße und blickt hinüber auf den Fluss. In einer Nische entdeckt er eine große Madonnengestalt. Sie wirkt herrschaftlich und trägt ein festliches Gewand mit schweren Falten. Das nackte Jesuskind hält sie im Arm, es hat einen kleinen, rot glänzenden Apfel in der Hand. Will es den Apfel verschenken? Aber an wen? An seine Mutter? Nein, das nicht. An wen dann? Vielleicht an den Betrachter. Aus zwei Gestalten würden drei, wenn er sich auf das Spiel einlassen würde. In so einem Fall wäre das Trio komplett.

In der Nische hinter der Figur befindet sich ein Wandgemälde, auf dem man einige Schiffer in ihren Booten auf dem Rhein erkennt. Sie lassen die Ruder streifen und grüßen die Madonna, einer winkt ihr zu, und ein kleines Kind in einem der Boote winkt besonders freudig und emphatisch. War also diese Madonna eine Madonna der Schiffer? Hat sie einmal draußen, im Freien, gestanden, sodass sie vom Fluss aus gesehen und gegrüßt werden konnte?

Matteo gefällt diese Fantasie, denn sie hat in seinen Augen etwas Venezianisches. Der breite Fluss, die Schiffer in ihren Kähnen, die Fröhlichkeit in den Mienen, die heftigen Gesten – das erinnert (zwar entfernt, aber doch vergleichbar) an die Fischer in der Lagune. Auch dort gibt es Kirchen mit großen Madonnen, Matteo hat viele von ihnen gezeichnet.

Richtig, auch diese Kölner Madonna, die er ab sofort »Schiffermadonna« nennen wird, sollte er zeichnen. Er

nimmt in einer Bank Platz, holt Fernglas und Skizzenblock heraus und beginnt. Das Zeichnen verbindet ihn
mit seiner Umgebung, wie es keine Fotografie je könnte.
Mit jedem Strich berührt er sie, vorsichtig, tastend, als
könnte er sie auf diese Weise langsam und geduldig kennenlernen. Mit den Fingerspitzen nähert er sich und
nimmt der Umgebung Formen und Zeichen ab. Sie geht
in ihn ein, und er erinnert sich später an jedes Detail.

– Warum zeichnest Du so viel?, hat Lisa ihn gefragt,
als er sie vor kaum einer Stunde in ihrer Buchhandlung
besucht hat.

Er hat es ihr zu erklären versucht, aber sie hat ihm zu
verstehen gegeben, dass Zeichnen ihr zu lange dauere
und dass sie lieber alles fotografiere, was sie für wichtig
halte.

Zuvor aber war sie sehr überrascht gewesen, als sie
ihn in der Buchhandlung erkannt hatte.

– Bist Du meinetwegen gekommen, wirklich meinetwegen?, hat sie ihn gefragt.

– Yes, I missed you, hat er geantwortet und sie so ehrlich angeschaut, dass sie einen Moment glaubte, er meine das wirklich ernst.

Vorsicht, hat sie sich dann gesagt, diese Italiener sind
alle gute Schauspieler, besonders Venezianer haben das
Schauspielen seit Hunderten von Jahren drauf. Du darfst
nicht darauf hereinfallen, es könnte Dich teuer zu stehen
kommen.

Über zehn Minuten hat sie Matteo durch ihre Abteilung geführt und ihm am Ende ein kleines Wörterbuch
Italienisch-Deutsch, Deutsch-Italienisch geschenkt.

– Weil Du meinetwegen gekommen bist, hat sie gesagt

und dann zweisprachig, unter Zuhilfenahme des italienischen Wörterbuchs, weitergemacht: Because you have come … a causa di me.

Zum Schluss zeigte sie ihm noch einige Fotos auf ihrem Handy. An sonnigen Tagen macht sie immer zwei, drei Aufnahmen vom Kölner Dom. Wenn die Südfassade so schön in der Sonne glänzt. Wenn sie der Dom an Frankreich und französische Kathedralen erinnert.

– Weißt Du, dass man von Köln aus in kaum mehr als drei Stunden in Paris ist?, hat sie ihn noch gefragt.

Nein, das wusste er nicht, und diese Nachricht war wirklich bemerkens- und mitteilenswert. Er lächelte, als er ihr das sagte. Plötzlich vermutete er, dass Lisa eine manchmal durchbrechende Neigung zum Kitsch habe. Ihre Fotos deuteten darauf hin. Die Art und Weise, wie sie über Paris und Frankreich redete, auch. Mal sehen, ob sich seine Vermutung bestätigen würde.

Matteo klappt den Skizzenblock zu, nachdem er noch einmal auf die kleine Skizze geschaut hat, auf der er am Mittag Lisas Abgang von der Domplatte festhielt. Der viel zu breite Mantel, die viel zu schweren Schuhe – bis in diese Teile der Kleidung ist der Kitsch noch nicht vorgedrungen. Nur der Zopf, mit dem sie ihren Haaren Gewalt antut, hat etwas davon. Er soll ihr etwas Keckes, Launiges verleihen.

Matteo lacht kurz auf. Er wird Lisa an die fabelhafte Amélie aus deren fabelhafter Welt erinnern. Er könnte wetten, dass sie diesen Film gesehen hat. Wahrscheinlich sogar mehrmals, und wahrscheinlich einmal an einem Sonntagnachmittag, als es in Köln heftig regnete. Er wird ihr empfehlen, die Haare so schneiden zu lassen, wie die fabelhafte Amélie sie trägt. Das könnte sie weiterbringen, ganz im Ernst. Es könnte ihrer Sehnsucht einen ersten Halt geben. Vielleicht liegt er aber auch ganz falsch mit all diesen Vermutungen. Er wird sie beobachten, so genau, wie er alles um sich herum beobachtet, Detail für Detail.

11

Mia erwartet Matteo auf dem Spaziergängerweg, der vom Schokoladenmuseum aus direkt am Rhein entlang Richtung Dom führt. Sie begrüßen sich herzlich (Kuss links, Kuss rechts), dann stellt sie ihm ihre beiden Kommilitoninnen (Lin und Benita) vor.

– Wir drehen einen Film zusammen, sagt Mia (auf Englisch).

– Was für einen Film?, fragt Matteo.

– Etwas Dokumentarisches, etwas über den Alltag von Menschen in Köln.

Matteo presst sein Paket noch immer gegen die Brust. Mia will wissen, was drin ist.

– Da ist ein Geschenk drin, sagt Matteo.

– Du willst jemanden beschenken?

– Ja, ich erkläre es Dir, wenn wir in der WG sind.

– Oh, da bin ich gespannt. Und wie war Dein Tag?

– Sehr gut. Ich habe viel gezeichnet und mich mit einigen Dingen und Menschen angefreundet.

– Womit genau?

– Mit dem Petrusstab in der Domschatzkammer und mit der Madonna der Schiffer dort drüben in der kleinen Kirche.

– Da gibt es eine Madonna der Schiffer?

– Ja, ich zeige sie Dir.

Matteo stellt das Paket auf einer Bank ab und holt den Skizzenblock aus der Umhängetasche. Lin und Benita treten näher heran, zusammen mit Mia schauen sie sich die Skizzen an. Matteo hat drei Skizzen angefertigt: die Madonna in ganzer Gestalt von vorn, ihren Kopf und das Jesuskind von der Seite sowie den Faltenwurf ihres Gewandes als ein Detail.

– Puuh, sagt Lin, das ist ja unglaublich gut.

– Nicht zu fassen, sagt Benita, so was Perfektes habe ich selten gesehen.

– Frag ihn mal, ob er nur Madonnen und Heilige oder auch normale Menschen auf den Straßen zeichnet, sagt Lin zu Mia.

Mia übersetzt die Frage ins Italienische, da blättert Matteo in seinem Block zurück und deutet auf die Skizze, mit der er Lisas Abgang von der Domplatte festgehalten hat.

– Aber das ist ja Lisa!, sagt Mia (auf Italienisch).

– Ja, sagt Matteo, ich habe sie zufällig in der Nähe des Doms getroffen.

– Weiß sie, dass Du sie gezeichnet hast?

– Nein, ich habe sie gezeichnet, als sie zurück in ihre Buchhandlung ging.

– Du hast sie also heimlich gezeichnet.

– Nein, nicht heimlich, sondern einfach so, um ihren Abgang festzuhalten, um mich später daran zu erinnern.

– Wirst Du ihr die Zeichnung zeigen?

– Ja, vielleicht. Warum nicht?

Mia wendet sich zu ihren Kommilitoninnen und sagt (auf Deutsch):

– Er hat sie heimlich gezeichnet, er hat sie beobachtet, als sie über die Domplatte zu ihrer Buchhandlung ging. Es ist Lisa, sie wohnt in meiner WG.

– Und warum hat er sie heimlich gezeichnet?, fragt Lin.

– Vielleicht gefällt sie ihm, antwortet Mia.

– Oder er ist ein Voyeur, sagt Benita.

– Ach was, antwortet Mia, Matteo ist doch kein Voyeur. Ein Mann, der laufend Madonnen und Heilige zeichnet, ist kein Voyeur.

– Vielleicht ist er es gerade deshalb, sagt Benita. Ich finde, er hat ein ganz und gar voyeurhaftes Auge. Schaut Euch mal an, wie er die Lippen der Madonna gezeichnet hat. Und den Apfel in der Hand des kleinen Jesus. Wenn das kein Voyeurismus ist!

– Nein, sagt Lin, Voyeurismus ist das nicht. Er hat das Auge eines großen Zeichners, er ist in die Details vernarrt.

– Was sagen Deine Freundinnen?, fragt Matteo (auf Italienisch).

– Sie sagen, dass Du ein großer Zeichner bist, sagt Mia. Einen, wie sie bisher noch keinen gesehen haben. Ich meine: unter den Studenten, unter uns. Niemand von den Studenten an unserer Hochschule kann so gut zeichnen.

Matteo verbeugt sich ein wenig, als wollte er sich für die Komplimente bedanken. Es ist ihm unangenehm, so gelobt zu werden. Am liebsten würde er sich verabschieden und am Rhein entlang zurück in den Norden Kölns gehen.

– Ich würde gern zurück in die WG gehen, sagt er. Ich bin sehr müde, ich war den ganzen Tag unterwegs.

– Hast Du etwas Warmes gegessen?

– Ja, ich habe ein Ristorante entdeckt, das Landsleuten aus Venetien gehört. Sie haben mich zum Mittagessen eingeladen.

– Oh, allerhand! Du hast anscheinend richtig Glück. Das war wohl ein richtig guter Tag?

– Ja, das war es, sagt Matteo.

Sie einigen sich darauf, dass Matteo weiter am Rhein entlang Richtung Norden geht. Mia will noch einige Minuten mit den Kommilitoninnen plaudern und radelt ihm dann hinterher. An der Hohenzollernbrücke, dort drüben, wo gerade die Züge über den Rhein fahren, werden sie sich treffen und dann zusammen zu Fuß nach Hause gehen.

Matteo gibt jeder der beiden Kommilitoninnen die Hand. Dann streift er seine Umhängetasche um, presst das Paket wieder gegen seine Brust und geht langsam am Rhein entlang Richtung Norden.

– Na, sagt Mia zu Lin und Benita, habe ich Euch zu viel versprochen? Er ist doch eine richtige Nummer. Ein Hauptdarsteller. Eine Figur. Der Fremde, der Köln zeichnet, wie Köln noch nie gezeichnet wurde.

– Er hat etwas Altmodisches, Ehrliches, antwortet Lin.

– Ja, finde ich auch, sagt Benita. Ein bisschen wie ein Typ aus alten Filmen. Im schwarzen Mantel, mit Sonnenbrille auch bei schlechtem Wetter, ein klassischer Einzelgänger.

– Wer von uns schläft als Erste mit ihm?, sagt Lin.

– Also bitte!, antwortet Mia, wir wollten das Private aus den Dreharbeiten raushalten.

– Ich würde sofort mit ihm schlafen, sagt Lin.

– Mein Gott, Kinder, können wir solche Themen ein anderes Mal besprechen?, sagt Benita.

– Stimmt, sagt Mia. Wichtiger wäre es, dass wir uns auf eine der drei Varianten einigen.

– Ich bleibe dabei: Wir beobachten ihn heimlich, wir spüren ihm nach, wir beziehen ihn nicht mit ein, sagt Lin.

– Jetzt, nachdem ich ihn gesehen habe, bin ich auch für diese Variante, sagt Benita.

– Okay, sagt Mia, ich denke noch mal drüber nach und sage Euch dann Bescheid. Lasst uns morgen ganz früh telefonieren. Ich melde mich spätestens gegen neun, dann legen wir uns fest.

Sie verabschieden sich und gehen auseinander, jede von ihnen beinahe demonstrativ in eine andere Richtung. Mia steigt auf ihr Fahrrad und fährt nicht besonders schnell, sondern eher langsam und nachdenklich am Rhein entlang. Bei dem Gedanken, Matteo in den nächsten Tagen heimlich zu beobachten, ist ihr nicht wohl. Er ist ihr persönlicher Gast, das ist von Bedeutung. Und Gäste lässt man nicht in Fallen laufen. Was aber wäre, wenn sie ihm mitteilen würde, dass Lin und Benita ihn heimlich filmen und wenn er wiederum das Spiel mitmachen würde, ohne es den beiden zu sagen? In diesem Fall hätte sie Lin und Benita gegenüber ein schlechtes Gewissen.

Als sie an der Hohenzollernbrücke ankommt, steht Matteo unter dem schweren Pfeiler fast ganz im Dunkel. Er sieht blass und erschöpft aus, und er presst das merkwürdige Paket an seine Brust. Mia steigt von ihrem Fahrrad und muss schlucken. Matteo tut ihr leid, ja, sie spürt es genau. Am liebsten würde sie ihn jetzt umarmen. Damit er die Fremde besser erträgt, damit er sich ein wenig zu Hause fühlt.

– Da bin ich, sagt sie. Ist alles in Ordnung?

– Alles in Ordnung, sagt er, leiser als sonst.

– Du bist sehr müde, nicht wahr?

– Ja, aber es geht schon. Köln ist eine reiche Stadt, es gibt viel Schönes zu sehen.

Mia antwortet nicht. Sie schiebt ihr Fahrrad neben sich her, und dann gehen sie zusammen los, weiter, Richtung Norden. Vom Rhein her weht eine leicht säuerliche Brise. Es dunkelt. Einige Schiffe, die am Ufer angelegt haben, sind schon erleuchtet.

– Sollen wir in den nächsten Tagen mit so einem Schiff den Rhein runter- und rauffahren?, fragt Mia.

– Soll ich ehrlich sein?, antwortet Matteo.

– Natürlich, sagt Mia.

– Dann lieber nicht. Ich möchte kein Tourist sein, ich bin kein Tourist, ich bin aus ganz anderen Gründen hier.

– Und aus welchen Gründen bist Du hier?

– Ich erzähle Dir später einmal davon, sagt Matteo, ich bringe es jetzt nicht zusammen. Es ist schwierig, davon zu sprechen. Verstehst Du?

– Ja, antwortet Mia, ich verstehe. Aber sag mir bitte, wenn es Dir nicht gut geht. Du sollst Dich bei mir wohlfühlen, verstehst Du? Du bist mein persönlicher Gast, ich habe Dich eingeladen.

– Ja, sagt Matteo, das stimmt. Du hast mich eingeladen. Ich habe mich sehr darüber gefreut! Ich vertraue Dir, und ich mag Dich, das sollst Du wissen.

Sie gehen langsam weiter nebeneinander am Ufer entlang Richtung Norden. Schade, dass wir nicht beide ein Fahrrad haben, denkt Mia. Dann würden wir zusammen am Fluss entlangfahren, und es wäre ein wenig, als würden wir auf dem Lido entlang Richtung Chioggia radeln.

– Ich bin neugierig, sagt Mia.

– Worauf?, fragt Matteo.

– Ich möchte wissen, was in dem verdammten Paket ist.

– Ich sage es Dir. In dem Paket ist eine Piastra per panini.

– Eine was?! Eine Piastra? Das Wort kenne ich nicht.

– Ich glaube, hier sagt man Sandwichmaker dazu.

– Ein Sandwichmaker?! Und wofür ist der?

– Für Xenia und für ihr Café. Es ist ein altes, gebrauchtes Stück, aber es funktioniert tadellos.

– Und woher hast Du das?

– Von den Landsleuten, die das Ristorante betreiben. Sie haben es mir mitgegeben, damit Xenia testen kann, ob sich so etwas auch für ihr Café eignet.

Mia bleibt stehen und schaut Matteo an.

– Und das hast Du den ganzen Tag durch Köln geschleppt?

– Ja, habe ich.

– Komm mal her, sagt Mia, komm mal näher.

Er macht einen Schritt auf sie zu. Sie umarmt ihn mit beiden Armen, dann stehen sie einige Zeit in der einbrechenden Dunkelheit eng zusammen. Matteo aber hält das Paket weiter mit beiden Händen, er presst es fest gegen die Brust.

12

Nach dem Abendessen in der WG sitzen sie noch einige Zeit zu viert in der Küche. Es gab den Rest der einfachen, guten Minestrone, die Mia am Abend zuvor gekocht hatte. Matteo hat seinen Kölnplan hervorgeholt und zeigt den dreien, wo genau er sich heute bewegt hat. In der Nähe des Doms, kaum einmal einen halben Kilometer von ihm entfernt. Es ist, als hätte er sich nur in diesem Radius aufhalten wollen und als bildete der Dom die Mitte, zu der er immer wieder zurückkehrt.

– Hast Du den Dreikönigenschrein gesehen?, fragt Mia.

Nein, Matteo war noch nicht im Innern des Doms, er hat ihn nur mehrmals umkreist. Das Innere gleich am ersten Tag zu sehen, wäre zu viel gewesen. Der Inneneindruck hätte den Eindruck des Doms von außen überlagern können. Erst außen, dann innen, und dann wieder außen, so geht er vor.

Mia übersetzt es den Freundinnen, und Xenia sagt:

– So was habe ich noch nie gehört: Erst außen, dann innen, und dann wieder von vorn. Wenn ich vor dem Dom stehe und ihn anstaune, will ich auch hinein. Da zieht mich etwas ins Innere, da warte ich doch nicht, bis sich meine Seele drauf eingestimmt hat.

– Das finde ich auch, sagt Lisa. Ich finde, er übertreibt das Getue ein bisschen.

– Vergesst nicht, dass er von Beruf Restaurator ist, sagt Mia. Restaurieren ist eine langwierige Sache, da kommt es auf jede Kleinigkeit an. Das hat ihn bestimmt geprägt, deshalb beobachtet er so gründlich.

Matteo will wissen, worüber die Freundinnen reden.

– Sie fragen sich, warum Du nicht heute schon in den Dom gegangen bist, sagt Mia (auf Italienisch). Sie können das nicht verstehen. Sie selbst wären sofort hineingegangen.

– Ich schaue mir lieber nur wenige Sachen an, sagt Matteo, die aber langsam und gründlich. Sonst verschwinden sie sofort wieder aus dem Gedächtnis.

– Du kannst sie doch fotografieren.

– Ich mache nie Fotos. Was ich mir merken will, zeichne ich.

– Ach ja, richtig. Komm, zeig den beiden doch mal einige der Zeichnungen, die Du heute gemacht hast. Möchtest Du? Oder sind es private Sachen, die Du nicht gerne zeigst?

– Nein, ich zeige sie gern, sagt Matteo, sie sind überhaupt nicht privat.

Er holt seinen Skizzenblock und legt ihn auf den Tisch. Seit er in Köln ist, hat er fast den ganzen Block mit Zeichnungen gefüllt. Er blättert den Block durch und sagt zu jeder Zeichnung etwas, Italienisch und Englisch, beide Sprachen sind ihm anscheinend wichtig.

– Lisa, sagt Mia, mach Dich auf eine Überraschung gefasst. Matteo hat auch Dich gezeichnet.

– Mich?! Wann und wo?! Ich habe nichts davon gemerkt.

– Na, dann schau!

Mia sucht in dem Block nach der Zeichnung, die sie sich eben noch am Rheinufer angeschaut hat. Wieso hat Matteo ausgerechnet Lisa gezeichnet? Sie versteht es nicht richtig, es passt nicht zu den Eindrücken, die sie sonst von ihm hat.

Lisa starrt auf die Skizze, die sie während ihres Abgangs von der Domplatte zeigt.

– Gefällst Du Dir?, fragt Mia.

– Oh mein Gott! Ja, das ist schön, ja, das gefällt mir sehr! Darf ich es haben?

– Nein, sagt Mia, darfst Du nicht. Wir können Matteo doch nicht bitten, diesen wunderschönen Block in kleine Häppchen zu zerreißen.

– Hätte er Dich gezeichnet, hättest Du das Blatt längst herausgerissen.

– Nein, Lisa, das hätte ich niemals getan!, sagt Mia.

– Nun hört auf damit, sagt Xenia, Ihr benehmt Euch daneben. Fragt ihn lieber, ob er Euch einmal in Ruhe porträtiert, hier in der Wohnung zum Beispiel.

Mia atmet tief durch und fragt Matteo, ob er bereit wäre, Lisa und sie zu porträtieren. Ja, gern, daran hat er selbst schon gedacht. Auch Xenia möchte er porträtieren, bei ihrer Arbeit im Café. Und viele der jungen Frauen, die am Vormittag mit ihren Kindern vorbeikommen, um einen Tee oder Kaffee zu trinken. Er möchte sie alle porträtieren.

Mia übersetzt es, da antwortet Lisa:

– Das hört sich an, als wollte er jahrelang bleiben.

– 88 –

– Es hört sich jedenfalls gut an, sagt Mia.

– Sehr gut hört es sich an, sagt Xenia.

Matteo scheint zu spüren, dass die drei jungen Frauen nicht ganz einig sind. Er sagt aber nichts, sondern faltet den Plan zusammen und steht auf. Er behauptet, er wolle noch etwas lesen, deshalb ziehe er sich jetzt zurück. Buona notte!

– Frag ihn noch rasch, was er morgen vorhat, flüstert Xenia zu Mia.

– Was Du morgen vorhast, wollen wir von Dir noch wissen, sagt Mia (auf Italienisch).

Matteo wird Xenia in der Frühe im Café zur Seite stehen. Er wird die gebrauchte Piastra per panini in Gang setzen und beim Bedienen helfen. Später wird er in den Dom gehen, diesmal ins Innere, da wird er sich den ganzen Vormittag aufhalten. Am Nachmittag wird er in die WG zurückkommen, er hat keine Lust, durch die Kölner Innenstadt zu flanieren. Geschäfte und Läden interessieren ihn vorerst nicht.

Als er sich endgültig verabschiedet hat, plaudern die drei jungen Frauen noch ein wenig in der Küche.

– Die Sache mit dem Sandwichmaker finde ich stark, sagt Xenia. Wer macht denn so was? Wer kümmert sich derart um andere und setzt alles daran, ihnen zu helfen?

– Ich finde es auch allerhand, antwortet Mia. Inzwischen tut es mir leid, dass ich ihn in Venedig kaum beachtet habe und nie allein mit ihm unterwegs war.

– Hier kannst Du ja allein mit ihm unterwegs sein, sagt Lisa. Geh doch mit ihm in den Dom, haltet doch Händchen.

– 89 –

– Was ist denn bloß los mit Dir?, fragt Mia. Seit Matteo hier ist, bist Du unausstehlich.

– Vielen Dank! Ich finde, dass Du Dich auch stark verändert hast. Ihr beide habt Euch verändert, aber Ihr merkt es nicht mal. Ihr könnt ja schon von nichts anderem mehr reden. Matteo hier, Matteo dort, der hilfsbereite, edle, wunderbare Matteo. Dieses Gerede ist nicht mehr normal.

Mia ist still. Ein wenig hat Lisa recht. Ruhe, Alltag und Normalität sind seit Matteos Ankunft verschwunden. Sie selbst spürt ein Kribbeln, als könnte in jedem Moment etwas Sonderbares, Unerwartetes passieren. Als wäre man verwickelt in eine Geschichte oder in einen Roman, der seine eigenen, unbekannten Gesetze hat. Das alles hat auch etwas Unheimliches, selbst Matteo kommt ihr manchmal unheimlich vor, wie eine Art Geist aus der Flasche, mit wunderbaren, seltenen Fähigkeiten und Zauberkräften. Solche Geister haben aber auch ihr Böses. Wer ihnen nicht wohlgesonnen ist, den verfolgen sie und ruhen nicht, bis sie ihn zur Strecke gebracht haben.

Matteo hat Lisa gezeichnet, und Matteo hat sich um Xenias Café gekümmert – auf die beiden hat er sich zubewegt, nur nicht auf sie. Warum nicht? Hätte er ihr nicht eine Kleinigkeit aus der Stadt mitbringen können? Ein noch so winziges Gastgeschenk? Eine, wie sagt man doch gleich: eine »Aufmerksamkeit«? Ach was, so ein Kitsch! »Aufmerksamkeiten« sind was für ältere Leute. Und außerdem wird sich Matteo schon bei ihr bedanken, ganz bestimmt, ihm wird schon etwas einfallen.

– Wisst Ihr was?, sagt Mia. Wir spielen jetzt mal etwas zusammen. Irgendein dämliches Brettspiel. Wir lenken uns ab und reden keinen Satz mehr über unseren Gast. Wie findet Ihr die Idee?

– Ich mache mit, sagt Xenia, obwohl ich Brettspiele furchtbar finde. Dieses ewige Stieren auf diese ewig langweiligen Brettchen macht mich völlig phlegmatisch.

– Dann spielen wir Karten, sagt Lisa. Lasst uns Skat spielen, das haben wir früher ganze Nächte lang gespielt.

– Frü-her ..., singt Mia, früüü – heeer. Kennt Ihr das?

Mia singt das Liedchen von vorn: *Heute gibt es keine Frauen mehr mit Mängeln, früher war das anders. Alle Damen sind vergleichbar nur mit Engeln, früher war das anders ...*

– Hör auf, sagt Xenia, das ist ja eine furchtbare Schnulze.

– Es ist ein alter Schlager, Paul Kuhn hat ihn gesungen, sagt Mia.

– Und woher kennst Du so einen Kitsch?, fragt Lisa.

– Von meinem Vater. Er hat es manchmal geträllert, um meine Mutter zu ärgern, sagt Mia. Mensch, oh mein Gott, ich habe ja beinahe vergessen, dass er uns morgen Nachmittag wieder besucht. Wer von Euch beiden ist denn hier in der Wohnung?

– Ich nicht, sagt Lisa.

– Aber Du hast doch morgen Deinen freien Nachmittag, sagt Mia.

– Ich habe Rückenschmerzen vom vielen Stehen, sagt Lisa, ich gehe ins Fitnessstudio.

– Und ich muss im Café bleiben, sagt Xenia. Höchstens ab und zu kann ich für ein paar Minuten vorbeikommen.

– Na vielen Dank! Dann bleibt wieder alles an mir

hängen. Ich kann Papa nicht hier allein sitzen lassen. Er freut sich jede Woche auf diese Stunde.

– Spricht Dein Vater eigentlich Italienisch?, fragt Xenia.

– Nicht perfekt, aber auch nicht ganz schlecht, sagt Mia.

– Voilà, sagt Xenia, dann kenne ich jemanden, mit dem er sich unterhalten könnte.

– Das ist gemein, sagt Mia. Wir können Matteo so was nicht zumuten.

– Jetzt hör aber auf, sagt Lisa. Was können wir ihm nicht zumuten? Dein Vater ist ein kluger, gebildeter und vor allem interessanter Mann. Mit so jemandem möchte man sich doch jederzeit unterhalten.

– Nur Du möchtest es anscheinend nicht, antwortet Mia.

– Jetzt hört damit auf, sagt Xenia, wir spielen Skat, und kein Wort mehr über unseren Tizian!

13

Matteo liegt bereits im Bett. Eigentlich wollte er noch etwas lesen, aber er ist nach den langen Fußwegen zu müde. Statt eines Buches hält er den kleinen Kölnplan in der Hand und studiert ihn. Die Namen der Straßen und Gassen bilden ein merkwürdiges Kauderwelsch. Sie sind einfach sehr fremd, und er hat nicht die geringste Vermutung, was die schwer auszusprechenden und noch schwerer zu merkenden Namen bedeuten. *Unter Krahnenbäumen* zum Beispiel, was könnte das meinen? Oder *Thürmchenswall* – was ist das?

Die Frauen in der Küche sind sich nicht einig, das hat er gemerkt. Wahrscheinlich reden sie über ihn und stellen Vermutungen an. Warum er hier ist, was er für seltsame Marotten hat. Den Dom von außen zeichnen, aber nicht hineingehen. Lisa von hinten zeichnen, aber nicht von vorn porträtieren.

Er hat ihnen verschwiegen, dass er Porträts nicht mag. Porträtieren können viele, und es interessiert ihn nicht. Die meisten stellen sich das Porträtieren so vor, wie man es auf alten Bildern sieht. Ein Modell sitzt regungslos auf einem Stuhl, und der Zeichner braucht Stunden, um jede Falte in einem Gesicht festzuhalten und ein angeblich getreues Abbild der Person hinzubekommen.

Auf diese Weise wird er die jungen Frauen nicht zeichnen. Er wird sie in Bewegung skizzieren, wenn sie etwas tun, das für sie typisch ist. Xenia in ihrer Küche, mit der Piastra per panini. Lisa beim Shopping in der Stadt, wenn sie etwas anprobiert, das ihr nicht steht. Mia beim Fahrradfahren, am Rhein unterwegs. Erstens sind solche Porträts viel schwieriger, und zweitens sind sie viel wahrer. Sie beziehen die Umgebung mit ein, sie machen aus der Umgebung einen Spiegel der porträtierten Person.

In den kommenden Tagen wird er kleine Vorstudien von ihnen machen. Wenn sie es nicht merken, wenn er unbeobachtet im Hintergrund bleiben oder sich (noch besser) etwas verstecken kann. Zum Abschied wird er ihnen ein einzelnes größeres Blatt schenken: eine richtige Studie, Bleistift mit Pastellfarben. Sie werden staunen und die Bilder bestimmt irgendwo aufhängen. So wie auf diesen Bildern haben sie sich noch nie gesehen.

In einem winzigen, kleinen Segment Kölns weiß er jetzt etwas Bescheid. Er kennt die Gegend um den Dom und den Bahnhof einigermaßen. Nicht entgangen ist ihm der Eingang zur Dombauhütte. Das wäre natürlich etwas: hier, in Köln, an der Restaurierung des Doms mitzuarbeiten. Danach wieder zurück nach Venedig, mit dieser großen Erfahrung im Gepäck. Seine Mutter wäre dafür, das weiß er. Seiner Schwester dagegen würde das nicht gefallen. Sie hätte dann allein den Haushalt zu führen. Sie müsste einkaufen gehen, die Gästezimmer herrichten, sie wäre von der Früh bis in die Nacht beschäftigt. Mutter ist nicht mehr die Jüngste, man kann ihr schwere Arbeit nicht zumuten.

Am einfachsten wäre es natürlich, den Palazzo bald zu

verkaufen. Dann wäre man einen großen Teil der Sorgen los. Mutter wird das jedoch niemals tun, nein, zu ihren Lebzeiten wird der Palazzo im Besitz der Familie bleiben. Als Vaters schweres und auch belastendes Erbstück. Als das Haus, in dem er sein ganzes Leben verbracht hat und in dem er auch nach seinem Tod weiter wohnt. Ein Totenhaus also?! Ach was, kein Totenhaus, nichts Dämonisches, Finsteres. Ein Totenhaus, in dem Vater, ohne gesehen zu werden, die breiten Treppen hinauf- und hinabgeht. In dem er am frühen Morgen vor den großen Fenstern des Salone steht und hinausschaut.

Matteo löscht das Licht und zieht sich unter die Bettdecke zurück. Er hört die Frauen sprechen und lachen. Anscheinend spielen sie etwas zusammen. Er ist froh, bei diesem Trio übernachten zu dürfen, er hat es gut getroffen. Kein zweiter Typ neben ihm, der vielleicht nur Unruhe bringen oder Theater machen würde. So ein zweiter Typ könnte sehr stören, das weiß er genau. Er kennt viele desaströse Geschichten aus den WGs in Venedig und in Mestre. Mord und Totschlag. Grauenerregend. Ekelhaft. Er selbst hat nie in einer WG gewohnt, und er wird es auch in Zukunft nicht tun. Längst weiß er Bescheid, was so ein Leben mit sich bringen kann. Es geht aber auch anders, natürlich. Mit den dreien hier lässt sich problemlos leben, sie sind aufeinander abgestimmt, wie Musikinstrumente, wie ein Trio von Vivaldi oder Galuppi.

Er schläft allmählich ein, später hört er, wie Mia die Tür leise öffnet und hineinhuscht. Sie schleicht durch das Dunkel zu ihrem Bett, anscheinend hat sie sich draußen, im Bad, ausgezogen. Der Geruch von Grapefruit, wie gestern. Er bewegt sich nicht, er horcht, was drüben, in dem zweiten Bett dieses Zimmers, passiert. Dann hört er sie leise flüstern:

– Matteo?! Schläfst Du schon?

– Nein, noch nicht.

– Erzähl mir noch was, Matteo.

– Was soll ich erzählen?

– Egal, irgendwas. Zum Einschlafen.

– Okay, ich versuch's …: Der Dom ist riesengroß, aber wenn man ein paar Schritte zurückgeht und sich langsam von ihm entfernt, verwandelt er sich. Er sieht dann aus wie diese Kästchen für schönen und wertvollen Schmuck, in denen ein paar kostbare Stücke aus Gold auf rotem Samt liegen. Du öffnest ein solches Kästchen, und es riecht nach Weihrauch. Eine Spieluhr beginnt zu spielen, und lauter kleine Heilige aus Elfenbein steigen nacheinander aus dem Innern, klettern über den Rand und ziehen in einer Prozession hinunter zum Rhein. Der Rhein ist kein großer und breiter Fluss, sondern schmal und überschaubar wie die Kanäle Venedigs. Viele Schiffer treiben in ihren Kähnen auf und ab und rufen sich laufend etwas zu. An seinen Ufern stehen kleine Häuser, dicht gedrängt, nebeneinander. Aus den Fenstern schauen die Bewohner und winken, und die Schiffer winken der schönen Madonna, die vor der kleinen Kirche mit dem seltsamen Namen steht und das Jesuskind auf dem Arm hält. Das Jesuskind sieht aus wie eine Puppe, und der Apfel, den es in der Hand hält, sieht wie ein Spielzeugapfel aus, und die schöne Madonna ist die Königin all der vielen Prozessionen, in denen die kleinen Elfenbeinheiligen zum Rhein ziehen …

– Matteo!, sagt Mia, und Matteo hört, dass sie sich in ihrem Bett aufgerichtet hat.

– Ja, was ist?

– Was erzählst Du denn da? Wo hast Du das gelesen?

– Gelesen?! Nirgends, ich habe es mir gerade ausgedacht. Für Dich. Zum Einschlafen.

– Stimmt das? Ist das wirklich wahr?

– Ja, natürlich.

– Du hörst Dich an wie ein Erzähler, wie einer, der aus einem Buch vorliest …

– Ach was, ich fantasiere ein wenig. Das kann ich gut. Wenn ich in Venedig nachts in meinem Bett liege, fantasiere ich viel. Seit den Kindertagen, Nacht für Nacht.

– Merkst Du Dir, was Du da zurechtfantasierst?

– Aber ja.

– Schreibst Du es auf?

– Nein, ich zeichne es manchmal.

– Hast Du den Dom heute als Schmuckkästchen gezeichnet?

– Ja, habe ich.

– Und die Heiligen, die aus dem Kästchen steigen und zum Rhein ziehen?

– Die noch nicht. Ich werde sie ja erst morgen im Innern sehen. Viele Heilige werde ich sehen, vielleicht Hunderte.

– Tust Du mir einen Gefallen?

– Was denn?

– Fang bitte noch mal von vorne an mit der Erzählung. Es kam alles so schnell und überraschend. Ich möchte es ein zweites Mal hören. Und sprich etwas lauter und langsamer. Es ist wunderschön, ja, glaub mir, es gefällt mir sehr.

Matteo macht eine kleine Pause und atmet durch. Er findet nicht, dass die Erzählung etwas Besonderes ist. Wenn er am Tag lange unterwegs war, fallen ihm in den Nächten viele solcher Erzählungen ein. In ihnen bringt er manches von dem unter, was er gesehen und was ihn bewegt hat. Er schickt die Wirklichkeit in eine Traumwelt, er verwandelt sie, das ist es.

– Kann ich wieder anfangen?, fragt Matteo.

– Noch einen Moment, sagt Mia.

Sie greift nach ihrem Handy und legt es neben das Bett auf den Boden. Dann schaltet sie das Diktiergerät ein. Sie wird Matteos Erzählungen heimlich aufnehmen. Vielleicht lassen sie sich im Dokumentarfilm der »Weltbeobachtung« einsetzen. Aus dem Off. Wie Traumgeschichten, wie Erzählungen aus venezianischen Nächten in Köln.

– Ich höre, sagt Mia, Du kannst loslegen. Und jetzt werde ich Dich nicht mehr stören, ich versprech's.

Matteo schließt die Augen und beginnt noch einmal von vorn: Der Dom ist riesengroß, wie ein gewaltiges, altes Skelett aus einer Zeit, in der noch keine Menschen gelebt haben. Wenn man aber ein paar Schritte zurückgeht und sich von ihm entfernt …

Er spricht etwas lauter als zuvor, aber es ist immer noch eine Art Flüstern. Draußen vor der Tür steht Lisa und horcht. Sie kann Matteos Worte nicht verstehen, aber sie glaubt zu wissen, was in Mias Zimmer gerade vor sich geht. Matteo und Mia liegen zusammen in einem Bett. Matteo sagt ihr ein paar schöne Worte, gleich werden sie miteinander schlafen. Heimlich, wie sie es vielleicht längst verabredet haben. Lisa verzieht das Gesicht. Sie hat geahnt, dass es so kommen würde. Wie soll sie morgen darauf reagieren? Sie wird darüber nachdenken, gleich, in ihrem Bett. Seit über zwei Jahren hat sie mit niemandem geschlafen. Setzt ihr das zu? Denkt sie häufig darüber nach, warum das so ist? Ja, das tut sie. Es wird höchste Zeit, dass sich daran etwas ändert.

14

Am frühen Morgen sind Xenia und Matteo wieder im Café schräg gegenüber beschäftigt. Diesmal wischt Matteo jeden einzelnen Tisch noch gründlicher ab als am Tag zuvor, das gelingt ihm recht schnell, als wäre er an diese Arbeit gewöhnt. Er schlägt vor, auf den Tischen jeweils eine Blume zu postieren, nur eine einzige und auf jedem Tisch eine andere. Und er behauptet, Xenia habe sich zu wenig Gedanken über die Musik gemacht, die den ganzen Tag im Hintergrund läuft. Auf keinen Fall dürfe man einfach nur das Programm eines Radiosenders laufen lassen, das gehe nicht, man müsse die Musik selber sorgfältig auswählen.

– Soll ich vielleicht noch einen DJ einstellen?, fragt Xenia, von all diesen Vorschlägen und Ansprüchen etwas genervt.

– Ist nicht nötig, antwortet Matteo. Er stelle ihr gerne Listen mit passenden Musiktiteln zusammen.

Xenia steht in der Küche und testet die gebrauchte Piastra per panini. Mit den üblichen deutschen Brötchen (kreisrund, pappig, mit Sesam oder Mohn oder auch nur einfach und farblos) klappt es nicht richtig. Presst man sie zwischen den heißen Platten zusammen, sehen sie hinterher wie kleine Unfälle aus. Platt gewalzt. Krank.

Mit gebrochenen Gliedern und herausquellenden Inne-
reien. So etwas nimmt kein Gast in die Hand.

– Natürlich nicht, sagt Matteo. Deutsche Brötchen
sollte man vergessen. Man braucht italienische Panini.
Und man sollte keinen deutschen rohen Schinken, sondern Parmaschinken nehmen. Und keinen deutschen Käse, sondern guten Mozzarella di Bufala.

Xenia hält einen Augenblick inne.

– Sonst noch was?!, sagt sie, etwas zu laut.

Ja, sonst noch was. Matteo hat noch viele weitere Ideen.
Zum Beispiel …

– Stopp!, ruft Xenia, jetzt sogar sehr laut. Stoppstopp-
stopp! Ich will Dir mal was sagen, Matteo! Das hier ist
mein Laden! Ich beackere ihn schon einige Zeit, und ich
habe viele treue und gute Kunden! Ich kann nicht von
heute auf morgen alles hier ändern, nur weil Dir beinahe
nichts passt. Das hier ist ein deutsches Café und keine
venezianische Bar! Und das hier wird ein deutsches Café
bleiben und keine venezianische Bar werden! Hast Du
das verstanden?!

Matteo hat mit diesem lauten Ausbruch nicht gerechnet. Er geht langsam zurück in den Gästeraum und
wischt einige Tischplatten zum zweiten Mal ab. Was hat
sie denn nur? Ist sie müde oder schlecht gelaunt oder
möchte sie ihn heute Morgen einfach nicht sehen? Verstanden hat er, dass seine vielen Vorschläge ihr auf die
Nerven gehen. Aber warum? Es sind doch nur Vorschläge, und wenn sie einmal in Ruhe nachdenken und darauf
eingehen würde, könnten ihr diese Ideen gefallen. Das
aber will sie anscheinend nicht. Stattdessen soll alles
beim Alten bleiben. Wenn aber alles beim Alten bleibt,

wird er in diesem Café nicht mehr auftauchen. Es wirkt einfallslos, es hat nichts Besonderes. Er bringt den Wischlappen in die Küche zurück und wringt ihn aus. Dann legt er ihn beiseite.

– Sorry, sagt er leise, mehr nicht.

Im Gästeraum zurück zieht er sich den Mantel an und streift seine Umhängetasche über.

– Wo willst Du hin?, fragt Xenia.

Matteo sagt, er werde zum Dom gehen, wie vorgesehen.

– Du hast noch nicht mit mir gefrühstückt, sagt Xenia.

Nein, habe er nicht. Er werde unterwegs frühstücken, in einer italienischen Bar im Hauptbahnhof.

– Das wirst Du nicht, sagt Xenia. Du wirst hier frühstücken, mit mir, so wie gestern!

Matteo antwortet ihr nicht mehr. Er winkt ihr kurz zu, dann geht er hinaus. Xenia ist einen Moment lang schockiert. Damit hat sie nicht gerechnet. Er geht wirklich einfach davon! Sie läuft zur Tür, öffnet sie rasch und ruft ihm hinterher:

– Matteo!

Und noch mal:

– Matteo!!

Er ist schon recht weit entfernt, er geht schnell, als hätte er etwas Dringendes vor. Ihr Rufen erscheint ihr seltsam, wie aus einer Szene in einem Film. Schon wieder muss sie an Schwarz-Weiß-Filme der späten Vierzigerjahre denken. Die junge Frau aus schlichten Verhältnissen wird von ihrem Freund, dem sie ihre Liebe nicht gestehen mag, verlassen. Er lässt sie einfach in der Tür stehen und macht sich allein auf den Weg in eine andere

– 102 –

Zukunft! Wo ist die Musik? Läuft im Hintergrund keine große Musik? Nichts Dramatisches, Brachiales?

So ein Unsinn! Wie kommt sie darauf? Erstens ist sie nicht in Matteo verliebt, und zweitens ist Matteos Abgang kein endgültiger Aufbruch anderswohin! Oder doch?! Hat sie ihn vielleicht so verletzt, dass er überhaupt nicht mehr zurückkommt? Ach was, so schlimm war es nicht. Er ist ihr mit seinen vielen Vorschlägen nur auf die Nerven gegangen. Man muss Veränderungen im Café gemeinsam besprechen und etwas länger darüber nachdenken. Er aber redet so, als nähme er alles in die Hand und dulde keinen Widerspruch. Natürlich hat sie sich über die Musik zu wenig Gedanken gemacht. Und selbstverständlich gehören diese deutschen Brötchen nicht in eine italienische Piastra per panini. Matteo hat sich damit solche Mühe gegeben, und nun war alles umsonst.

Sie beginnt, die längst gelieferten deutschen Brötchen mit Käse, Wurst und Tomaten zu belegen. Salatblätter gehören da eigentlich nicht rein, denkt sie plötzlich. Und kleine Tomaten wären besser als diese großen, deren Saft aus den Brötchen rausläuft, wenn man hineinbeißt. Verdammt! Was ist heute Morgen denn los? Jetzt nörgelt sie selbst schon an allem herum. Sie mag diese Brötchen nicht belegen und schmieren. Heute keine belegten Brötchen!, würde sie am liebsten auf einen Karton schreiben und ihn an die Theke kleben. Sollen sich die Gäste die blöden, belegten Brötchen doch an den Hut stecken.

Sie unterbricht ihre Arbeit, sie hat keine Lust mehr, sie braucht jetzt einen Kaffee. Einen Kaffee? Auch der Kaffee taugt nicht viel, das weiß sie, es ist die typische deutsche Kaffeebrühe, mit wenig oder überhaupt keinem Koffein. Trinken kann man das eigentlich nicht. Tee? Tee wird sie niemals trinken, selbst dann nicht, wenn sie dadurch zehn Jahre länger leben würde. Irgendein Gast hat ihr das einmal eingeredet: Man werde viel älter, wenn man Tag für Tag Tee trinke.

– Dann werde doch älter und noch älter und greisenmäßig alt, hat sie geantwortet. Hoffentlich hast Du jemand, der Dich in Deinem hohen Alter im Rollstuhl durch das Gelände schiebt! Und jemand anderen, der Dich fütterst und Dir jeden Tag Deinen Tee einflößt!

Xenia mag nicht, wenn über Gesundheit, gesundes Essen und Trinken, gesundes Schlafen oder gesundes Körpertraining geredet wird. Sie legt es nicht darauf an, alt zu werden. Das Leben soll ihr gefallen und kleine ungesunde Höhepunkte bereithalten. Mit etwas über siebzig zu sterben, ist vollkommen in Ordnung. Danach wiederholt sich wahrscheinlich sowieso alles. Jeder Tag wie der andere. Schon zigtausendmal erlebt. Da hilft ein Tee auch nicht weiter. Im Gegenteil, Tee in hohem Alter wäre doch geradezu ein Signal für Depressionen. Du siehst das volle Glas, wie der Tee darin goldgelb seinen typischen Teegeruch ausscheidet (muffig, überdreht warm, in kleinen, mickrigen Schwaden), und das Ganze löst eine abgrundtiefe Traurigkeit in Dir aus!

Xenia lacht kurz auf. Na siehst Du, jetzt hast Du Deinen guten Humor wiedergefunden …, würde Lisa jetzt zu ihr sagen. Von wegen guter Humor! Sie hat gerade eine selbst verschuldete Depression. Und warum? Weil heute Morgen alles nicht klappt, und weil der Typ weg ist.

– Der Typ ist weg!, sagt sie leise und muss wieder lachen.

Was soll sie ohne den Typ machen? Es war schön mit ihm, es hat ihr gefallen. Mit ihm zusammen am frühen Morgen ins Café zu gehen, hat ihr richtig Spaß gemacht. Endlich nicht mehr allein, und endlich zusammen mit jemandem, der weder wehleidig noch sonst irgendwie anstrengend ist. Er hat sogar viele gute Ideen, ja, die hat er! Verdammt, warum hat sie sich gerade so blöd benommen? Der Typ ist genau der Richtige für den frühen Morgen. Sie könnte sich sogar vorstellen, *jeden* Morgen mit ihm hier im Café zu verbringen. Viele seiner Ideen würden sich verwirklichen lassen. Das Café würde attraktiver und noch mehr Kunden anziehen. Schon bald würden sie frühmorgens in einer langen Schlange (bis auf die Straße) anstehen, nur um die klassischen italienischen Panini aus dieser verdammten Piastra Dingens zu bekommen. So schön könnte alles werden. Matteo und Xenia – nach einigen Monaten wären sie das ideale Paar, das den Laden hier zusammen schmeißt. Kapiert?!

Am liebsten würde sie laut schreien, so wie sich alles in ihrem Kopf dreht. Nichts wie weg! Freiheit! Ein anderes Leben! Sie hat gründlich versagt! Irgendeine Droge muss jetzt her. Irgendwas, das sie beruhigt. Nicht einmal so etwas gibt es in diesem dämlichen Café! Höchstens Gin oder Sekt – rheinischen Winzersekt. Xenia schaut nach, ob eine gut gekühlte Flasche im Eisschrank steht. Ja, eine einzige! Auch typisch – hier trinkt kaum ein Gast einmal Sekt. Warum eigentlich nicht? Von diesem läppischen Kaffee und dem nach Omas Garten duftenden Tee können sie aber gar nicht genug bekommen. Sie öffnet die Sektflasche und schenkt sich ein Glas ein. Jetzt bloß nicht daran nippen, und dazu noch laut »Aahh!« sagen, so wie das die ganz spießigen Gäste tun. Und dann sagen sie noch »Köstlich!« oder »Geilo!« oder »Härrlisch!«. Wenn so ein Glas Sekt bereits »köstlich«, »geilo« oder »härrlisch« ist, sollte man sich doch pausenlos so etwas reinziehen. Tun sie aber nicht. Höchstens an Sonn- und Feiertagen. Oder wenn die Liebste einmal eine Aufmunterung braucht. Oder Pippi Langstrumpf Geburtstag hat.

Xenia trinkt das Glas Sekt in einem Zug leer. Sie hat nicht den geringsten Antrieb, jetzt Brötchen zu belegen, Kaffee zu kochen und die Spülmaschine auszuräumen. Jemand klopft nun auch noch von außen an die Glastür. Schon der erste Kunde! Er soll sich gefälligst gedulden! Xenia dreht sich nach ihm um und erkennt Matteo, der vor der noch geschlossenen Tür steht. Er hat zwei prall gefüllte Tüten in der Hand.

Sie steht auf und öffnet die Tür.

– Da bin ich, sagt Matteo.

Er geht gleich in die Küche und packt die Tüten aus. Panini, aus einer Bäckerei in der Nähe, die so etwas herstellt. Parmaschinken und Mozzarella di Bufala aus einem italienischen Feinkostladen, ebenfalls in der Nähe. Und kleine Tomaten aus einer türkischen Gemüsehandlung, direkt um die Ecke.

– Wollen wir es versuchen?, fragt Matteo.

– Das hat ja ein Vermögen gekostet, antwortet Xenia.

– Stimmt, sagt Matteo, fast all mein Geld ist dafür draufgegangen.

– Nun mach schon, sagt Xenia. Und wehe, es schmeckt nicht!

Matteo kümmert sich um die Panini, belegt sie und schiebt eines in die Piastra per panini. Xenia belegt ein deutsches Brötchen nach dem andern. In Windeseile. Draußen stehen jetzt schon die ersten Kunden und warten. Xenia geht zur Glastür und öffnet sie.

– Hereinspaziert!, ruft sie und kommt sich vor wie eine Kinderbetreuerin, die unglaublich munter und gut aufgelegt ist.

Nach einer »härrlisch« durchschlafenen Nacht »wie neugeboren«. Morgenheiter, von einem venezianischen Kumpel selbstlos unterstützt. Jetzt hat sie ihr altes Tempo wiedergefunden, jetzt wird sie den Laden schmeißen. Sie verkauft die belegten Brötchen und nimmt zwischendurch die Bestellungen für Kaffee oder Tee oder Kakao entgegen. Matteo bietet ihr in der Küche ein Panino aus der Piastra an.

– Ein Panino aus der Piastra, sagt er wahrhaftig (auf Italienisch), und er hält es so feierlich in der Hand wie früher der Priester am Altar eine Hostie im Hochamt.

Sie nimmt das Panino in die Hand und beißt hinein. Es ist sehr gleichmäßig gegrillt und auf beiden Seiten eingekerbt wie sonst nur Waffeln aus dem Waffeleisen. Es schmeckt knusprig und ist nicht so heiß, wie sie befürchtet hat. Der Schinken ist leicht salzig und etwas gewellt, und der Mozzarella-Käse gratiniert zusammen mit den kleinen Tomaten diesen gesalzenen Wellenschwung frisch und luftig.

– Wow!, sagt sie und zwinkert Matteo zu. Wie viele haben wir davon?

– Zwanzig! Die überlasse ich jetzt Dir. Mitsamt dem Schinken, dem Käse und den Tomaten!

– Schön, dass Du wieder zurückgekommen bist. I missed you, denn ich habe nicht vor, den Laden für alle Zeiten ganz allein weiterzuführen.

– Wie bitte?, sagt Matteo. Ich verstehe kein Wort.

– Du verstehst mich sehr genau, sagt Xenia.

– Nein, sagt Matteo, ich verstehe nicht, worauf Du anspielst.

– Hör auf damit! Frühstücken wir noch zusammen?

– Nein, ich frühstücke im Hauptbahnhof, in einer italienischen Bar.

– Jetzt sei bloß nicht weiter beleidigt! Man kann hier nicht alles von heute auf morgen ändern, das geht zu weit. Und italienische Canzoni sollen hier bitte auch nicht den ganzen Tag laufen. *Zitroneneis, oh mein Zitroneneis! Angemacht in der Krypta der Stadt! Zitrone, richtige Zitrone! Magst Du es? Die Freiheit des Sommers und Eis mit Zitrone.*

– Was ist das?, fragt Matteo.

– Paolo Conte, sagt Xenia, *gelato al limon* …, meine deutsche Version.

– Habe ich gesagt, dass in Deinem Café Songs von Paolo Conte gespielt werden sollen?

– Ich wette, Du hast sie alle im Kopf.

– Wieso?

– Du hast etwas Paolo-Conte-Fanmäßiges!

Sie haben keine Zeit, sich noch länger zu unterhalten. Was rede ich denn?, fragt sich Xenia, während sie weitere Bestellungen aufnimmt. Das Einfachste wäre, einmal mit Matteo eine Zeit lang durch Venedig zu gehen. Dann bekäme sie aus nächster Nähe mit, was sie in ihrem Café von all diesen venezianischen Ritualen übernehmen könnte. Ja, genau, so wäre es richtig, falsch aber wäre es, Matteo blind zu folgen und alles nach seinen Vorstellungen zu ändern. Es wird gute Panini aus dieser Piastra Dingens geben, denkt Xenia – und außerdem belegte Brötchen.

Ihre Laune hat sich gebessert. Ich war noch niemals in Venedig, hört sie sich plötzlich sagen. Nein, fügt sie rasch hinzu: Das geht nun wirklich zu weit, das bitte nicht, Lieder von Udo Jürgens lasse ich in meinem chaotischen Kopf jetzt nicht zu.

Sie schaut sich nach Matteo um. Was macht er? Nimmt er vielleicht sogar Bestellungen auf? Nein, er steht schon wieder in der Tür und winkt ihr heute Morgen ein zweites Mal zu. Sie nickt, in Ordnung, er geht jetzt, für ein paar Stunden. Hauptsache, sie weiß, dass sie ihn bald wiedersieht.

15

Mia sitzt noch in der Küche der WG und wartet darauf, dass Lisa das Haus endlich verlässt. Sie macht sich auf einem Blatt einige Notizen zu dem Dokumentarfilm-Projekt. Bald wird sie die beiden Kommilitoninnen (Lin und Benita) anrufen, um mit ihnen die Variantenfrage zu klären: Matteo einweihen und mit ihm eine brave Doku drehen, Matteo heimlich beobachten und seine Wege aus dem Off kommentieren, oder so tun, als beobachtete man Matteo heimlich, in Wahrheit aber genau das mit ihm zusammen faken.

Sie ist sich noch nicht im Klaren darüber, wie sie selbst es machen würde. Vor Lin und Benita hat sie inzwischen einen beachtlichen Vorsprung. Die Aufnahmen von Matteos nächtlichen Erzählungen klingen fantastisch, als würde sich ein venezianischer, mit dem Orient vertrauter Geschichtenerzähler in tiefer Nacht ein verzaubertes Leben erträumen. Und solche Geschichten spielen nicht in Florenz oder Venedig, sondern mitten in Köln.

Davon wird sie den Freundinnen natürlich nichts erzählen. Und auch Matteo gegenüber wird sie Stillschweigen bewahren. Ideal wäre es, wenn sie ihm jede Nacht solche Geschichten entlocken könnte. Dann stünde das Konzept für ihren Film. Sie würde Matteo durch Dom und Umgebung mit seinem Einverständnis begleiten, sie würde ihn als Zeichner und genauen Beobachter einfangen, sie würde seine Skizzen und Bilder einblenden, und sie würde selbst nur sehr wenig dazu sagen, aber seine nächtlichen Geschichten aus dem Off unterlegen. Das wäre perfekt! Aber wozu bräuchte sie dann noch die beiden anderen?

Mia grübelt noch und notiert einige Ideen, die ihr durch den Kopf gehen: Das Schmuckkästchen … – wie ist Matteo darauf gekommen, ohne zuvor den Dreikönigenschrein im Dom gesehen zu haben? Man könnte behaupten, der ganze Dom sei ein großes Reliquienkästchen, eines von denen, über die ihr Vater einmal einen längeren Aufsatz geschrieben hat.

Vater schreibt nicht gern dicke Bücher, sondern viel lieber Aufsätze. In den meisten von ihnen geht es um sehr konkrete Dinge: Pilgerzeichen, Bischofsstäbe, Krönungsutensilien. Vater beobachtet und untersucht sie genau, und dann geht er den Quellen und Texten nach und zeigt, in welche geschichtlichen Zusammenhänge solche Dinge gehören. Im Grunde arbeitet er wie ein Detektiv, der auf Spurensuche geht. Das große historische Brimborium überlasse ich anderen Fachkollegen, hat Vater oft gesagt. Sollen sie sich ihre Epochenschwellen und ihre Jahrtausendsynthesen zusammenbasteln, das ist sowieso völlig unbeweisbares Zeug.

Heute Nachmittag wird er wieder hier in der Küche auftauchen. Sie darf es nicht vergessen, denn sie sollte den Sekt vorher kühlen. Sie selbst trinkt am Nachmittag keinen Sekt, und auch die anderen aus der WG trinken ihn nicht gern. Xenia macht meist eine Ausnahme und leert mit Vater immerhin ein Glas. Damit er nicht so allein mit seinem Gläschen herumsitzt, hat sie behauptet. Mia hört solche Worte nicht gern, denn sie spielen auf das Mitleid an, das jede der drei packt, wenn sie Vater in der Küche sitzen sehen. Er wirkt grausam vereinsamt, ein Mann, der Zuflucht sucht. Sie kann gar nicht lange hinschauen, so leid tut er ihr. Nicht einmal den Mantel zieht er aus, und manchmal kommt er mit einem alten Spazierstock, weil ihm die Knie beim Gehen die vielen Stufen bis in den dritten Stock hinauf schmerzen. Mama hat ihn im Stich gelassen, so kommt ihr die Sache mit Mutters Tod manchmal vor. Schluss, sie will nicht daran denken. Nicht wieder, nicht noch einmal von vorn, wie seit Monaten schon.

Endlich hat Lisa geduscht und sich angezogen (was bei ihr sehr lange dauert). Jetzt kommt sie in die Küche. Sie grüßt nicht, sondern öffnet den Eisschrank und holt einen Apfel heraus.

– Na, meine Liebe? War es eine schöne, erfüllte Nacht?, fragt sie.

– Wovon redest Du?, antwortet Mia.

– Na, ist es nicht schön, mit Matteo in ein und demselben Zimmer zu schlafen?

– Wie meinst Du das?

– Wie ich es sage: Ist es nicht schön? Man schläft nicht mehr ganz allein, man hat jemanden an seiner Seite.

– Ich habe niemanden an meiner Seite.

– Natürlich nicht, meine Liebe. Zwischen Euch sind noch einige Meter. Aber ihr habt Euch viel zu erzählen. Und das ist doch schön. Es verbindet und lindert die Einsamkeit. Habe ich recht?

Mia sitzt angespannt am Küchentisch und fährt mit ihrer Zunge über die Unterlippe. Worauf spielt Lisa an? Hat sie gelauscht? Hat sie Details von Matteos Erzählungen mitbekommen? Oder vermutet sie, dass Matteo mit ihr geschlafen hat?

– Hör mal zu, sagt Mia, aber Lisa will nicht zuhören.

– Nee, meine Liebe, zuhören tue ich nicht. Ich lasse Dich jetzt mal allein mit all Deinen neuen Ideen und Gefühlen. Verbringe einen guten, erfüllten Tag! Und grüße Deinen verehrenswerten Vater von mir.

Mia bleibt sitzen und antwortet darauf nicht mehr. Lisa steckt den Apfel in eine Tasche und ist auch schon im Flur. Sie schlüpft in ihre Schuhe und trampelt ein paarmal mit ihnen fest auf den Boden. Dann schlägt sie die Wohnungstür zu und ist verschwunden.

Eine Stunde später telefoniert Mia mit den beiden Kommilitoninnen (Lin und Benita). Matteo in den Mittelpunkt des Films zu rücken, finden beide auch nach einer Nacht intensiver Überlegung noch gut und richtig. Nur können sie sich nicht darauf einigen, wie sie im Einzelnen vorgehen wollen.

Je länger sie telefonieren, umso weniger kommen sie voran. Laufend fällt einer von ihnen ein neuer Grund ein, der für diese oder jene Variante spricht. Es ist, als machten sie nicht wirklich Ernst, sondern spielten lediglich die Erfindung eines Dokufilmprojekts durch.

– Leute, ich möchte jetzt einfach mal anfangen, sagt Mia schließlich. Am liebsten mit einer Kamera. Ich leihe mir eine aus und gehe später in den Dom. Da werde ich auf Matteo treffen, er wird heute im Innern skizzieren und zeichnen. Was haltet Ihr davon? Seid Ihr einverstanden, und wer kommt mit?

Lin und Benita haben heute keine Zeit. Sie finden die Idee, einfach mal anzufangen, aber nicht schlecht. Mia soll mit Matteo zusammen durch den Dom gehen. Es ist ein Versuch und ein Test, der erste Auskunft darüber geben könnte, wie solche Aufnahmen wirken. Später werden sie sich das alles zu dritt anschauen und dann weiterplanen.

– Eine noch so schlichte Praxis ist im Moment besser als das ganze Theoretisieren, sagt Lin.

– Fein, sagt Mia. Dann lege ich mal mit der braven Version los, und wir korrigieren das später, wenn es nötig sein sollte. Ich werde mit einer sehr kleinen Kamera arbeiten. Es ist schließlich nur ein Test.

– Mach das, sagt Lin.

Zum Schluss des Gesprächs hat sie noch eine einzige, allerletzte Frage:

– Wie war die Nacht, Mia?

– Was fragst Du so blöd?, antwortet Mia.

– Ist Matteo noch frei? Oder warst Du die Erste von uns?

Mia stöhnt laut auf, dann beendet sie das Gespräch. Nun hat sie solche Anspielungen schon zum zweiten Mal innerhalb weniger Stunden zu hören bekommen. Brrr. Sie schüttelt sich und trinkt einen Schluck Wasser. Dann geht sie in ihr Zimmer und macht sich für das Hinausgehen bereit.

Einen kleinen Kaffee kann sie jetzt brauchen. Sie geht in Xenias Café und nimmt sofort wahr, dass es anders riecht als sonst.

– Wonach riecht es denn hier so penetrant?, fragt sie Xenia.

– Nach Panini aus der Piastra per panini, antwortet Xenia.

Die beiden lachen. Mia bestellt einen Kaffee und ein belegtes Brötchen mit Käse.

– Lass es bleiben, sagt Xenia. Iss lieber den letzten Panino, es schmeckt härrlisch.

– Im Ernst?

– Ja, göttlisch.

Sie müssen wieder lachen. Xenia eilt in die Küche und bringt wenig später den Panino und den Kaffee.

– Heute Morgen hatte Matteo etwas sehr Forsches, sagt Xenia. Er hat sich eine ganze Liste mit Veränderungen für dieses Café ausgedacht. Ich soll Lieder von Paolo Conte spielen und auf keinen Fall mehr blöde Radiosender laufen lassen. Und ich soll noch tausend andere Dinge tun. Er war richtig fordernd.

– Bist Du sicher, dass er das ernst gemeint hat?

– Ja, hat er. Es war seltsam. Als ich abwehrend reagiert habe, ist er sogar weggelaufen. Ohne noch ein Wort zu sagen.

– Ach was, so was tut er doch nicht.

– Er hat es aber getan. Ich dachte schon, er sei verschwunden, da kam er kurze Zeit später wieder zurück. Mit zwanzig frischen Panini zum Toasten, mit Parmaschinken und bestem Mozzarella di Dingens. Verstehst Du so was?

– Na, er bringt unser Leben ganz schön durcheinander.

– Ja, stimmt, er hat mich schon so weit, dass ich darüber nachdenke, ob er nicht ein guter zweiter Geschäftsführer wäre.

– Wie bitte?

– Ja, und er hat mich schon so weit, dass ich darüber nachdenke, bald nach Venedig zu fahren. Um dort die Bars und Cafés zu studieren. Wie es dort läuft, was man von diesen Venezianern lernen oder übernehmen könnte.

– Xenia?!

– Ja?

– Ich erkenne Dich nicht mehr wieder. Dein starker Unabhängigkeitswille hat mir immer gefallen. Ich habe ihn mir oft zum Vorbild genommen. Und jetzt diese Kehrtwende – kaum, dass der Typ mehr als anderthalb Tage hier ist. Bewahre bitte die Nerven! Und lenk Dich ein wenig ab! Mach einige Pausen am Tag, und komm am Nachmittag zu uns hinauf in die Küche. Du weißt, mein Vater wird da sein. Ich sitze nicht gerne allein mit ihm herum und warte, bis er seine Flasche Sekt geleert hat und hilflos die vielen Stufen wieder heruntertappt. Diese zwei, drei Stunden mit ihm sind unglaublich traurig.

Die beiden sitzen still nebeneinander. Mia leert ihre Tasse Kaffee und schiebt den Panino beiseite.

– Panino aus der Piastra per panini! So ein Quatsch! So ein Kinderkram! Was geht mich das an, wenn mein Vater vielleicht in ein paar Wochen vor lauter Kummer gestorben ist? Soll ich ohne Eltern weiterleben? Aber wofür?! Sag mir das bitte mal, Xenia!

Sie schluckt mehrmals, die Stimme versagt ihr. Dann steht sie auf und beugt sich zu Xenia hinab. Einen Kuss links, einen rechts. Sie wird jetzt mit dem Fahrrad am

Rhein entlang zur Filmhochschule fahren. Das könnte sie ablenken. Irgendwo wird sie sich auf eine Bank setzen und durchatmen. Dann macht sie sich an die Arbeit. Einen Panino aus der Piastra – in Zeitlupe, in Weitwinkel, in Froschaugenperspektive, irgendwie, wie auch immer, verdammt noch einmal ...

16

Als Mia später mit einer kleinen Leihkamera im Dom ankommt, findet sie Matteo zunächst nicht. Im Langhaus ist er nicht, und auch vorne im Chor kann sie ihn nicht entdecken. Sie hatte vermutet, dass er sich dem Dreikönigenschrein widmen würde, doch auch dort taucht er nicht auf. Erst nach einer Weile erkennt sie ihn vor einem gewaltigen Kreuz in der Nähe des Chors. Er zeichnet die Figur des toten Christus.

Matteos Anblick lässt sie unwillkürlich innehalten. Sie will ihn nicht stören, er wirkt so vertieft und aufmerksam. Wieder hat er das kleine Fernglas vor den Augen und mustert die Christusgestalt. Wie alt dieses Kreuz wohl sein mag? Das sollte sie genau wissen, als Kunstgeschichtlerin sowieso und als Kölnerin erst recht. Matteo macht ihr vor, wie man mit den Kostbarkeiten der eigenen Heimat umgeht. Indem man sich ihnen geduldig und lange widmet.

Die Augen des Heilands sind geschlossen, die dunklen, langen Haare fallen zu beiden Seiten des Kopfes auf die Arme. Die Sehnen sind gut zu erkennen, auch die der mageren Beine. Der Bauch tritt etwas hervor, dieser Christus ist nicht mehr am Leben. Der Kopf ist schon nach unten gesunken, bis auf die Brust.

Mia kann dieses Leidensbild nicht lange anschauen, es erschreckt sie. Es erinnert sie an die tote Gestalt ihrer Mutter, die sie vor wenigen Monaten in der Friedhofskapelle gesehen hat. Der blasse Kopf lag leicht schräg auf einem viel zu monumentalen Kissen, die Lippen erschienen angespannt und verzerrt, als hätte Mutter sich bis zuletzt gegen diesen Tod gewehrt. Niemanden aus der Familie hat sie in ihren Krankheitszustand eingeweiht, und auch niemand aus dem nächsten Bekanntenkreis hat bemerkt, dass es ihr von Tag zu Tag schlechter ging.

Mia hat sich nach ihrem Tod Vorwürfe gemacht, während der letzten Wochen nicht in Mutters Nähe gewesen zu sein. Doch wie hätte sie, als sie in Venedig war, von der Krankheit wissen sollen? Selbst Vater ist nichts Verdächtiges aufgefallen, obwohl Mutter von Tag zu Tag schmaler geworden sein muss. Die unheilbare Krankheit hat an ihr genagt, und die Ärzte hatten ihr genau vorhergesagt, wie lange sie noch leben werde. Mutter aber hat weiter und weiter bis zuletzt geschwiegen, noch am Tag vor ihrem Tod haben sie beide telefoniert, und der letzte Satz, den Mutter zu ihr gesagt hat, war: »Lass es Dir gut gehen, mein Kind!«

Kaum zwölf Stunden später hat Vater sie frühmorgens telefonisch geweckt und ihr mitgeteilt, dass Mutter in der Nacht gestorben sei. »Plötzlich und völlig unerwartet«, hat Vater damals noch gesagt, denn sie haben ja erst bald danach von den Ärzten erfahren, dass Mutter von ihrem bevorstehenden Tod gewusst hatte. Vater hatte an einen plötzlichen Herztod geglaubt, umso entsetzter war er, als er von den Ärzten die Wahrheit erfuhr. Seitdem hat er ununterbrochen mit sich gehadert: Wieso hat er nichts bemerkt? War er wirklich so unaufmerksam? Hatte er kein Auge mehr für seine Frau, mit der er jahrzehntelang verheiratet gewesen war?

Mutters Tod hat ihn nicht nur schwer getroffen, sondern völlig hilflos gemacht. Er hat die Lebenslust verloren und schleicht nur noch, wenn es unbedingt nötig ist, durch die Straßen. Früher ging er dann und wann noch in ein Brauhaus und unterhielt sich mit Freunden und Nachbarn. Das ist längst vorbei. Vater möchte sich nicht mehr »mit Fremden«, wie er seit Neustem sagt, unterhalten. Allein möchte er bleiben, bis auf den Mittwochnachmittag, an dem er seine einzige Tochter besucht.

Mia steht hinter einem Pfeiler, damit Matteo sie nicht bemerkt. Die Erinnerung an die Gestalt der toten Mutter lässt sie nicht los. Sie kann jetzt nicht die kleine Kamera aus der Tasche ziehen, um Matteo zu filmen. Das geht nicht, es käme ihr völlig unangebracht vor. Sie schaut zur Seite und schleicht dann in eine Bank des Mittelschiffs. Sie fühlt sich nicht gut, noch längst hat sie nicht überstanden, was ihr in den Tagen nach Mutters Tod zu schaffen gemacht hat.

Sie hat ihren Aufenthalt in Venedig unterbrochen und ist für zwei Wochen nach Köln gefahren. Dort hat sie versucht, Vater, so gut es ging, beizustehen und ihm zu helfen. Er hat sie darin bestärkt, ihren Auslandsaufenthalt schon bald nach der Beerdigung fortzusetzen und wieder nach Venedig zurückzufliegen. Den Freunden dort hat sie erklärt, dass Mutter krank gewesen sei und es ihr wieder besser gehe. Sie hat die Sätze Meine Mutter ist tot, meine Mutter ist in Köln gestorben einfach nicht aussprechen können. Stattdessen hatte sie diese

Sätze unaufhörlich im Kopf, selbst bei den unpassendsten Gelegenheiten haben sie sich gemeldet. Musik hat sie kaum noch hören können, und bestimmte Heiligenbilder in den venezianischen Kirchen hat sie nicht lange anschauen können.

So ergeht es ihr jetzt auch mit diesem Kreuz. Sein Anblick schwemmt die Trauer und den ganzen Schmerz wieder nach oben. Was soll sie machen? Soll sie den Dom verlassen? Sie denkt nicht länger nach, sondern steht auf, räuspert sich und geht zu Matteo hinüber. Sie nimmt neben ihm Platz und blickt nicht hinauf zum Kreuz, sondern auf die Zeichnung in seinem Block. Matteo zeichnet den Kopf des toten Christus. Die langen Haare, der Bart, alles gleicht der Skulptur. Eines aber ist anders, und es fällt Mia sofort auf. Es sind die Augen! Die Augen des Heilands sind nicht geschlossen, und sein Mund ist nicht schräg nach unten verzogen. Der Heiland schaut in die Ferne, und um seinen Mund erkennt man Züge des Lächelns.

Sie nimmt Matteo den Block aus der Hand und legt ihn auf ihre Knie. Dann bittet sie ihn, ihr das kleine Fernglas zu leihen. Matteo fragt nicht nach, sondern reicht ihr das Fernglas. Sie schaut hindurch und betrachtet den Kopf des toten Christus genau. Der erste Anblick hat nicht getäuscht: Die Augen sind fest geschlossen, der Mund hängt matt nach unten, das Ganze macht den Eindruck, man habe es mit einem gerade Gestorbenen zu tun.

Mia schaut Matteo an, dann sagt sie:

– Du zeichnest ihn mit offenen Augen. Seine Augen sind aber geschlossen. Und Du zeichnest ihn mit einem

Lächeln um seinen Mund. Der Mund zeigt aber kein Lächeln.

Matteo schaut zum toten Christus hinauf. Dann sagt er:

– Ich kann ihn nicht mit geschlossenen Augen zeichnen. Die Augen sind nur vorübergehend geschlossen. Gleich werden sie sich wieder öffnen, und den Mund wird wieder ein Lächeln umgeben.

– Aber wieso? Er ist tot, er ist gestorben, das ist ganz deutlich zu erkennen.

– Ja, das ist zu erkennen. Der Tod ist aber nur ein Moment, danach kommt das zweite Leben, das Leben danach.

– Du meinst die Auferstehung, die Himmelfahrt?

– Das auch. So war es im Fall des Heilands. Mit den Menschen ist es anders. Sie erleben ja keine Auferstehung und keine Himmelfahrt.

– Sondern?

– Die Toten leben weiter in den Menschen, die ihnen während des Lebens am nächsten waren. Sie sind in ihrer Nähe, sie flüstern ihnen etwas zu, sie zeigen sich in kleinen Offenbarungen, sie sind nicht verschwunden, niemals.

– Woher weißt Du das so genau?

Matteo reckt sich auf und nimmt den Block von Mias Schoß. Er greift auch nach dem Fernglas und tut so, als schaute er wieder hindurch. Mia aber sieht, dass er das genaue Sehen nur vortäuscht. Das Fernglas zittert in seiner Hand, er hält es sich vor die Augen, um nicht weinen zu müssen.

Sie rutscht etwas näher an ihn heran und legt den linken Arm um seine Schultern. Er bleibt starr und lässt das Fernglas nicht los. Dann hört sie ihn sprechen:

– Mein Vater ist vor genau einem Jahr gestorben. Er ist beim Absturz eines Helikopters ums Leben gekommen. Er ist aber nicht tot. Ich spreche fast täglich mit ihm, und ich weiß, dass er sich um meine Mutter und meine Schwester kümmert. Mein Vater war ein sehr guter Mann, er hilft, wo er nur kann. Niemals würde er uns im Stich lassen.

Matteo lässt das Fernglas sinken und holt ein Taschentuch hervor. Er reibt sich die Augen trocken und säubert danach auch das Fernglas.

– Entschuldige, sagt er zu Mia. Wenn ich an Vaters Tod denken muss, habe ich mich nicht immer im Griff.

Mia nimmt ihren Arm nicht von seinen Schultern. Sie schaut hinauf zum Heiland am Kreuz. Jetzt mach schon!, denkt sie, jetzt öffne schon Deine Augen! Du bist nicht tot, Du bist mit uns und unter uns! Seltsam, jetzt denkt und spricht sie beinahe wie die Priester im Gottesdienst, die felsenfest davon überzeugt sind, dass der Heiland nicht gestorben ist, sondern – wie sagen sie immer? – »unter uns weilt«!

– Wollen wir kurz nach draußen gehen?, fragt Mia.

– Ja, das sollten wir tun, antwortet Matteo.

Er packt seine Malutensilien in die Umhängetasche und steckt das Fernglas ein. Dann gehen sie zusammen zum Eingang des Doms. Mia hat sich bei Matteo untergehängt, sie wirken jetzt wie ein Paar, das gerade eine Dombesichtigung hinter sich hat. Auch draußen, vor den drei großen Portalen, trennen sie sich nicht. Sie gehen zusammen, eng aneinandergelehnt, an der Südfassade entlang. Dann setzen sie sich, genau gegenüber der Fassade, auf eine kleine Mauer. Eine Weile sagt keiner von ihnen ein Wort.

– Du hast recht, sagt Mia schließlich, wenn man sich ein wenig vom Dom entfernt, bekommt er etwas Schmuckkästchenartiges. Im Dunkel dieses Kästchens steht der Dreikönigenschrein, und drum herum sind die vielen kleinen Heiligen postiert, die manchmal in feierlichen Prozessionen zum Rhein ziehen.

– Ja, antwortet Matteo. Wenn man noch weiter entfernt ist, könnte man Lust bekommen, die beiden Türme mit den Fingerspitzen in die Höhe zu heben. Dann käme der Dreikönigenschrein hervor, und man würde verstehen, dass das scheinbare Schmuckkästchen ein großer Reliquienschrein ist.

– Du solltest mit meinem Vater darüber sprechen, sagt Mia.

– Mit Deinem Vater? Wieso?

– Er kennt sich fabelhaft mit diesen Sachen aus. Bis vor Kurzem hatte er eine Professur für Mittelalterliche Geschichte. Heute Nachmittag kommt er in unsere WG. Er kommt jeden Mittwoch, immer am Nachmittag. Er trinkt eine Flasche Sekt und verschwindet wieder.

– Warum tut er das?

– Er ist sehr allein, und es geht ihm nicht gut. Meine Mutter ist vor Kurzem plötzlich an einer schweren Krankheit gestorben. Das Schlimme daran ist: Weder Vater noch ich haben von dieser Krankheit gewusst, Mutter hat sie vor uns verheimlicht.

– Wann genau war das?

– Als ich noch in Venedig war. An einem frühen Morgen, kurz nach acht, hat Vater mich angerufen und mir mitgeteilt, dass Mutter gestorben ist. Ich bin sofort nach Köln geflogen, Vater hat niemand, der ihm hilft oder beisteht, er ist ein sehr unpraktischer Mensch.

– Und hast Du ihm helfen können?

– Ein wenig vielleicht, ja.

– Aber Du bist wieder nach Venedig zurückgekommen.

– Er wollte es unbedingt. Ich komme schon zurecht, hat er gesagt, und Du brauchst unbedingt Deine Scheine und Diplome.

– Und kam er allein zurecht?

– Nein, keine Spur. Als ich wieder nach Köln zurückkam, habe ich ihn beinahe nicht mehr wiedererkannt. Er hatte viel an Gewicht verloren und behauptete, er habe keinen Hunger mehr. Dabei hat er früher sehr gern und genussvoll gegessen. Stattdessen hat er zu trinken begonnen. Rotwein am Abend, manchmal schon am Nachmittag Sekt. Wenn er trinkt, sagt er, werde Mutter wieder lebendig. Er spricht laut mit ihr, und er antwortet laut in ihrem Namen. Ich habe es selbst einmal gehört. Es war furchtbar.

– Soll ich am Nachmittag mit in die WG kommen? Oder wäre das falsch? Ich will Deinen Vater nicht stören, aber vielleicht kann ich ihn etwas aufheitern. Spricht er Italienisch?

– Nicht sehr gut, aber er gibt sich Mühe. Verstehen wird er Dich, aber er wird langsam antworten.

– Das macht doch nichts.

– Wenn Du dazu bereit bist, wäre ich Dir sehr dankbar. Sonst sitze ich nämlich allein mit ihm in der Küche. Und ich trinke am Nachmittag nicht gerne Sekt.

– Ich aber auch nicht.

– Okay, irgendwie werden wir das hinbekommen. Was meinst Du?

– Ich werde kommen. Wann genau soll ich da sein?

– Gegen vier. Passt Dir das?

– Natürlich, ich habe doch nichts vor, außer den Kölner Dom auseinanderzunehmen und alle Figuren, die mich beeindrucken, zu zeichnen. Der Dreikönigenschrein kommt als Letztes dran. Aber nicht heute, sondern morgen, in aller Ruhe.

– Ist alles in Ordnung? Soll ich noch eine Weile bei Dir bleiben?

– Ja. Wollen wir etwas zusammen essen? Ich habe Hunger, ich habe nicht gefrühstückt.

– Aber gern. Ich lade Dich ein, wir könnten da drüben im Brauhaus eine Suppe essen. Etwas, das es in Venedig nicht gibt. Eine Sauerkrautsuppe! Einverstanden?

– Einverstanden. Aber lass uns noch einen Moment hier sitzen, ich möchte Dir etwas schenken.

Er holt seinen Skizzenblock aus der Tasche und schlägt ihn auf. Dann beginnt er zu zeichnen. Mia erkennt, dass er den Dom anvisiert, er kneift die Augen ein wenig zusammen. Vielleicht skizziert er das Schatzkästchen, das könnte sein. Plötzlich hat sie das seltsame Gefühl, dass sie auf dunkle Weise mit ihm verbunden ist. Sie gehören zusammen, sie haben eine ähnliche Geschichte. Beide haben sie erst vor Kurzem ein Elternteil verloren, er den Vater, sie die Mutter. Und in beiden Fällen kam dieser Verlust so plötzlich, dass sie bis heute nicht damit fertiggeworden sind.

Wie hat Matteo gesagt? *Die Toten leben in den Men-*

schen weiter, die ihnen während des Lebens am nächsten waren. Wenn Vater während seiner einsamen Weinorgien mit Mutter spricht, ahmt er ihre Stimme nach. Es hört sich an wie ein Schauspiel. Fremde Beobachter würden das als sehr schräg empfinden: den einsamen, in der Dunkelheit seiner Wohnung sitzenden Mann, der mit zwei Stimmen spricht und einer Person zuprostet, die sich gar nicht im Raum befindet. Immer müssen zwei Gläser auf dem Tisch stehen, und jedes Mal füllt Vater beide Gläser mit Wein und trinkt erst aus dem einen und dann aus dem andern. Das ist doch verrückt!, würden die fremden Beobachter sagen, man sollte ihn zum Psychiater schicken.

Matteo zeichnet mit raschen Strichen, er hat die äußere Gestalt des Doms längst genau im Kopf, selbst die Strebepfeiler und Fialen skizziert er andeutungsweise. So sitzen die beiden noch einige Minuten nebeneinander und warten auf das Ende der Skizze.

Aus Richtung des Brauhauses werden sie zu diesem Zeitpunkt bereits einige Zeit von Lisa beobachtet, sie hat ihren einzigen freien Nachmittag in der Arbeitswoche. In ihrer Tasche trägt sie zwei kleine Bücher mit sich herum, die sich mit der Architektur und den Figuren des Doms beschäftigen. Weil sie wusste, dass Matteo im Dom zeichnen würde, kommt sie vorbei. Sie wollte ihn eigentlich abfangen und ihm die Bücher schenken.

Zu spät! Mia ist ihr zuvorgekommen. Kein Wort hat sie gestern darüber verloren, dass sie ebenfalls in den Dom gehen wird. Jetzt sitzen die beiden auf dem kleinen Mäuerchen wie ein Liebespaar. Die gestrige Nacht hat alles entschieden, sie gehören zusammen, man erkennt es auf den ersten Blick. Soll sie sich zu erkennen geben? Ja, warum nicht?

Sie geht langsam auf Matteo und Mia zu, sie nähert sich von hinten und tritt dann plötzlich ins Bild.

– Na, ihr beiden Hübschen, sagt sie. Was treibt ihr denn so?

Mia ist verblüfft, nur Matteo tut so, als beeindruckte ihn Lisas Auftritt nicht im Geringsten. Er zeichnet weiter, als brächte ihn das nicht aus dem Konzept.

– Hallo Lisa, sagt er (auf Deutsch).

– Oh, Wahnsinn! Du lernst so rasch Deutsch?, sagt Lisa. Na, kein Wunder, Mia ist ja den ganzen Tag mit Dir unterwegs und bringt Dir die richtigen Worte ruckzuck bei. Sag mal ruckzuck! Sag's mal, Du lustiger Venezianer! Sag mal: Ich lernen Deutsch perfetto, ruckzuck. Mit mia pia! Sag's mal!

– Es reicht, Lisa, sagt Mia und steht auf. Es reicht jetzt wirklich. Was ist denn in Dich gefahren?

– Psst! sagt Matteo und schaut weiter nicht von seiner Skizze auf.

– Amore in Colonia, sagt Lisa, heißt so Euer Spielfilm? Den schaue ich mir an, von A bis Z.

Matteo ist jetzt mit seiner Zeichnung fertig. Er trennt sie langsam aus dem Skizzenblock und steht ebenfalls auf.

– Für Dich, Lisa!, sagt er (auf Deutsch).

– Für mich?, ruft Lisa so laut, als wäre sie über dieses Geschenk empört.

Sie nimmt es in die Hand und schaut es sich an. Ihr Blick verweilt lange auf der kleinen, genauen Skizze. Langsam beruhigt sie sich.

– Das ist sehr schön, Matteo, sagt sie. Und das ist wirklich für mich?

– Für Dich, sagt Matteo (auf Italienisch).

– Wirst Du mich auch einmal von vorn porträtieren, ganz in Ruhe, wenn ich Dir Modell sitze?

– Mal sehen, sagt Matteo (auf Deutsch).

Lisa greift nach ihrer Tasche und öffnet sie.

– Hier, ich habe auch ein Geschenk für Dich, sagt sie. Zwei kleine Bücher über den Kölner Dom. Auf Italienisch, damit Du genau nachschlagen kannst, wann alles entstanden ist und aus welchen Zeiten die vielen Figuren stammen.

Matteo nimmt die beiden Bücher in die Hand und blättert darin. Er bedankt sich und umarmt Lisa kurz. Ein Kuss links, einer rechts.

– Ich habe Hunger, sagt er. Wollen wir nicht zusammen etwas essen?

– Ich weiß nicht, sagt Lisa. Störe ich Euch nicht?

– So ein Unsinn, antwortet Mia. Matteos Vorschlag ist gut, ich habe auch Hunger. Komm, wir essen jetzt zu dritt drüben im Brauhaus. Was meinst Du, Lisa? Wir lassen unseren Matteo eine Sauerkrautsuppe probieren. Und er wird mit uns ein Kölsch trinken, auch wenn er sonst nie Alkohol trinkt. Heute muss es sein, heute taufen wir ihn zum Kölner.

Lisa und Mia lachen. Sie nehmen Matteo in die Mitte. Sauerkrautsuppe und Kölsch, nichts davon mag ich so richtig, denkt Lisa. Egal, heute werde ich mitmachen. Es ist furchtbar, nicht dazuzugehören. Nichts ist furchtbarer als die öde Einsamkeit und das ewige Warten auf die anderen. Es ist wie ein frühes Sterben, ja, so fühlt es sich an.

17

Am frühen Nachmittag, kurz nach drei, verlässt Wolfgang Vogt, Prof. emeritus für Mittelalterliche Geschichte (und im Privatleben Mias Vater), die Altbauwohnung im Kölner Norden, in der er seit Jahrzehnten lebt. Seit dem plötzlichen Tod seiner Frau geht er nicht mehr gerne aus, höchstens noch ein Einkauf zieht ihn nach draußen. Die vertraute Wohnung könnte ihm Schutz bieten, doch das tut sie nicht. Einige Geräte funktionieren nicht mehr, im Wohnzimmer ist der Parkettboden an zwei Stellen defekt, und der alte Boiler im Bad springt nur manchmal an. Das mögen Kleinigkeiten sein, und wahrscheinlich könnte ein erfahrener Hausmeister das leicht reparieren. Wolfgang Vogt stört aber mehr als nur das. Er kommt mit der gesamten Wohnung nicht mehr zurecht. Sie erscheint ihm dunkler und maroder als je, und er erträgt es nicht, sich vom frühen Morgen bis in die Nacht allein in ihr zu bewegen.

Hätte er die Kraft dazu, würde er vieles verändern. Zuerst würde er sich eines Großteils seiner Bibliothek entledigen. Die langen Fluchten der Bücher, die sich durch mehrere Zimmer und sogar noch durch den Flur ziehen, öden ihn an. Tot sind sie, all diese Buchsubjekte, die er in seinem Leben angehäuft und gehortet hat. Kaum eines von ihnen wird er jemals wieder in die Hand

nehmen, nein, gewiss nicht, er hat diese Bibliothek aus-
gelesen, gründlich und für immer. Kurz nach seiner
Emeritierung hat er verkündet, er werde noch ein letztes
großes Buch schreiben, daran aber glaubt er jetzt nicht
mehr. Wozu Bücher schreiben? Für wen? Und warum
sich quälen, wenn das Wichtigste, die Lust am Schreiben,
verschwunden ist?

Das Einzige, was er noch täglich liest, sind zwei Zeitungen, eine regionale und eine überregionale. In seinen
schwungvollen Jahren hat er Tag für Tag bestimmte Artikel, die ihn interessierten, ausgeschnitten und in Leitz-
Ordnern nach Themengebieten gesammelt. Auch das ist
längst vorbei. Kaum hat er eine Zeitung aufgeschlagen,
beginnt er auch schon zu gähnen, die Lektüre ermüdet
ihn sofort, und es gibt keinen Artikel, dessen Thema er
noch weiter nachgehen würde.

Was aber dann? Fernsehen? Nein, um Gottes willen.
Schon früher hat er nur selten ferngesehen, etwas Sport,
dann und wann einen Spielfilm, die zähen Nachrichten-
sendungen hat er sich erspart und die wenigen wirklichen Neuigkeiten, die an den Rändern des Lebens eine
wichtigtuerische Rolle spielten, aus den Zeitungen bezogen. Marktschreierisch vorgetragene Nachrichten löschen sich von selbst aus, merkwürdig, wie wenige Menschen das verfolgen und wahrnehmen! Stattdessen gibt
sich die große Mehrheit inzwischen sogar dazu her, das
Sammelsurium der angeblichen Ereignisse zu kommentieren. Ablehnung, Zustimmung, Beifall – sie bilden den
Küddelkram der sozialen Medien, die das ewige Reden in
Gang halten wie nie zuvor in der Geschichte der Mensch-
heit.

Im Grunde würden ihm vielleicht sogar zwei Zimmer mit Küche und Bad genügen. Er würde sein Leben auf das Notwendigste reduzieren, selbst den Fernseher würde er abgeben, ganz zu schweigen von den vielen Küchengeräten, mit denen er nicht umzugehen weiß. Früher hat er oft in der Küche gesessen und sich mit seiner Frau unterhalten, während sie eine kleine Mahlzeit herrichtete. Sie ist wahrhaftig keine große Köchin gewesen, aber warum auch? – sie hat es jedenfalls verstanden, in kaum mehr als einer halben Stunde etwas Essbares herzurichten. Nach den Mahlzeiten sind sie oft miteinander ausgegangen und haben einen Spaziergang durch die nähere Umgebung gemacht. Sie haben irgendwo einen Kaffee getrunken, sind ins Kino gegangen oder haben mit ihren Rädern eine kleine Tour gemacht. Hauptsache, nicht erstarren! Also keine Siesta, kein Ausruhen und kein betuliches Plaudern, sondern Auf! und Hinaus!

Sie haben diese gemeinsamen Unternehmungen sehr gemocht, wie sie sich überhaupt gut verstanden haben. *Wie* gut, ist ihm erst nach ihrem Tod aufgefallen, als ihm diese Unternehmungen und die kleinen Ausflüge zu fehlen begannen. Viele Jahre lang ist seine Frau Redakteurin einer Architekturzeitschrift gewesen, das ist auch ihm zugutegekommen, weil sie sich vor allem mit dem modernen und neuen Bauen gut auskannte. Wo er selbst nur desinteressiert und apathisch an einer Neubausiedlung vorbeigegangen wäre, entdeckte sie lauter Feinheiten und Details. Sie hatte ein »offenes Auge«, ja, sie schaute sich alles genau und mit Hingabe an, als ob sie selbst schon viele Bauten geplant und bis zum Abschluss begleitet hätte.

Dass Mia, ihre einzige Tochter, jetzt dieses Studienfach mit dem seltsamen Namen (*Kunstgeschichte im medialen Kontext*) studiert, geht eindeutig auf ihr Konto. Selbst Kinderspielplätze hat sie sich auf Bau- und Planungsformen hin angeschaut und das Kind von Anfang an in solche Gedankengänge einbezogen.

– Gefällt uns diese Schaukel? Oder steht sie viel zu nah neben der doofen Wippe, auf der doch sowieso niemand wippt? Lieber zwei oder drei Schaukeln als eine Wippe, habe ich nicht recht, was meinst Du, Mia?

Wolfgang Vogt hat diese Fragen noch im Ohr, auch wenn sie vor vielen Jahren gestellt wurden. Seine Frau hatte einen munteren, ansteckenden Ton, man bekam richtig Lust, auch selbst etwas zu sagen, was in seinem Fall etwas bedeutet, weil er normalerweise den Mund nicht aufmacht. Er ist, wie sagt man, ein zurückhaltender Typ, sein Leben bestand aus lauter Lektüre und Fleiß (und leider weniger aus Improvisation), und wenn er Vorlesungen halten musste, schrieb er sie vorher detailliert auf und las den Text dann Wort für Wort ab.

Auseinandersetzungen mit seiner Umgebung ist er, wo immer es möglich war, aus dem Weg gegangen. Deshalb hat er hohe Ämter an der Hochschule auch niemals angestrebt. Solche Ämter bedeuteten viel Nahkampf und Kleinkrieg, doch nichts hätte ihm mehr missfallen, als auf diese Weise viele Stunden seines Lebens zu verlieren. Dann lieber die Vertiefung in einige mittelalterliche Wappen oder Reliquienschreine, um am Ende Texte zu entziffern, die noch niemand entziffert und zur Kenntnis genommen hatte.

Wenn er bloß vergessen könnte, allein zu sein! Er

würde dieses anhaltende, beißende Empfinden gern hinter sich lassen, aber es bestimmt den ganzen Tag und setzt schon mit dem Aufstehen ein. Bleib doch einfach liegen!, sagt er manchmal zu sich selbst, aber er weiß gut, dass er dann vollends in eine schwere Depression abkippen würde. Selbst ein Glas Wasser zum Mund zu führen, erscheint ihm dann bereits als eine Last, wie er überhaupt einen Ekel gegenüber den typischen Tagesritualen spürt. Zähneputzen, duschen, sich anziehen – gibt es etwas Furchtbareres, als diese ewig gleichen Handlungen durchzustehen?

Kurze Zeit hat er mit dem Gedanken gespielt, dass Mia nach ihrer Rückkehr aus Venedig zu ihm ziehen und ihm eine Zeit lang beistehen würde. Sie hat aber niemals davon gesprochen, und er selbst hat diese doch im Grunde naheliegende Idee natürlich auch niemals erwähnt. Seit ihrer Geburt hat er dieses Kind unendlich geliebt, wozu in seinen Augen gehört, ihr niemals etwas abzuverlangen. Eine gewisse Distanz zwischen Vater und Tochter muss bestehen, das hat er sich immer gesagt. Distanz schafft Achtung und Aufmerksamkeit, Distanz formt die Liebe, wenn diese Distanz nicht in Strenge oder zu starken Eigensinn ausartet. Lieben zu können bedeutet, den oft nicht totzukriegenden Eigensinn zu beherrschen. Ihn gegenüber dem oder der Geliebten aufzugeben, ihn ganz auszulöschen. Und lieben zu können bedeutet ganz unbedingt, über all diese schwierigen inneren Vorgänge nicht viel zu reden, sondern dem anderen zu vertrauen.

Nein, er wird Mia nicht drängen, sich mehr um ihn zu kümmern. Es reicht vollkommen, wenn er sie einmal in der Woche in ihrer WG besucht. Die beiden Mitbewohnerinnen gefallen ihm. Mit Lisa kann er sich über Autoren und Bücher unterhalten, und Xenia sorgt für gute Laune und versteht von Speisen und Getränken so viel, wie er in seinen zukünftigen Jahren niemals je verstehen wird. Die Küche, das Essen und Trinken – sein Interesse ist auch hier auf das Mittelalter beschränkt, wobei er allerdings diese Zusammenhänge so genau durchleuchtet hat wie kaum ein anderer. Was aßen die Pilger während ihrer unendlich langen Fußwege durch halb Europa? Gab es Speisen und Getränke, die eigens für diese weiten Wege zubereitet wurden? Wie sahen die Herbergen aus, waren sie mit unseren heutigen Hotels zu vergleichen?

Mindestens zehn längere Aufsätze (zwischen dreißig und fünfzig Seiten) hat er solchen Fragen gewidmet und sie anhand von Pilgertexten und Herbergsarchiven detailliert und auf bestimmte Regionen bezogen beantwortet. Zwei Ausstellungen zu diesen Themen hat er konzipiert und in Kölner Museen präsentiert! Wo er nur den Schwung und die Freude her bezogen hat, sich so großen Aufgaben zu widmen?

Heute hat er auf seinem Fußweg einen Spazierstock dabei. Er stützt sich nicht damit ab, er hält ihn mit beiden Händen auf seinem Rücken, quer, wie eine Schranke. Gleich wird er die drei Stockwerke hinauf zur WG seiner Tochter steigen, da wird er den Stock brauchen. Es schmerzt ihn im rechten Knie, aber es ist nichts Dauerhaftes, sondern ein Stechen, das wie eine Laune auftritt.

Jetzt ist er vor Xenias Café angekommen. Er tritt ein und zieht den schwarzen Hut ab, er hält ihn in der Rechten, während die Linke den Spazierstock hinter dem Rü cken versteckt. Zwei, drei Schritte macht er zur Theke, Xenia steht in der Küche und kommt sofort zu ihm.

– Guten Tag, Professore!, sagt sie und lächelt. Es ist für alles gesorgt. Der Stoff hat bereits die richtige Temperatur, und das Fräulein Tochter ist ebenfalls anwesend und erwartet Sie. Und außerdem gibt es noch eine Überraschung. Wohl bekomm's!

Sie macht sich meist einen Spaß, so mit ihm zu reden, das gefällt ihm. Er muss ebenfalls lächeln, dann verneigt er sich kurz und zieht den Hut wieder auf.

– Im Himmel wünsche ich mir eine Xenia an meiner Seite, sagt er und winkt ihr wie zum Abschied zu. Kommst Du später auch kurz hinauf, damit wir zusammen einen Schluck trinken? Mia stößt mit mir an und kippt das gute Zeug, sobald ich auf der Toilette bin, in den Ausguss. Da bist Du doch aus anderem Holz!

– Keine Sorge, Professore. Heute gibt es noch jemand anderen, der mit Ihnen anstößt. Dafür wurde eigens gesorgt.

– Noch jemanden?! Wie unangenehm.

Wolfgang Vogt, Professor emeritus für Mittelalterliche Geschichte, schüttelt den Kopf und verlässt das Café. Gerade hat er sich noch auf den guten Tropfen gefreut, der ein wenig Farbe und Schwung in sein verlangsamtes Leben bringen wird. Nun aber scheint es so zu sein, dass er die gute Flasche vielleicht mit ganzen Horden teilen muss. Warum tut Mia ihm so etwas an? Sie weiß doch, dass er Geselligkeit zu dieser Stunde nicht verträgt.

Er klingelt und geht nach dem Öffnen der Haustür langsam die drei Stockwerke hinauf. Oben angekommen, erkennt er Mia, die ihm ein paar Stufen entgegeneilt. Sie umarmen sich, ein Kuss links, einer rechts. Dann betreten sie die Wohnung, wo er gleich den Hut ablegt und den Stock neben dem Eingang postiert.

Er geht kurz ins Bad, um sich die Hände zu waschen. Dann kommt er in die Küche, die er so sauber und aufgeräumt noch nie gesehen hat. Etwas erstaunt bleibt er in der Tür stehen. Dann erst erkennt er den jungen, tiefschwarz gekleideten Mann, der am Küchentisch sitzt. Er steht auf, verbeugt sich, gibt ihm die Hand und sagt (auf Italienisch):

– Ich heiße Matteo. Ich bin Venezianer. Ich freue mich, Ihre Bekanntschaft zu machen.

18

Xenia schaut auf die Uhr. Der Professore ist jetzt seit beinahe zwei Stunden oben in der Wohnung, es wird Zeit, kurz hinaufzugehen und mit ihm ein Glas Sekt zu trinken. Seltsam, dass die beiden anderen Mädels kaum einen Tropfen Alkohol vertragen, und noch seltsamer ist es, dass auch Matteo Alkohol nur anrührt, wenn man ihn dazu überredet oder drängt. Was trinkt so ein merkwürdiger Mensch wie er eigentlich den ganzen Tag? Kaffee natürlich, Espresso, und außerdem Leitungswasser, Mineralwasser hält er schon für Luxus.

Sie hat ihn einmal gefragt, warum er ein so reduzierter Trinker sei, und er hat geantwortet, dass viele ältere Männer in Venedig starke Trinker seien. Schon frühmorgens gegen 7 Uhr gehe es mit dem Weintrinken los, in der Gegend rund um den Markt. Und dann setze sich das Trinken den ganzen Tag über fort, versteckt, in kleinen Mengen von 0,1 oder 0,2 Litern, die jeweils in einer anderen Bar oder Enoteca getrunken würden. Auf diese Weise könnten mehrere Liter Wein zusammenkommen. Dieses heimliche, ununterbrochene Trinken widere ihn an, denn die Folgen seien: Apathie, Langeweile und vor allem ein penetrantes, sich den ganzen Tag über fortsetzendes Reden über lauter unwichtigen Kram. Er aber wolle hellwach bleiben, den Tag über und erst recht in der Nacht! Deshalb die vielen Espressi und deshalb ausschließlich Leitungswasser, asketisch und streng.

– Du hast etwas übrig für die Asketen?, hat Xenia ihn gefragt, und Matteo hat sofort geantwortet:

– Oh ja, Askese gefällt mir. Hellwach und konzentriert bleiben, so viele Stunden am Tag wie nur irgend möglich. Sokrates hat es vorgemacht, und der heilige Antonius war noch extremer.

– Inwiefern?

– Er lebte allein, einsam, ohne jeden Kontakt mit anderen Menschen.

– Und das gefällt Dir?

– Ja, mir gefallen solche Extreme. Ich achte sie sehr.

– Aber Du eiferst Ihnen nicht nach?

– Nein, das nicht. Die Extreme sind dazu da, das eigene Maß zu bestimmen. Sie sind ein Maximum, dem muss man nicht nacheifern. Man kann sie aber im Blick behalten, um sich zu fragen, welche Art von Askese man selbst einhalten möchte.

– Und welche hältst Du so ein? Außer dem Verzicht auf Alkohol?

– Nicht zu viel essen. Wenig Schlaf. Nicht zu viel mit sich selbst beschäftigt sein. Den anderen helfen, wenn sie Hilfe brauchen.

– Und der Sex? Hast Du in Venedig eine Freundin?

– Nein, habe ich nicht.

– Also kein Sex, nichts?

– Na ja, so streng bin ich nicht. Aber keinen Sex aus einer bloßen Laune heraus.

– Sex also nur, wenn Du verliebt bist?

– Nein, es ist komplizierter. Aber ich möchte jetzt nicht darüber reden. Ein andermal.

– Du kneifst!

– Ja, tue ich.

Xenia muss an dieses Gespräch denken, als sie die Treppe hinauf in den dritten Stock des gegenüberliegenden Wohnhauses geht. Die Unterhaltung mit Matteo hat sie nachdenklich gemacht. Die vielen nächtlichen Kurzbegegnungen mit raschem und hastigem Sex gefallen auch ihr längst nicht mehr. Fast ist sie schon so weit, sich ein Leben mit einem festen Freund zu wünschen. Merkwürdig, dass sie so ein Leben bisher nicht hingebracht hat. Nicht einmal versuchsweise, nein, sie hat diese Möglichkeit nie ernsthaft in Erwägung gezogen.

Als sie die Wohnung betritt, fällt ihr sofort der dunkle Mantel des Professore auf, der an der Garderobe hängt. Dort hat er bisher noch nie gehangen, denn Mias Vater hat den Mantel während seiner Besuche immer anbehalten. Xenia geht etwas langsamer als sonst auf die Küche zu, in der Tür bleibt sie stehen. Am Küchentisch sitzen der Professore und Matteo, eine Unmenge von Zeichnungen liegt vor ihnen. Anscheinend unterhalten sie sich (auf Italienisch) über Matteos Skizzen, der Professore schaut nur kurz auf und vertieft sich dann gleich wieder in Details. Und auch Matteo nimmt sie nicht richtig zur Kenntnis.

Wo steckt denn Mia? Xenia ist irritiert und geht hinüber in Mias Zimmer. Die Mitbewohnerin sitzt am Fenster und blättert in einem Buch. Wenigstens sie schaut auf, als sie Xenia erkennt.

– Komm rein, sagt Mia, ich habe schon auf Dich gewartet.

– Was ist denn hier los?, antwortet Xenia. Ich denke,
Ihr amüsiert Euch zu dritt, mit meinem Sekt.

– Ach was! Vater hat großen Gefallen an Matteos Skizzen gefunden, und jetzt gehen sie seit fast zwei Stunden
jede einzeln durch. Die halbe Domschatzkammer, mit
Bischofsstäben, Reliquienschreinen und Tabernakeln.
Was habe ich da noch verloren? Ich verstehe davon doch
nichts.

– Dafür betreut Dein Vater wieder einen Studenten,
zwar nur einen einzigen, dafür aber einen sehr interessierten!

– Ja, das habe ich auch schon gedacht. Du solltest mal
hören, wie er mit Matteo redet! Als hielte er eine Vor-
lesung! Er ist so in Fahrt gekommen wie noch nie seit
Mutters Tod!

– Fantastisch! Freu Dich doch drüber, anstatt beleidigt
zu sein, weil er Dich heute mal nicht beachtet.

– Ich bin nicht beleidigt, es ist nur sehr ungewohnt. Als
gehörte ich nicht dazu. Wenn Vater das wirklich meint
und endlich genau den Gesprächspartner findet, nach
dem er sich vielleicht die ganze Zeit gesehnt hat, bin ich
hier überflüssig.

– Aber Mia! Das siehst Du zu eng.

– Dann kann ich genauso gut auch in der Hochschule
bleiben, anstatt jeden Mittwochnachmittag hierherzu-
eilen, um die Trostmamsell zu spielen.

– Die was?

– Die verdammte Trostmamsell!

Xenia muss lachen, ihr Lachen hat etwas Befreiendes. Mia empfindet es auch so und lacht schließlich mit.

– Was machen wir beide denn nun?, fragt Xenia. Mit Bischofsstäben kennen wir uns nun mal nicht aus.

– Ich Esel habe es mir schon vorgeworfen, antwortet Mia. Deshalb lese ich ja gerade einen Aufsatz von Vater. Über den Dreikönigenschrein, Wissenschaftsprosa.

– Oh mein Gott! sagt Xenia, dann ist es weit mit Dir gekommen. Ich schlage vor, wir klauen den beiden den Sekt und trinken ihn selbst. Oder ist die Flasche schon leer?

– Du wirst es nicht glauben: Sie wurde noch nicht mal geöffnet! Vater hat Matteo ein Glas angeboten, und Matteo hat ihm erklärt, er trinke keinen Alkohol.

– Und weiter, was hat Dein Vater dazu gesagt?

– Dass er in letzter Zeit zu viel getrunken habe und sich deshalb Matteo zum Vorbild nehme! Stell Dir vor: Mein Vater stellt die gut gekühlte Flasche wieder zurück in den Kühlschrank. Die beiden trinken Kaffee …

– Und Leitungswasser, ich wette …, fügt Xenia hinzu.

– Genau! Und Leitungswasser …, flüstert Mia.

Xenia muss wieder lachen. Dann öffnet sie die Tür und schleicht hinüber in die Küche. Matteo und der Professore unterhalten sich weiter rege, erstaunlich, wie gut der Professore doch Italienisch spricht, Mia hat einmal ganz anders über seine Italienisch-Kenntnisse gesprochen.

– Ich möchte nicht stören, sagt Xenia und nähert sich langsam dem Kühlschrank.

Die beiden sprechen weiter miteinander, bis der Professore kurz innehält:

– Xenia! Nehmen Sie den Sekt wieder mit! Dann bleibt mir die Versuchung erspart!

– Das tue ich gern, Professore, sagt Xenia und versucht, locker und entspannt zu wirken.

Matteo beachtet sie noch immer nicht. Er korrigiert ein kleines Detail auf einem der Blätter mit einem Bleistift, den Kopf tief über das Papier gebeugt.

Xenia nimmt zwei Gläser aus dem Hängeschrank und trägt sie zusammen mit der Flasche Sekt hinüber in Mias Zimmer. Dort öffnet sie die Flasche und schenkt ein. Sie setzt sich zu Mia ans Fenster und schaut kurz in das Buch, in dem Mia anscheinend eine Weile gelesen hat. Dann stößt sie mit Mia an. Die beiden trinken einen Schluck, Mia legt das Buch beiseite.

– Mal ein anderes Thema …, beginnt Xenia. Ich frage mich seit einiger Zeit, warum wir drei Frauen in der WG alle keinen festen Freund haben. Wieso eigentlich nicht? Die meisten Frauen in unserem Alter haben doch einen, sie haben fast alle etwas Festes, männlich, weiblich, egal, auf jeden Fall: etwas Festes!

– Das fragst Du Dich wirklich? Ausgerechnet Du?! Du hast doch immer verkündet, Freiheit und Unabhängigkeit gehe Dir über alles. Nicht einmal eine ganze Nacht hast Du es mit einem Typen ausgehalten.

– Stimmt, aber das war einmal. Im Grunde bin ich es leid. Und deshalb frage ich mich: Was ist mit mir los, dass ich es nicht schaffe, mit jemand zusammenzuleben?

– Ich kann Dir nicht helfen, das musst Du selbst herausfinden.

– Ja, stimmt. Aber was ist zum Beispiel mit Dir? Warum bist Du nicht liiert?

– Ach, Xenia, genau weiß ich das auch nicht. Ich schreibe bald meine Abschlussarbeit, und ich habe danach viele Prüfungen. Das belastet mich, und ich muss viel daran denken. Schaffe ich das überhaupt? Welches Thema wäre das Richtige? Wie muss ich mein Leben einrichten, damit ich es hinbekomme? Da ist kein Platz für einen Freund, der mir vielleicht nur auf die Nerven gehen würde. Viele Typen nehmen sich doch immens wichtig, gerade an unserer Hochschule. Sie empfinden sich als Künstler, ihr ganzes Leben geht für diese Selbstdarstellung drauf, da könnte ich nie mitmachen.

– Der Fehler ist, dass Du Dich nicht aus diesen Kreisen herausbewegst. Du kennst ja kaum einen Menschen außer den Leuten an der Hochschule.

– Stimmt, ja, das ärgert mich manchmal auch. Du hast es einfacher. Du setzt Dich in Dein Café und suchst Dir die Leute aus, mit denen Du etwas zu tun haben willst. Das Café serviert sie Dir täglich in Frischhaltepackungen.

– So einfach ist es auch wieder nicht. Und außerdem: Du könntest Dich schließlich auch mal im Café umschauen. Tust Du aber nicht. Du kommst nur selten, und wenn Du da bist, schluckst Du in aller Eile irgendein Zeug und verschwindest gleich wieder. Du setzt Dich einfach nichts Fremdem aus, das ist es!

– Vielleicht, ja. Im Augenblick habe ich dafür nichts übrig. In Venedig war es aber anders. Dort war ich Tag für Tag unterwegs.

– Aber auch dort hast Du nichts Festes gefunden.

– Nein, habe ich nicht. Aber weißt Du, wie schwierig es wäre, mit einem Venezianer befreundet zu sein? Mit einem Typen und seiner großen Familie? Mit seiner

Mutter, den Geschwistern, den Onkeln, Tanten, Nichten und Neffen? Die hättest Du nämlich auch noch am Hals, sobald Du die Fingerchen nach einem Venezianer ausgestreckt hättest.

Sie trinken beinahe zugleich ihre Gläser aus, Xenia schenkt sofort wieder nach.

– Was ist mit Lisa?!, fragt sie weiter. Warum hat sie denn keinen Freund?

– Ich vermute, sie hätte gern einen, antwortet Mia. Sie traut sich nur nicht. Sie lebt in ihrer Bücherwelt und bestaunt das Leben um sie herum, indem sie sich in ihre Kunden vertieft.

– Na, da könnte es doch jemand Passenden geben.

– Glaube ich nicht. Diese Extremleser leben doch in den abstrusesten Welten. In Lieblingsbüchern! Zusammen mit Lieblingsautoren! Auf ihren Lieblingssofas mit ihrem Lieblingstee!

– Sei nicht so bitter. Immerhin ist Lisa heute ins Fitnessstudio gegangen. Das hat sie seit Monaten nicht mehr gemacht.

– Allerdings, ist mir auch aufgefallen. Und außerdem ist mir nicht entgangen, wie gereizt sie neuerdings ist.

– Richtig, das ist sie. Seit Matteo hier ist, wirkt sie gereizt. Und das sogar enorm.

– Du meinst, es liegt an Matteo?

– Aber natürlich.

– Sie ist doch nicht etwa in ihn verliebt?

– Ich vermute: noch nicht, aber sie ist nahe dran, sich in ihn zu verlieben.

– Im Ernst?

– Sie steuert geradewegs darauf zu.

– Und was soll daraus werden?

– Keine Ahnung. Und wenn ich ehrlich bin, macht es mir Angst.

Die beiden schweigen. So schnell wie jetzt haben sie noch nie eine Flasche Sekt zusammen geleert. Sie trinken das dritte Glas, und Xenia dreht die Flasche auf den Kopf, um zu zeigen, dass sich kein einziger Tropfen mehr in ihr befindet. Gerade in diesem Moment regt sich auf dem Flur jemand, sodass sie beide fast zugleich aufstehen und hinausgehen. Professor Vogt streift sich den Mantel über und greift nach Hut und Stock. Er umarmt seine Tochter und hat noch eine Nachricht zum Abschied:

– Das ist ja ein ganz prachtvoller Mensch, dieser Matteo. Ich gratuliere Euch zu so einem Freund!

Niemand von den beiden antwortet, Mia versucht zu lächeln, bringt es aber nicht hin.

– Nächste Woche setze ich einmal aus mit meinen Besuchen, sagt Professor Vogt. Ich habe Matteo in meine Wohnung eingeladen. Schon morgen Nachmittag will er dort nach dem Rechten sehen. Die Zimmer haben es dringend nötig.

– Na denn, sagt Xenia und schaut zu Mia.

– Bis bald, Papa, sagt Mia, melde Dich. Und sag uns Bescheid, wenn Du etwas brauchst.

Professor Vogt nickt kurz, dann öffnet er die Wohnungstür, setzt den Hut auf und verschwindet im Treppenhaus.

19

Am späten Nachmittag verlässt Lisa unzufrieden das Fitnessstudio. Es hat ihr dort gar nicht gefallen. Sie hat sich Mühe gegeben, aber der Coach hörte nicht auf mit Kritik:

– Ein bisschen mehr Einsatz, Lisa. Nicht so phlegmatisch. Und schau nicht so ernst. Locker bleiben, ganz locker, wir sind doch nicht in der Kirche.

All diese Geräte, Laufbänder und Gewichte sind nichts für sie. Letztlich ist es überflüssiger, blöder Krempel für Körperneurotiker, den kein Mensch braucht. Spazieren gehen reicht völlig, joggen geht auch, ist aber nerviger. Am besten wäre schwimmen, tausend Meter oder noch mehr, alle zwei Tage, das könnte sie sich gut vorstellen.

Und warum geht sie nicht schwimmen? Weil sie am späten Nachmittag nach ihrer Arbeit zu müde ist. Sie braucht dann eine kleine Belohnung, einen Kakao in einem Café, ein Stück Kuchen, jedes Mal etwas anderes, damit es einzigartig und etwas Besonderes bleibt. Könnte sie damit aufhören? Sie sollte es zumindest versuchen. Und wie wäre es, wenn sie sich eine Woche lang freinähme? Unerwartet ist ein lieber Besuch aus dem Süden gekommen, könnte sie dem Chef sagen. Ich würde ihm gerne Köln zeigen, vielleicht fahre ich selbst im Urlaub nach Venedig!

Venedig zu erwähnen, könnte die Türen öffnen, das hat sie im Gefühl. Insofern ist schon der Name der Stadt eine Zauberformel: *Ve-ne-dig* – damit verbindet jeder ein Traumreich, wohin man mindestens einmal im Leben aufbrechen möchte. Um zu sehen, wie schön das Leben sein könnte und wie unschön es genau da ist, wo man sein Leben verbringt.

Also gut, morgen wird sie mit dem Chef reden, und es wird ihr nicht schwerfallen, für diesen kleinen Urlaub zu kämpfen. Schließlich gibt es diesen Besucher aus dem Zauberreich ja in der Tat. Er ist da! Er existiert! Allerdings existiert er in anderen Welten und ist nicht gerade begierig darauf, Stunden mit ihr zu verbringen! Ach was, sie hat sich nicht darum bemüht, das ist es, sie lässt die gute Gelegenheit, Venedig wenigstens aus der Ferne besser kennenzulernen, verstreichen.

Ab morgen wird das anders. Ein paar Tage wird sie dem Venezianer widmen. Vielleicht hat er Lust, mit ihr schwimmen zu gehen. Aber ja, das ist gar keine schlechte Idee. Bestimmt sehnt er sich nach dem Wasser und ist ein hervorragender Schwimmer. Natürlich ist er das, alle Venezianer sind gute Schwimmer, das ist doch klar, und die sehr sportlichen sind außerdem noch gute Ruderer. Während sie sich nicht vorstellen kann, dass junge Venezianer Handball, Fußball oder Basketball spielen. Nein, bestimmt nicht. Gibt es in einer Stadt wie Venedig überhaupt Sportplätze? Interessante Frage. Selbst Tennisplätze kann sie sich in Venedig nicht vorstellen. Nun gut, Tennis wird ein Typ wie Matteo auf keinen

Fall spielen. Er wird schwimmen und rudern, bestimmt.

Schwimmen werden sie also gehen, vielleicht schon
übermorgen. Das Problem ist nur, dass ihr Badeanzug
nicht mehr der neuste ist. Er ist schon ein paar Jahre alt,
und er sitzt längst nicht mehr richtig. In so einem alten,
abgefahrenen Ding kann sie sich auf keinen Fall zeigen.
Soll das heißen, dass sie einen neuen Badeanzug kaufen sollte? Warum nicht? Und warum nicht sofort?
Halt … – sollte sie nicht lieber warten, bis ihr der Chef
auch wirklich freigegeben hat? Nein, sollte sie nicht, sie
sollte etwas riskieren. Und einen neuen Badeanzug
braucht sie sowieso.

Lisa bleibt mitten in der Innenstadt stehen und überlegt, wo das nächste größere Sportgeschäft ist. Es fällt ihr
schnell ein, dann macht sie sich auf den Weg. Ein Bikini
kommt natürlich nicht infrage, sie braucht etwas Sport-
liches, das die Figur schlank aussehen lässt. Dunkelblau
oder schwarz, keine andere Farbe. Und an den Seiten
vielleicht zwei, drei dezente Streifen. Die Brust nicht zu
sehr betont, dafür aber den Rücken. Mit Trägern über
Kreuz – oder wie nennt man das?

Die Verkäuferin, die sie im Sportgeschäft bedient,
weiß, wie so etwas heißt: *Ringerrücken* … – die Träger
kreuzen sich in der Mitte und lassen weite Flächen des
Rückens frei. Das hat etwas Erotisches, findet Lisa. Sie
hat solche Träger zwar noch nie getragen, jetzt aber muss
es sein. Brav möchte sie auf keinen Fall aussehen, und
außerdem hat sie eine Figur, mit der sie sich zwar in keinem Fitnessstudio, wohl aber in einem Schwimmbad sehen lassen kann.

Als sie nackt in der Umkleidekabine steht und den schwarzen Badeanzug (mit drei Streifen seitlich) anprobieren will, hat sie sich in der Größe verschätzt. Wie kann das sein? Sie braucht gleich zwei Nummern größer, sonst spannt der Badeanzug zu sehr. Fad, langweilig und käsebleich sieht sie aus. Oder liegt das an dem hellen Licht, mit dem sie einen in diesen Umkleidekabinen immer ausbremsen? Die Haare sehen schlimm aus, strähnig und ungepflegt, und die Augenbrauen sind viel zu unauffällig und sollten markanter sein.

Mein Gott, sie kann das alles jetzt nicht in Windeseile reparieren! Sie hat sich zu wenig um sich gekümmert, das ist es. Aber warum hätte sie sich um sich kümmern sollen? Wen hätte das gefreut? Und wer hätte sie deswegen gelobt oder gefeiert? Richtig gefeiert hat man sie seit Jahren nicht mehr, das letzte Mal zu Zeiten des Abiturs. Beim Abiturientenball hat Jochen, der kleine Dicke und ewige Schreihals, ausgerechnet ihr gesagt, wie toll sie aussehe! Und sie hat sich auch noch dafür bedankt und mit ihm getanzt! Mit Jochen, der heute bei *Saturn* den Kunden Billiglaptops andreht! Und den älteren Herrschaften lang und breit erklärt, was sie mit einem USB-Stick anfangen können:

– Nehmen Sie den mit der Wahnsinns-Kapazität! 512 Giga! Reicht für ein halbes Leben! Fotos, Videos, Spielfilme, Serien, bis ultimo!

Lisa verlässt die Umkleidekabine und tauscht den Badeanzug gegen einen anderen, zwei Nummern größer. Den möchte sie nicht anprobieren, nein, ist nicht nötig, denkt sie unwillig, und geht damit zur Kasse. Eine neue Badehaube könnte sie auch noch brauchen. Also gut,

etwas Schlichtes, eine schwarze, glatte Kappe, wie Sport-
lerinnen sie tragen.

An der Kasse wird beides in eine monströs große Tüte
gepackt. Damit alle Welt sieht, wo ich eingekauft habe,
denkt Lisa. Sie sagt aber nichts, sondern geht mit der
Tüte zum Ausgang. Vor ein paar Jahren verabschiedete
einen hier noch ein warmer Luftstoss. Muffig, säuerlich.
Da hat man sich immer ein wenig geschämt, in so einem
trüben Laden eingekauft zu haben. Wo die Luft am Ausgang einem die Wahrheit verrät.

Sie nimmt die Tüte in beide Hände und wickelt sie
zusammen. Dann steckt sie das Ganze in ihre Umhängetasche. Der Einkauf war nun wirklich kein großes Erlebnis. Ebenso wenig wie die zwei Stunden im Fitnessstudio.
Sie passt heute nirgendwohin. Entweder ist sie zu langsam oder zu dick. Einen dritten Anlauf irgendwo in der
Innenstadt wird sie nicht mehr machen. Auf keinen Fall!

Lisa geht, so schnell sie kann, Richtung U-Bahn. Während der Fahrt in den Norden zählt sie wieder die Lesen-
den. Diesmal sind es nur drei, und gleich zwei vertiefen
sich in Sudoku-Bücher. Die zählen eigentlich nicht. Aber
was zählt schon? Jetzt, am frühen Abend, könnte Mias
Vater noch in der Küche sitzen und im Extremfall eine
zweite Flasche Sekt bestellt haben. Wenn Xenia einen
guten Tag hat, macht sie mit und trinkt mehr als sonst.
Und wenn das so ist, macht auch Mia mit, während Matteo wahrscheinlich stocksteif am Rand sitzt oder sich in
Mias Zimmer zurückzieht. Dass er mit einer derart kleinen Schlafecke auskommt!

Als Lisa an Xenias Café vorbeikommt, sieht sie ihre
beiden Mitbewohnerinnen drinnen zusammen an einem

Tisch sitzen. Das erstaunt sie, und deshalb geht sie hinein. Xenia und Lisa trinken Sekt.

– Was ist los?, fragt sie. Gibt es etwas zu feiern?

Sie setzt sich zu den beiden, und Xenia steht sofort auf, um auch ihr ein Glas zu holen. Dann stoßen sie zu dritt an. Lisa bemerkt sofort, was an diesem Tisch vor sich geht. Die beiden haben bereits etwas getrunken und sind dabei, sich vollends zu betrinken. Was ist denn passiert? Anscheinend etwas Dramatisches!

– Stimmt etwas nicht?, fragt sie vorsichtig.

– Nichts stimmt, antwortet Xenia. Nicht einmal eine feste Liaison haben wir. Und jetzt ist uns auch noch der Professore abhandengekommen.

– Mias Vater? Aber wieso denn?

– Vorerst kommt er nicht wieder in unsere Wohnung. Er hat jetzt einen besseren Gesprächspartner gefunden. Einen, der von Bischofsstäben und Dreikönigenschreinen etwas versteht.

– Und wer ist das?

– Na, Matteo natürlich. Er hat ihn zu sich nach Hause eingeladen. Matteo wird seine Wohnung renovieren und reparieren und mit ihm schwadronieren, er kennt jede Heiligenfigur im Dom, samt ihren Accessoires …

– Das heißt Attribute, nicht Accessoires …, sagt Mia.

– Vielen Dank für die Belehrung, antwortet Xenia. Der Herr stehe uns bei!

– Was redest Du denn da?, fragt Lisa.

– Ach, ich weiß auch nicht, ich bin durcheinander, das ist es. Zu viele Fragen, zu viel Kümmernis, zu viel Sekt.

– Kümmernis?!, fragt Lisa.

– 152 –

– Ja, so nennen die Protestanten doch diese elende Stimmung, oder?

– Nicht, dass ich wüsste, sagt Lisa.

– Du bist entschuldigt, meine Liebe, antwortet Xenia. Deine Fehler, Mängel und Dein nicht vorhandenes Wissen seien Dir verziehen. Wechseln wir das Thema: Wie war der Nachmittag im Fitnessstudio?

– Schauderhaft. Ich gehe nie mehr hin, es ist nichts für mich.

– Bravo! Also keinen Sport mehr? Lieber das entspannte, lockere Leben?

– Ich werde schwimmen gehen, noch in dieser Woche. Das hat mir immer viel Spaß gemacht.

– Bravo!, sagt Xenia wieder und stützt den Kopf auf die rechte Hand.

– Stellt Euch vor, sagt Mia, Matteo kann nicht schwimmen. Ein Venezianer, der nicht schwimmen kann! Wo gibt es denn so was?

– Spinnst Du?, sagt Lisa.

– Nein, antwortet Mia, er hat es mir selber erzählt. Viele Venezianer können angeblich nicht schwimmen. Weil sie … – und jetzt kommt es: weil sie das Wasser verehren! Sie betrachten es stumm, sie vertiefen sich in seinen Anblick, und sie lassen ihm seine Schönheit und Stille. Selbst am Lido gehen sie nur ein paar Schritte ins Meer, schauen in die Weite und machen kehrt. Ist das nicht verrückt?

Einen Moment ist es still. Lisa lehnt sich etwas zurück und stöhnt.

– Was ist? Hast Du Rückenschmerzen?, fragt Xenia.

– Ich brauche jetzt aus Gründen, über die ich auf keinen Fall sprechen werde, etwas zu trinken. Keinen Sekt. Etwas Hartes. Xenia, los, sei mal so nett und bring mir etwas, das mich ins Bett fallen lässt, ohne dass ich noch etwas mitbekomme. Das ist heute ein scheußlicher Tag, ich will ihn vergessen, sofort.

Xenia erhebt sich etwas schwerfällig. Dann kommt sie mit einem Glas zurück, das mit einer durchsichtigen Flüssigkeit halb voll gefüllt ist.

– Was ist das?, fragt Lisa.

– Das ist bester Gin, antwortet Xenia.

– Ich mache mit, sagt Mia.

– Gut, sagt Xenia, dann sind wir uns endlich mal einig. Dreimal Gin, nichts anderes geht mehr.

20

Matteo ist währenddessen noch einmal für einen Spaziergang nach draußen gegangen. Er braucht solche Zeiten, in denen er allein ist, besonders zu den abendlichen oder nächtlichen Stunden. In Venedig macht er sich dann auf zu stillen Runden durch die allmählich leerer werdende Stadt. Die Tagestouristen sind zum Glück verschwunden, und all jene, die länger bleiben, sitzen in Restaurants oder in ihren Pensionen oder Hotels. Nachts ist Venedig etwas für die einsamen Spaziergänger. Sie haben kein Ziel, sie lassen sich treiben. Nirgends noch eine laute Ablenkung wie auf dem Festland. Es ist, als fände die Stadt in der Nacht zu ihrer eigentlichen Schönheit zurück. Wenn niemand ihre Gebäude fotografiert und wenn keine Führungen stattfinden.

Der Nachmittag mit dem Professore hat ihm sehr gefallen. Endlich ein ernsthafter, kluger und doch bescheidener Mensch, mit dem man sich unterhalten kann. Keiner, den die typischen Modethemen beschäftigen. Ein Mann mit seltenen Passionen, der sich im Reich dieser Passionen auskennt wie kein anderer! Jedes Stück der Domschatzkammer hat er lange studiert, er kennt seine Herkunft und die Details seiner Geschichte, und er kann davon erzählen, als spräche er von einem Liebesobjekt, das er am liebsten dauerhaft um sich hätte. Wie es wohl bei ihm zu Hause aussehen mag? Matteo ist gespannt, schon morgen wird er es erfahren.

Nicht entgangen ist ihm, dass ihn die Stunden mit dem Professore an die Zeiten mit seinem Vater erinnert haben. Auch mit ihm hat er oft zusammen an einem Tisch gesessen, und sie haben die Zeichnungen und Skizzen, die Matteo während des Tages angefertigt hatte, genauer studiert. Die meisten waren exakte Vorlagen für die späteren Restaurierungsarbeiten und hielten bis ins kleinste Detail den Zustand eines Möbels, eines Bildes oder einer Skulptur fest. Von mehreren Seiten. »Multiperspektivisch«, wie sein Vater immer mit einem Lachen sagte.

An den Rändern der Zeichnungen hat er die Einzelheiten über den jeweiligen Gegenstand notiert: Größe, Gewicht, Farbgebung, Schäden – und natürlich Herkunft, Besitzer, Wert. So bildeten die Skizzen zusammen mit den Notaten ein Ganzes, und wenn die Arbeit an den Gegenständen voranging, wurden sie erneut gezeichnet und die Details der Restaurierungsarbeiten festgehalten.

Kaum eine andere Werkstatt betrieb damit einen solchen Aufwand, aber sein Vater bestand darauf und hob die vielen Blätter auf. Er hat ihm das Zeichnen beigebracht, und er sprach oft davon, in seinem Sohn einen begabten Gehilfen gefunden zu haben. Nach Abschluss einer Arbeit haben sie manchmal ein Glas guten Wein getrunken, sich sonst aber an einfache Getränke und Speisen gehalten.

Sein Vater war kein nächtlicher Spaziergänger, wie er dann einer geworden ist. Vater zog sich in seine Werkstatt zurück und legte sich mit einem Buch auf eine Chaiselongue, manchmal schaute er sich auch historische Filme an, die er an die Wand der Werkstatt projizierte. Die Filme waren ein Ergänzungsprogramm zu seiner Arbeit, er wählte sie sorgfältig aus, und er mochte es nicht, wenn man in seiner Nähe saß, während sie liefen.

Oft behauptete er, er entnehme den Filmen bestimmte Aromen und Atmosphären, und das helfe ihm bei seiner Arbeit. Matteo hat ihn in dieser Hinsicht nie gut verstanden, denn historische Filme langweilten ihn, und er fand nicht das geringste Gefallen daran, sich in die Intrigen längst zurückliegender Jahrhunderte zu vertiefen. Natürlich gab es auch Ausnahmen! Wunderbare Zeitpanoramen, ohne viel Handlung, die lange bei bestimmten Szenen verweilten und auch ohne viel Text auskamen! Solche Filme hätte er aber lieber in einem Kino gesehen, zusammen mit anderen Zuschauern, als Erlebnis einer kleinen Gemeinde, die sich für so etwas begeistert.

In ein Kino aber wäre sein Vater niemals gegangen, er wollte allein sein, wenn er einen Film sah. Manchmal hörte man ihn reden, lachen oder eine Szene kommentieren, als wäre er eine Figur der Geschichte, die er sich gerade in seiner Werkstatt anschaute. Man ließ ihn in solchen Fällen am besten in Ruhe, alles andere hätte ihn nur gereizt.

Matteo geht durch das Viertel im Kölner Norden und bleibt auf einem der großen rechteckigen Plätze stehen. Die Erinnerung an das Leben mit seinem Vater hat ihn nach diesem denkwürdigen Nachmittag mit dem Professore übermannt, und nun findet er nicht mehr heraus

aus den alten Bildern. Lebte sein Vater noch, hätte er, Matteo, die Familie wohl kaum verlassen. Vater hat ihn Tag für Tag an seiner Seite sehen wollen, und auch er wollte an der Seite seines Vaters sein. Jetzt aber ist alles anders. Er hat dieses ruhige venezianische Leben für eine Weile aufgegeben, er befindet sich in Köln, und er muss sehen, welche neuen Existenzformen sich hier anbieten.

Deshalb ist es nicht gut, sich zu sehr in Erinnerungen zu verstricken. Hier in Köln sollte er sich unbedingt auf etwas anderes konzentrieren. Auf die Menschen, auf das, worüber sie sprechen. Er kennt sie noch viel zu wenig. Oder soll er dem stärker werdenden Heimweh nachgeben und mit der U-Bahn in die Innenstadt fahren, um sich mit seinen Landsleuten im Ristorante zu treffen? Nein, auf keinen Fall. Aber was dann? Er will nicht länger durch die Straßen der Umgebung streunen, dieses nächtliche Schlendern erinnert ihn zu stark an seine einsamen venezianischen Wege. Besser wäre es, sich mit den Einheimischen zu unterhalten, in einem Lokal, an einem Tresen.

Als er an einer Hauptstraße ein großes Brauhaus entdeckt, geht er hinein. In genau so einem Brauhaus ist er schon mit Lisa und Mia in der Nähe des Doms gewesen, ein wenig kennt er sich daher aus. Die meisten Tische sind besetzt, es gibt keinen einzigen freien. Essen möchte er nichts, deshalb bleibt er am Tresen stehen. Er beugt sich nach vorn zu der Frau, die ein Glas nach dem andern mit Kölsch füllt. Matteo bestellt ein Glas Wasser, »Leitungswasser«, sagt er (auf Deutsch), man hat ihm das Wort für alle Fälle beigebracht.

Die Frau hinter dem Tresen lächelt ihn an und ruft etwas in die Runde:

– Leute, der junge Mann bestellt Leitungswasser! Ist das nicht originell?!

Die Kunden, die den Tresen bevölkern und dahinter an kleinen Tischen stehen, lachen kurz auf. Einer ruft:

– Für mich auch Leitungswasser! Die ganze Leitung!!

Die Frau serviert ihm ein Kölsch.

– Prösterchen, sagt sie.

Das Wort hat er noch nie gehört. Es klingt so frisch und freundlich, er will es sich unbedingt merken und flüstert es leise vor sich hin. Prös-ter-chen, Prös-ter-chen …

– Du bist nicht von hier?, fragt ihn die Frau hinter dem Tresen.

– Nein, sagt Matteo (auf Deutsch) und macht dann Englisch weiter:

– I come from Venice.

– O, beautiful town, antwortet die Frau.

– You have seen Venice before?, fragt Matteo.

– Yes, antwortet die Frau, last summer. It was nice.

Matteo nippt an seinem Glas, er kennt diesen Geschmack, er ist gut, er kennt nichts Vergleichbares. Schmeckt sehr gut zu Fisch, zum Beispiel zu Heringen, diese Kombination hat er schon einmal probiert. Als er das Glas absetzt, steht schon ein neues, frisch gezapftes vor ihm.

– Prösterchen!, sagt die Frau hinter dem Tresen.

– Mille grazie, antwortet Matteo und atmet tief durch.

Die Frau hinter dem Tresen lächelt ihm immer wieder mal zu, als wären sie Verbündete gegen die vielen anderen Gäste, die in Gruppen herumstehen und sich laut-stark unterhalten. Niemand spricht ihn an, wahrschein-lich haben sie mitbekommen, dass er kein Deutsch kann. Und verstehen tut er in diesem Lokal auch kaum ein Wort. Mit der Frau würde er gern ein paar Worte wech-seln, aber sie hat keine Zeit, weil sie unablässig die schmalen Gläser mit dem hellen, perlenden Stoff füllt.

– Guter Stoff!, sagt Matteo (auf Deutsch) nach dem dritten Glas, aber die Frau nickt nur kurz.

Es ist, als kennten sich all diese Menschen hier seit Jahrzehnten. Und als lebten sie vor allem, um sich genau hier zu begegnen. Lautstark plaudernd, sich schüttelnd, um die Arbeit rasch zu vergessen. Matteo gefällt das. Wenn er bloß mit ihnen sprechen könnte! Er muss bald Deutsch lernen, es geht nicht mehr ohne. Sonst hat die-ses Stehen und Nippen überhaupt keinen Sinn.

Nach dem fünften Kölsch zahlt er. Er gibt der Frau ein kleines Trinkgeld, und sie lächelt ihm zum Abschied schon wieder in dieser Manier zu, die ihn verlegen macht.

– Ciao, bello!, sagt sie sogar auf Italienisch, und er ist nahe daran, ihr zu glauben.

– Ciao, bella, antwortet er, und sie wirft ihm wahrhaf-tig eine Kusshand zu.

In Venedig würde man eine einzelne Frau nicht allein hinter einem Tresen stehen lassen. Es wären mindestens noch drei Verwandte oder Bekannte um sie herum. Eine kleine Wachmannschaft, immer auf der Lauer, ob An-näherungen drohen. Überhaupt ist es unmöglich, in Ve-nedig an öffentlichen Stellen allein zu sein. Selbst in kleinen Museen, die kaum besucht werden, sitzen drei junge Leute an der Kasse, um eine einzige Eintrittskarte zu verkaufen und abzureißen. Nummer eins verkauft sie, Nummer zwei trägt den Verkauf in eine Kladde ein, Nummer drei reißt ab. Auf diese Weise vergeht das Leben, zu dritt, als banales Unterhaltungsprogramm gegen das bedrohliche Nichts.

So gesehen hat Matteo es in seiner kleinen Restaurierungsfiliale gut getroffen. Meist ist er allein, und nur ab und zu kommt der junge Gehilfe vorbei, um etwas abzuholen und in das Hauptgeschäft zu tragen. Würde er ein normales Tempo einlegen, könnte er seine Transporte in einer halben Stunde schaffen. Der Gehilfe braucht dafür aber mehr als zwei Stunden. Er unterhält sich, trinkt zwischendurch Caffè und telefoniert mit den Freunden.

Matteo ist nicht ganz wohl. Die fünf Kölsch hat er zwar gut vertragen, aber er hätte dazu etwas essen sollen. Ein halbes Brötchen mit Mett und Zwiebeln, ja, das hätte er sogar auf Deutsch bestellen können, Xenia hat ihm die Worte längst beigebracht. Ein Kölsch mit Brötchen und Mett, Prösterchen, Prösterchen …, flüstert er auf dem Heimweg vor sich hin. In der Wohnung sollte er rasch ins Bett gehen, er hat sich nicht mehr unter Kontrolle. Seine Mitbewohnerinnen würden seltsam schauen, wenn er mit seinen Prösterchen loslegte. Sie könnten vermuten, er sei angetrunken, doch das ist er natürlich nicht. Er ist lediglich dabei, gutes Deutsch zu lernen, Deutsch in Kölner (oder sagte man Kölscher?) Version. Im Prösterchen-Style.

Zum Glück muss er nicht klingeln, er hat einen eigenen Schlüssel, damit er jederzeit in die Wohnung kann. Er geht langsam die Treppe hinauf und horcht vor der Wohnungstür, ob jemand zu Hause ist. Nein, nichts zu hören. Er schließt die Tür langsam auf und geht hinein. Ein starker Alkoholdunst schlägt ihm entgegen. Was ist passiert?

Er tastet sich vor, hin zur Küche. Xenia sitzt dort allein am Tisch und notiert etwas auf einen Zettel. Die anderen Mädels sind nicht zu sehen. Matteo macht sich bemerkbar, indem er gegen die Tür klopft. Er fragt, wo Xenias Mitbewohnerinnen seien.

– Sie schlafen, sagt Xenia.

– Sie schlafen schon?!

– Ja, es gab eine kleine Feier, mit etwas zu viel Alkohol.

Matteo nickt, er versteht. Soll er sich zu Xenia setzen? Er nähert sich langsam dem Tisch, und sie zeigt auf den leeren Stuhl ihr gegenüber.

– Schade, dass Du nie etwas trinkst, sagt Xenia. Das brächte ich einfach nicht fertig. Jeden Tag muss das nicht sein, aber doch dann und wann.

Matteo setzt sich und sagt, dass er in einem Brauhaus gewesen sei und sich gut unterhalten habe. Fünf Kölsch habe er getrunken, fünf!!

– Nicht zu fassen, sagt Xenia ironisch. Fünf Kölsch, Du musst ja sturztrunken sein.

– Prösterchen, sagt Matteo und muss lachen, als er Xenias Gesichtsausdruck sieht.

Sie kann nicht richtig einschätzen, wie es ihm wirklich geht. Spielt er nur? Hat er wirklich fünf Kölsch getrunken? Oder macht er sich über sie lustig? Sie steht auf und öffnet den Kühlschrank. Sie nimmt eine noch nicht ganz geleerte Flasche Gin heraus und schenkt Matteo ein.

– Jetzt trink das mal, sagt sie. Das gibt Dir den richtigen Schub.

Sie steht neben ihm und schaut auf ihn herab. Trinkt er nun oder nicht? Er rührt das Glas nicht an, er schiebt es sogar weit von sich weg.

– Mach mal Platz, sagt Xenia und setzt sich auf seinen Schoß. Halt mich fest, hörst Du? Du sollst mich festhalten!

Matteo packt sie mit beiden Händen und zieht sie enger an sich heran. Sie dreht sich nach dem Glas auf dem Tisch um und führt es an seinen Mund.

– Und jetzt trinkt mein Schatz das ganze Glas leer, sagt sie.

Er schaut sie an, und es gefällt ihr nicht, dass er so ernst wirkt.

– Na los, mach schon! Es schmeckt Dir bestimmt!

Und wahrhaftig, Matteo nimmt das Glas selbst in die Hand und trinkt es leer.

– Bravo!, sagt Xenia. Und jetzt küss mich, Du Asket!

Er sitzt steif da und hält sie weiter fest mit beiden Händen. Küssen?! Er denkt anscheinend nicht dran. Sie umarmt ihn und küsst ihn auf den Mund. Zweimal, dreimal, sie hört gar nicht mehr auf. Eine Schande ist nur, dass er ihre heftigen Küsse nicht ebenso heftig erwidert. Asketisches Küssen, gibt es das? Wenn es das gibt, sieht es so aus.

Xenia löst sich von ihm und setzt sich zurück auf ihren Stuhl.

– Entschuldige, sagt sie. Ich hatte mich einen Moment nicht unter Kontrolle.

– Du bist sturztrunken, sagt er. Und ich bin es auch. Wenn ich sturztrunken bin, küsse ich nicht gern.

– Wann denn, um Himmels willen? Nur nach dem Gottesdienst? Nur an Sonn- und Feiertagen?!

– Nur wenn wir wirklich allein sind, zu zweit, ganz allein. Verstehst Du?

– Aber wir sind doch allein. Oder übersehe ich einen Menschen in dieser Küche?

– Mia und Lisa sind in der Nähe, wir sind nicht allein.

– Mein Gott, sie schlafen längst. Sie werden rein gar nichts bemerken, wenn es Dir darum gehen sollte.

– Sie werden es bestimmt bemerken, auch wenn sie schlafen.

– Das verstehe ich nicht, sagt Xenia.

– Alles, was sich in der Nähe eines Menschen abspielt, bemerkt er auch. Selbst wenn er es nicht sieht. Früher oder später taucht es aus der Dunkelheit auf, und dann erinnert er sich.

– Aha, sagt Xenia. Davon habe ich noch nie gehört.

Matteo steht auf und spült das Glas aus. Dann stellt er es in den Hängeschrank zurück.

– Kannst Du das Aufräumen jetzt bitte lassen?, sagt Xenia.

Matteo antwortet nicht mehr. Er tritt hinter sie und beugt sich zu ihr herunter. Dann küsst er sie auf den Nacken. Nichts wünscht sich Xenia mehr, als jetzt weiter von ihm geküsst zu werden. Am liebsten würde sie ihn abschleppen, geradewegs in ihr Zimmer. Noch besser wäre es, er hätte irgendwo in der Umgebung ein eigenes. Sie würden zusammen verschwinden und die Nacht miteinander verbringen. Mit niemandem würde sie das lieber tun, nur Matteo kommt dafür im Augenblick infrage.

– 164 –

– Wann schlafen wir zusammen?, fragt sie ihn.

– Frag mich was anderes, antwortet er.

Sie lacht. Er kneift wieder, aber er scheint nicht grundsätzlich abgeneigt. Warum ist er aber so vorsichtig?

– Du bist mir ein schöner Asket, sagt sie. Möglichst mit eigener Höhle, mit einem Löwen als Schutz und mit ein paar Teufeln, die Dich verführen wollen.

Matteo verlässt die Küche und dreht sich in der Tür noch einmal nach ihr um.

– Danke, sagt er leise.

– Hör bloß auf, antwortet sie. Ich bin nicht deine Trostmamsell, verstanden?

Er schleicht durch den dunklen Flur hinüber zu Mias Zimmer. Er öffnet die Tür und hört ihr starkes Atmen. Sie schläft anscheinend tief, der Alkoholdunst ist noch stärker als in der Küche. Er zieht sich langsam aus und legt sich ins Bett. Schlafen, nur noch schlafen! Und Deutsch lernen! Und eine eigene Wohnung finden! Und gute Arbeit! Und mit jemandem zusammenleben! Mit einer? Mit zweien? Mit dreien?

Er zieht sich die Decke über den Kopf und schließt fest die Augen. In Venedig ist jetzt kaum noch ein Mensch unterwegs. Seine Schwester liegt allein in ihrem breiten Bett und schläft. Und seine schöne Mutter liegt zwei Zimmer weiter und liest vielleicht noch ein Buch. Vor dem Zubettgehen hat sie, da könnte er wetten, für ihn gebetet. Sie lieben ihn alle, auch seine Schwester liebt ihn, auf ihre Weise. Würden sie ohne ihn auskommen? Aber für wie lange? Und würde er sie im Stich lassen, wenn er bliebe?

– 165 –

Das letzte Bild, das Matteo vor dem Einschlafen sieht, ist das Bild seines Vaters. Er liegt auf seiner Chaiselongue und schaut einen Film. Plötzlich hebt er den Kopf und schaut zur Seite. Was ist? Warum tut er das? Matteo sieht, dass sein Vater ihn anschaut. Er wendet den Blick nicht von seinem Sohn ab. Der Film scheint nicht mehr zu laufen, oder was ist passiert?

Matteos Vater blickt auf seinen Sohn. Und Matteo hört ihn sagen:

– Du bist ein prachtvoller Junge, Matteo. Morgen früh gehen wir gleich wieder an die Arbeit. Schlaf gut, mein Sohn!

21

Kurz nach 10 Uhr sitzt Mia am nächsten Vormittag mit
Lin und Benita in der Kunsthochschule. Sie wollen über
ihr weiteres Vorgehen sprechen und darüber, wie sie die
Arbeit an dem Dokumentarfilm unter sich aufteilen. Mia
überrascht die beiden mit der Nachricht, dass sie Matteo
nicht aus der Nähe filmen könne. Es sei ihr peinlich, und
sie schaffe es nicht, ihn wie einen Fremden und damit
wie ein neutrales Objekt zu behandeln. Dafür kenne sie
ihn inzwischen zu gut, auch sehr Persönliches habe sie
von ihm erfahren. Der Kamerablick aber bedürfe der
Coolness oder sogar einer gewissen Dreistigkeit, keinerlei Skrupel dürften im Spiel sein, wenn sie Matteo beobachten und verfolgen wollten.

Lin und Benita verstehen das, und Lin sagt:

– Ich will Euch nicht überrumpeln oder mich in dieser
Sache hervortun. Aber ich behaupte jetzt mal, dass ich
genau die Richtige für die Kameraarbeit wäre. Ich kenne
den Typ nicht, und ich bin sehr gespannt auf ihn. Das
wenige, das ich von ihm gesehen oder erfahren habe,
macht mich neugierig. Versteht Ihr, was ich meine?

– Absolut, sagt Mia. Ich denke auch, dass die Kameraarbeit bei Dir am besten aufgehoben ist. Du hast die
richtige Härte für so was, und Du lässt Matteo nichts

– 167 –

durchgehen, sondern packst ihn vielleicht von einer Seite an, die mir zu direkt wäre. Was meinst Du, Benita?

Benita wiederholt, was sie schon früher mehrmals gesagt hat. Sie möchte nicht zu viel Zeit für das Projekt aufwenden, sie arbeite an einer längeren Seminararbeit, die eine Art Vorstufe für ihre Abschlussarbeit sei. Erfahrung hat sie mit dem Schneiden von Filmen – darum würde sie sich gerne kümmern. Wenn Lins Aufnahmen vorliegen, würde sie sich das Material anschauen und Vorschläge für den Schnitt machen.

– Einverstanden, sagt Lin, dann haben Benita und ich feste Aufgaben. Was aber wird mit Dir, Mia?

Mia rührt in dem Zitronentee, den sie sich an diesem Morgen verordnet hat.

– Ich könnte Euch etwas Besonderes anbieten, sagt sie. Und dieses Besondere wäre der Ton. Ich habe Matteo heimlich mit einem Diktiergerät aufgenommen, als er spätnachts von Köln und dem, was er gesehen hat, erzählte.

Lin ist erstaunt.

– Meine Herren, Du hast das heimlich gemacht? Und Du meinst, wir können dieses Material einfach verwenden? Ist das nicht zu privat?

– Nein, was er bisher erzählt hat, ist nicht privat. Eher ist es orientalisch, in der Art orientalischer Geschichten- oder Märchenerzähler. So kommt es mir jedenfalls vor. Wenn wir es verwenden, würde ich ihn natürlich vorher informieren und fragen, ob er einverstanden ist.

– Wann können wir uns das anhören?, fragt Benita.

– Wenn ich noch mehr Material habe, antwortet Mia.

Bisher habe ich vielleicht dreißig Minuten. Ich könnte mir vorstellen, dass es gut zu den Aufnahmen passt. Wir würden die Erzählungen den Bildern unterlegen, sodass wir mit zwei Ebenen arbeiten: den Bildern, die Matteo in Aktion zeigen, und seinen Erzählungen, in denen er die Bilder in Märchen- und Traumbilder verwandelt. Wir selbst aber halten uns völlig raus. Wir kommentieren nichts, wir bringen nur einen kurzen Textvorspann, etwa so: *Matteo, 23 Jahre, ist aus Venedig nach Köln gefahren. Es ist seine erste Auslandsreise. Lin, Benita und Mia haben ihn beobachtet und sind ihm auf seinen ersten Wegen gefolgt.*

– Das ist ein gutes Konzept, sagt Lin, und das könnte wirklich etwas Besonderes werden. Ich bin aber nicht sicher, ob ich Matteo wirklich heimlich begleite. Ich vermute, es ist kompliziert und klappt dann doch nicht richtig. Vielleicht versuche ich es zunächst mal auf die einfache, normale Tour. Ich sage ihm Bescheid und mache in aller Ruhe einige Aufnahmen, was meint Ihr?

– Dabei wäre mir auch wohler, sagt Mia.

Sie hat den Zitronentee ausgetrunken und schüttelt sich ein wenig.

– Und Du sagst, der Typ ist heute Vormittag im Dom?

– Ja, sagt Mia, ganz bestimmt. Er beschäftigt sich mit dem Dreikönigenschrein.

– Gut, sagt Lin, dann nehme ich die Kamera, die Du bereits ausgeliehen hast, und mache mich auf den Weg. Ich warte nur noch ein paar Minuten auf meinen Freund.

– Deinen Freund?, sagt Benita. Macht der am Ende auch noch mit?

– Ach was, sagt Lin, mein Freund hat keine Ahnung

vom Filmen. Er begleitet mich nur, er ist eine Art Begleitschutz.

– Wieso brauchst Du denn so was?, fragt Benita.

– Ich werde zu häufig angemacht, sagt Lin. Und das besonders, wenn ich mit einer Kamera herumlaufe. Die Typen stellen sich mir in den Weg, machen Faxen und betteln darum, gefilmt zu werden. Ist mein Freund dabei, kommt das nicht vor.

– Was macht Dein Freund denn so?, fragt Mia.

– Er ist Basketballer, sagt Lin.

– Wie bitte?, sagt Benita. Du willst sagen, er ist ein Basketballprofi?

– Exakt, sagt Lin. Ich mag große Typen, versteht Ihr? Harald ist zwei Meter fünf.

– Hast Du etwa auch einen Freund?, fragt Mia und schaut Benita an.

– Ja, habe ich, antwortet sie.

– Und der ist wahrscheinlich Eishockeyprofi?, fragt Mia und fängt an zu lachen.

– Nein, antwortet Benita (und muss nun auch lachen), er ist Sprecher im Rundfunk, beim WDR.

– Mein Gott, sagt Mia, was Ihr für tolle Typen an Eurer Seite habt! Und ich ziehe tagaus, tagein allein durchs Gelände.

– Selber schuld, sagt Lin.

Mia schüttelt den Kopf und steht auf. Sie hinterlegt Geld für den Tee, übergibt Lin die Kamera und verabschiedet sich von ihr und Benita. Eigentlich hatte sie vor, in der Bibliothek der Kunsthochschule zu arbeiten, doch sie fühlt sich dazu noch nicht imstande. Sekt und Gin – die Mischung am Abend zuvor macht ihr noch zu schaffen. Am besten, sie wandert noch etwas durch die frische Luft, das hilft in solchen Fällen. Sie überlegt kurz, dann beschließt sie, in die Nähe des Doms zu gehen. Gleich nebenan befindet sich das Museum Ludwig, in dem es ebenfalls eine große Kunstbibliothek gibt. Bis sie dort ist, dürfte das Schlimmste überstanden sein.

Sie geht nicht rasch, sondern verhalten und vorsichtig. So wie gestern Abend hat sie Xenia und Lisa noch nie erlebt. Als wären sie sich sehr nahe. Und wieso war das gestern so? Vielleicht, weil jede von ihnen eine kleine Niederlage zu überstehen hatte. Sie selbst hatte mit dem Entschluss ihres Vaters, sie vorerst nicht mehr zu besuchen, zu kämpfen. Und Lisa hatte sich nichts ahnend einen neuen Badeanzug gekauft, um mit Matteo, der gar nicht schwimmen kann, schwimmen zu gehen. Und was war mit Xenia? Wenn man Xenia nicht beachtet und nicht auf ihre Anspielungen eingeht, verträgt sie das nicht. Und genau so ist es am Nachmittag passiert, als sowohl Matteo als auch ihr Vater sich nicht mit ihr unterhalten, sondern Fachgespräche geführt haben.

Am heutigen Morgen war Xenia verschwunden und auch im Café nicht zu finden. Und Lisa war anscheinend ebenfalls früh aufgestanden und in die Buchhandlung geeilt. Als wollten sie nicht an den gestrigen Abend anknüpfen, sondern ihn rasch vergessen.

Als sie am Museum Ludwig ankommt, schaut sie hinüber zum Dom. Matteo wird jetzt dort drüben zeichnen und skizzieren, so hat er es jedenfalls angekündigt. Gleich wird Lin mit ihrem Zwei-Meter-Fünf-Mann vorbeikommen, um ihn dabei zu filmen. Vielleicht sollte sie

– 171 –

Matteo darauf vorbereiten, ja, das ist sie ihm eigentlich schuldig.

Mia geht in den Dom und, ohne zu zögern, nach vorn, in den Chor, wo sich der Dreikönigenschrein befindet. Sie kann Matteo nicht entdecken, nein, hier ist er nicht. Sie geht weiter, bis sie an einem Altarbild vorbeikommt, über das sie einmal eine Seminararbeit geschrieben hat. Es ist ein berühmtes und in Köln sehr bekanntes Bild. Stefan Lochner hat es gemalt, und es zeigt in seiner Mitte die Madonna mit dem Jesuskind, die von den Heiligen Drei Königen verehrt und angebetet werden.

Mia bleibt stehen und schaut sich das Bild noch einmal an. In der Nähe brennen Kerzen, und einige Gläubige sind dabei, weitere anzuzünden und auf die eisernen Halterungen zu stecken. Da erkennt sie ihn, ja, das ist Matteo. Er wirft gerade ein Geldstück in den Opferstock unterhalb der brennenden Kerzen, dann greift er nach einer Kerze und zündet sie an.

Mia bewegt sich nicht, sie empfindet eine merkwürdige Rührung. Das Anzünden der Kerze hat etwas Hilfloses, als hätte Matteo Sorgen oder als brauchte er Hilfe. Zu diesem Eindruck passt, dass er einige Schritte zurückgeht und sich in eine Bank kniet. Er lässt den Kopf sinken und blickt auf den Boden. Betet er? Betet Matteo?!

Mia hat das seltsame Gefühl, dass es ihm nicht gut geht. Am liebsten würde sie ihn sofort ansprechen und ihm helfen. Was ist nur mit ihm? Ist gestern Abend etwas geschehen, das ihn verwirrt oder durcheinandergebracht hat? Mia bleibt hinter einem Pfeiler stehen und zählt die Sekunden. Als sie sich wieder traut, einen Blick auf Matteo zu werfen, sieht sie, dass er sich nun gesetzt hat. Er starrt das Altarbild an, regungslos.

Sie macht kehrt und umrundet den Dreikönigenschrein, sodass sie in der Vierung des Doms ankommt. Von hier aus kann sie sich Matteo nun unauffällig von hinten nähern. Sie geht wieder sehr langsam, schließlich steht sie an seiner Seite und setzt sich neben ihn. Sie schaut ihn nicht an, aber sie spürt, dass er einen kurzen Blick auf sie wirft.

– Gefällt Dir das Bild?, flüstert sie und schaut weiter nach vorn, zum Altar.

– Ja, sehr, antwortet Matteo leise. In der Mitte – das sind die Heiligen Drei Könige, nicht wahr?

– Ja, das stimmt, sagt Mia.

– Und links und rechts, die schöne Frau und der Ritter?

– Das sind die Kölner Stadtpatrone. Die heilige Ursula und der heilige Gereon. Kopierst Du das Bild?

– Nein, ich kopiere nicht ganze Bilder, sondern höchstens Details daraus.

– Und welche wären das?

– Die goldene Krone der heiligen Ursula links … – die Blumen zwischen den Füßen des rot gekleideten Ritters rechts … – die beiden kleinen Engel, die den Vorhang hinter der Gottesmutter halten, in der Mitte.

– Wirst Du das alles heute noch zeichnen?

– Nein, heute nicht, ich habe den Altar erst gerade entdeckt.

– Aber Du hast schon Figuren des Dreikönigenschreins gezeichnet?

– Ja, habe ich. Und ich setze die Arbeit gleich fort.

– 173 –

Die beiden schweigen einige Minuten und schauen starr auf das große Triptychon. Dann fragt Mia:

– Matteo, geht es Dir gut?

– Ja, es geht mir gut.

– Muss ich mir keine Sorgen machen?

– Aber nein, weshalb?

– Ich habe gesehen, dass Du eine Kerze angezündet hast.

– Ach so, das meinst Du. Ich entzünde in jeder Kirche, die ich besuche, eine Kerze … – wenn es Kerzen gibt und ich Geld bei mir habe.

– Und warum?

– Ich denke an die Toten, davon habe ich Dir doch schon erzählt. Heute habe ich eine Kerze für meinen Vater entzündet. Ich habe gestern Abend von ihm geträumt, er hat mit mir gesprochen.

– Sehnst Du Dich nach zu Hause?

– Natürlich.

– Möchtest Du zurück?

– Nein, ich möchte nicht zurück.

Mia ist erleichtert, aber sie durchschaut nicht genau, wie es Matteo wirklich geht. Dieser Traum, in dem der Vater mit ihm spricht – war das ein Albtraum? Und was hält Matteo eigentlich hier in Köln? Sie kann diese Fragen nicht beantworten. Seit er in Köln ist, gibt er ihr Rätsel auf. Nun gut, sie sollte nicht ungeduldig sein, sondern ihm von Lin erzählen und davon, was ihn erwartet. Sie beugt sich zu ihm hin und sagt:

– Hör mal zu, Matteo. Du hast Lin und Benita kennengelernt, mit denen zusammen ich einen Film drehe.

– Ja, ich weiß.

– Lin möchte ein paar Aufnahmen von Dir machen. Wie Du Köln erlebst, wie Du im Dom zeichnest, wie Du durch die Straßen gehst.

– Was ist daran so interessant?

– Sie will zeigen, wie Köln auf einen jungen Venezianer wirkt. Was ihm alles so auffällt. Wovon er angezogen ist und wovon abgestoßen, wo er sich aufhält und mit welchen Menschen er Kontakt hat.

– Ich glaube nicht, dass mir das Freude macht. Ich bin erst ein paar Tage hier, ich sammle noch erste Eindrücke. Einfach drauflosplappern und von flüchtigen Beobachtungen erzählen, das kann ich nicht, das ist nicht meine Art.

– Das sollst Du auch gar nicht. Vorerst reicht es völlig, wenn Lin ein paar Aufnahmen macht und Dich ein Stück auf Deinen Wegen begleitet. Du brauchst nichts zu sagen. Alles andere kannst Du uns überlassen. Einverstanden?

– Nun gut, Dir zuliebe.

– Mir zuliebe?!

– Ja, nur Dir zuliebe.

– Gut, das freut mich. Und noch was: Lin kommt gleich mit der Kamera hierher. Sie wird Dir das Projekt auf ihre Art erklären. Sag nicht, dass ich mit Dir schon darüber gesprochen habe. Sie soll denken, sie habe die Sache in ihrer Hand und alles laufe, wie sie es sich wünscht.

– In Ordnung, ich werde mir geduldig anhören, was sie sagt.

– Sehr gut. Und noch eine Kleinigkeit: Lin kommt mit ihrem Freund, er begleitet sie auf Schritt und Tritt.

– Wieso? Ist er eifersüchtig?

– Ja, furchtbar eifersüchtig. Erschrick bitte nicht, er ist zwei Meter fünf groß.

– Ah! Ein Ritter! Groß, stark – wie die Ritter dort auf dem Bild?

– Genau so.

Mia steht auf, und auch Matteo verlässt jetzt die Bank.

– Ich komme am Nachmittag in die Wohnung meines Vaters. Ich werde Euch einen Kaffee machen, während Ihr alles auf den Kopf stellt.

– Dann sehen wir uns dort.

– Weißt Du genau, wo sich die Wohnung befindet?

– Ich weiß Bescheid, Dein Vater hat mir alles erklärt.

Sie trennen sich, ein Kuss links, ein Kuss rechts. Matteo geht an dem alten Altarbild vorbei in den Chor. Mia sieht, dass er eine Mappe aus seiner Umhängetasche holt. So, wie er sich jetzt dem Dreikönigenschrein nähert, könnte er auch Stefan Lochner sein. Ein Zeichner und Maler, der vor allem Madonnen und Heilige zeichnet und malt.

Mia schüttelt bei diesem Gedanken den Kopf. Einen wie Matteo hat sie noch nicht kennengelernt. Manchmal denkt sie, er habe etwas von einer mittelalterlichen Erscheinung. Als wäre er ein Pilger aus lange zurückliegenden Jahrhunderten, der vor allem wegen des Dreikönigenschreins nach Köln gekommen ist. Um in seiner Nähe Kerzen anzuzünden und sich den Pilgerstempel ins Pilgerbuch abzuholen. Um die Heiligen zu zeichnen und zu ihnen zu beten – und um in den freien Pilgerstunden außerhalb von Gebet und Heiligenverehrung Gutes zu tun: die Küche einer WG täglich putzen und in Ordnung bringen. Die Wohnung eines alten Professors instand setzen. Ein kleines Café so mit Ideen bereichern, dass immer mehr Gäste kommen. Einen Trupp von drei WG-Bewohnerinnen unterhalten und sie nur durch seine Präsenz daran erinnern, dass sie ihr Leben und ihre Zukunft gründlich überdenken sollten.

Er hat ihr von seinem Zuhause und vom Tod seines Vaters erzählt. Das mag eine Ursache dafür sein, dass er sich auf die Pilgerreise begab. Vielleicht versteht er diese Reise mit nur wenig Geld in der Tasche als einen Bittgang in einem ganz alten Sinn. Hier im Dom betet er für den Erhalt und das Weiterbestehen seiner Familie und außerdem dafür, dass sein Vater ihn weiter auf seinen Wegen begleitet. In den alten Zeiten haben die Pilger an die Magie der Reliquien und Bischofsstäbe geglaubt. Tut er das auch? Und zeichnet er deshalb Reliquienschreine und studiert Bischofsstäbe, als wären sie noch immer Insignien einer für ihn zuständigen Herrschaft?

Ist da etwas dran? Oder fängt sie inzwischen schon selbst an, etwas ganz und gar Unwahrscheinliches für möglich zu halten? In ihm einen jungen Fremden zu sehen, der fest an Gott und seine Heiligen glaubt und selbst Wunderbares vollbringt?

Mia will den Dom gerade verlassen, als sie Lin erkennt, die von einem großen Mann begleitet wird. Er hat recht lange, schwarze Haare und hält sie mit einem weißen Stirnband zusammen. Er geht merkwürdig, etwas schlaksig und locker in den Hüften, sodass man bei seinem Anblick wahrhaftig sofort an Basketball denkt. Was für ein starkes Bild! Die relativ kleine, muntere Lin und der große Mann, der sie wahrscheinlich mit einer Hand in die Höhe heben und als kleines Bündel in den nächstbesten

– 177 –

Basketballkorb werfen könnte! Wie Matteo wohl mit ihnen zurechtkommen wird?

Es ist bald Mittag, Mia geht es wieder besser. Sie wird
sich noch eine Stunde in die Bibliothek des Museums
Ludwig setzen. Um was genau zu lesen? Um zu lesen,
was die alten Pilger fühlten und dachten.

22

Lin hält es nicht länger als eine halbe Stunde in der Nähe des Dreikönigenschreins aus. Sie hat Matteo ihr Projekt erklärt: ihn eine Zeit lang zu beobachten und zu begleiten. Er war einverstanden und hat genickt, viel gesagt hat er nicht. Dass er danach regungslos viele Minuten damit verbringen würde, zwei winzige Figuren des Schreins zu zeichnen, hat sie nicht erwartet. Diese Geduld und vor allem dieses Interesse an Heiligenfiguren ist ihr völlig fremd. Immer wieder betrachtet er den Schrein durch sein Fernglas, macht drei oder vier Striche, schaut wieder durchs Glas, korrigiert.

Gerade konzentriert er sich auf einen älteren Mann mit langem Faltengewand, der auf dem Kopf eine seltsame Bedeckung trägt. Lin fokussiert mit der Kamera ebenfalls auf diese Gestalt und stellt während ihrer Nahaufnahmen fest, dass ihr die Arme fehlen. Die Figur schaut den Betrachter offen und ernst an, sie will die Arme ausbreiten – aber da sind keine. Matteos Zeichnung gibt den Gesichtsausdruck des Mannes, seine Kopfbedeckung und das Faltengewand sehr genau wieder. Die fehlenden Arme gibt es auf seiner Zeichnung jedoch nicht. Nein, wahrhaftig, Matteo hat zwei Arme gezeichnet, und das Ganze sieht jetzt so aus, als wären sie wirklich vorhanden.

Lin scheut sich, ihn bei der Arbeit zu stören, aber diese beiden Arme beunruhigen sie. Was macht er da? Warum erfindet er einfach etwas hinzu? Sie gibt die Kamera an ihren Freund (den Matteo mit kaum einem Blick beachtet) weiter und nähert sich ihm.

– Hey, flüstert sie leise. Darf ich mal stören?

Matteo zeichnet weiter und nickt.

– Wer ist der Typ? Ich meine die Figur, die Du zeichnest.

Matteo macht weiter und antwortet sehr leise.

– Wahrscheinlich ein Bischof, aber ich weiß es nicht genau.

– Okay, ein Bischof. Und was trägt er da auf dem Kopf, was ist das?

– Eine Mitra. Bischöfe tragen das während der Messe, an hohen Feiertagen.

– Ah, ich verstehe. Dann ist das Gewand ein Messgewand?

– Das Gewand mit den vielen Falten ist ein Messgewand, ja.

– Okay, alles klar. Aber jetzt sag: Wieso hat der Typ keine Arme?

– Ja, das ist erstaunlich. Ich weiß es auch nicht, aber ich werde es heute Nachmittag erfahren. Mias Vater weiß so etwas, und ich treffe ihn bald.

– Du weißt es auch nicht, in Ordnung. Warum zeichnest Du dann aber Arme, die es nicht gibt?

– Ich ergänze, ich repariere, das ist mein Handwerk.

– Wie meinst Du das?

– 180 –

– Ich füge das Kaputte wieder zusammen, ich beseitige die Schäden, ich gebe den Figuren oder Dingen ihre alte Schönheit zurück.

– Sollte man sie nicht einfach in Ruhe und in Frieden lassen?

– Nein, man sollte ihnen die Ruhe und den Frieden zurückgeben. Sie bitten uns darum, aber sie werden nicht gehört.

– Du hörst sie aber schon?

– Ich sehe und höre sie.

– Im Ernst?

– Ja, natürlich. Du siehst und hörst sie doch auch, aber sie gehen Dich nichts an, Du hörst und siehst weg. Stimmt's?

– Ja, da hast Du recht.

– Du wirst diese Figur vergessen. Ich vergesse sie nicht, niemals.

– Und wieso nicht?

– Weil ich sie gezeichnet habe. Dadurch habe ich sie erhalten. Sie ist jetzt ein Teil meines Lebens. Ich werde ihr noch einen Namen geben, mit der Hilfe von Mias Vater. Dann gehört sie zu meinem Bund.

– Deinem Bund? Was soll das sein?

– Ich habe eine reale, und ich habe eine imaginäre Familie. Die reale besteht aus meinen Eltern und meiner Schwester sowie den anderen Verwandten. Die imaginäre besteht aus den Personen und Figuren, die mein Leben als Freunde und Bekannte begleiten. Das ist der Bund, der Bund meines Lebens.

Lin sagt nichts mehr. Der Typ aus Venedig spricht wie ein Priester. Vom »Bund des Lebens« hat sie früher nur in der Kirche gehört. Lange hat sie keinen Gottesdienst mehr besucht, aber sie vermutet, die Priester reden noch immer wie früher. Vom Bund. Von der Gemeinschaft der Heiligen. Von den Seligen, dem Ewigen … – und so weiter. Sie macht in diesen Dingen keine Unterschiede, es beschäftigt sie nicht.

Und außerdem reicht es! Sie hat jetzt lange genug im Chor des Domes gestanden, deshalb fragt sie Matteo, wann er eine Pause einlegen wird. Matteo antwortet, er zeichne die Figur des Bischofs zu Ende, dann habe er für heute genug getan. Sie verabreden, sich draußen, vor dem Dom, zu treffen. Lin zwinkert ihrem Freund zu und hebt kurz den Daumen: Es ist geschafft, diese nervige Zeichnerei ist bald vorbei! Die beiden verlassen den Dom rasch, auf der Domplatte zündet sie sich gleich eine Zigarette an.

– Was meinst Du?, fragt sie ihren Freund. Ist der Typ nicht ein wenig verrückt?

– Lass ihn bloß in Ruhe, antwortet der Freund. Ich würde mich nicht mit ihm anlegen. Das bringt bei solchen Leuten gar nichts.

– Seine Selbstsicherheit reizt mich aber gewaltig.

– Ich weiß, aber lass ihn in Ruhe. Er hat eine Weltanschauung, und zwar eine ganz exakte, stabile. Die lässt er sich ausgerechnet von Dir nicht durcheinanderbringen oder austreiben.

– Was soll das heißen? Meinst Du, ich wäre ihm nicht gewachsen?

– Natürlich bist Du das. Im Allgemeinen schon. Aber was die Heiligen, die Bischöfe und ihre fehlenden Arme betrifft, bist Du es nicht.

– Okay. Und was soll ich tun?

– Das Thema wechseln. Rede mit ihm nicht über Religion und den Glauben, sprich ihn auf die Gegenwart an, auf das, was wir hier auf den Straßen erleben. Ich bin gespannt, wie er dann reagiert.

Lin tritt die Zigarette aus und lässt sich die Kamera zurückgeben. Sie schaut mehrmals durch und fokussiert auf die Portale. Sie will den Typ einfangen, wenn er den Dom verlässt. Wenig später ist es so weit. Sie erkennt ihn sofort und filmt, wie er langsam und nachdenklich auf sie zukommt. Lin setzt die Kamera nicht ab, und als er endlich direkt vor ihr steht, sagt sie (während sie weiterfilmt):

– Du gehst jeden Tag in den Dom. Der Dom ist schon fast Dein Zuhause.

– Natürlich, antwortet Matteo, der Dom ist ein Teil meines Zuhauses. Er ist das Gegenstück und die Ergänzung zur Basilika von San Marco.

– Inwiefern?

– Der Dom ist der Schrein des Nordens und Westens, die Basilika von San Marco ist der Schrein des Südens und Ostens.

Lin möchte antworten, tut das aber dann nicht. Sie könnte sich mit einer Antwort oder einer dummen Frage blamieren. Zwar ist ihr nicht klar, was der Typ meint, aber es hört sich gut an. Geheimnisvoll. Als wäre er ein Eingeweihter, der mit den Engeln und Erzengeln verkehrt. Na gut, sie wird ihn schon noch zu packen bekommen. Und zwar gleich, wenn sie zusammen durch die Innenstadt schlendern. Die besteht leider nur aus engelfreien Fußgängerzonen. Da kann man sich an keiner Mitra und erst recht nicht an den Falten eines Messgewandes erfreuen. Und fehlende Arme gibt es schon gar nicht zu ergänzen.

Lins Freund zeigt, in welche Richtung es langgehen soll. Er macht ein paar Schritte voran, und Matteo schließt zu ihm auf. Lin geht mit der Kamera hinter den beiden her.

– Wie heißt Du?, fragt Matteo Lins Freund.

– Ich heiße Harald, antwortet er.

– Ha-rald?!

– Ja, genau.

– Den Namen habe ich noch nie gehört.

– Nein? Und – gefällt er Dir?

– Er hört sich nordisch an. Nordisch und kämpferisch. Du bist ein nordischer Ritter und Kämpfer, man sieht es an Deiner Größe. Wenn Du durch Venedig gehen würdest, würden sich die Menschen dort vor Dir verstecken.

– Im Ernst?

– Ja, sie hätten Angst vor Dir. Nur wenige würden sich etwas trauen. Sie würden zu Dir kommen, um Dich zu berühren.

– Wieso denn das?

– Um zu ertasten und zu spüren, ob Du aus demselben Fleisch und Blut bist wie andere Menschen.

– Das bin ich, Du kannst beruhigt sein.

– Mias Vater hat mir gestern erzählt, dass man die Reliquien der Heiligen Drei Könige früher mit Zetteln berührt hat. Auf Deutsch heißen sie *Anrührzettel*. Die alten Pilger nahmen sie mit auf den Heimweg. Die Anrührzettel waren ein Schutz bei Gefahren, und sie waren

Beweise dafür, dass ein Pilger auch wirklich in Köln gewesen war.

– Ah ja, interessant. Wo findet man solche Anrührzettel? Hast Du schon welche zu sehen bekommen?

– Aber ja. Viele meiner Zeichnungen sind Anrührzettel.

– Wieso denn das? Sie haben die Reliquien doch gar nicht berührt.

– Doch, das haben sie. Nicht in der Wirklichkeit, aber in meiner Fantasie und in meinen Träumen. Und das genügt. Ich spüre die Berührung, von meinen Zeichnungen geht eine besondere Kraft aus.

– Spürst nur Du diese Kraft?

– Nein, jeder, der sich in sie vertieft, spürt sie. Man muss sich aber Zeit nehmen dafür. Für alles Wichtige muss man sich Zeit nehmen, sehr viel Zeit. Und das Unwichtige muss man übergehen, man braucht sich nicht darum zu kümmern.

Die beiden hören, dass Lin ihnen etwas von hinten zuruft.

– Könnt ihr mal das Thema wechseln?, ruft sie. Wir haben jetzt genug über Pilger und Heilige gesprochen. Lasst uns mal in das Kaufhaus da vorne gehen!

Matteo versteht nicht recht, sodass Harald erklären muss, was Lin mit ihnen vorhat.

– Sie möchte, dass wir in das Kaufhaus gehen. Wir sollen uns dort etwas umsehen.

– Warum sollen wir das?, fragt Matteo und bleibt stehen.

– Einfach so, aus Interesse.

– Mich interessieren aber Kaufhäuser nicht.

– Weil sie alle gleich sind? Deshalb langweilen sie Dich?

– Nein, sie sind nicht alle gleich, und sie langweilen mich auch nicht. Sie tun gar nichts mit mir, ich gehe an ihnen vorbei. Was soll ich in einem Kaufhaus?

– Nachschauen, ob Du etwas findest, was Dir gefällt. Etwas, das Dir in die Augen springt. Etwas, das Du vielleicht sogar kaufst.

– In Kaufhäusern springt mir nichts in die Augen. Kaufhäuser sind voller Waren, die man nicht braucht.

– Und in Venedig? Meidest Du da auch die Kaufhäuser?

– In Venedig gibt es solche Kaufhäuser nicht. Und wenn es sie gäbe, müssten sie nach wenigen Wochen schließen. Venedig ist eine sehr schöne Stadt. In einer solchen Stadt geht man doch nicht in Kaufhäuser.

– Moment, sagt Harald. Ich muss das meiner Freundin erklären. Okay?

Matteo nickt. Harald geht hinüber zu Lin, die ihre Kamera sofort absetzt. Er erklärt ihr, warum Matteo nicht in ein Kaufhaus gehen mag. Lin zündet sich eine Zigarette an, sie muss nachdenken.

– Wenn er nicht in ein Kaufhaus geht, sagt sie schließlich, interessieren ihn auch die anderen Läden in der Umgebung nicht. Das können wir also vergessen. Schuhe, Sportartikel, Parfümerien, Kleidung, Lederwaren – das alles schaut er sich nicht eine Sekunde lang an. Ich wette.

– Soll ich ihn fragen?, antwortet Harald.

– Ist nicht nötig, sagt sie. Wenn wir ihn fragen, machen wir uns nur lächerlich.

– Und wie soll es dann weitergehen?, fragt Harald.

– Lauf einfach weiter mit ihm voran, sag ihm, er soll einkehren oder hineingehen, wo immer er will. Ich komme dann hinterher.

Harald kehrt zu Matteo zurück.

– Okay, sagt er, wir lassen das mit dem Kaufhaus.

– Ihr könnt gerne hineingehen, antwortet Matteo. Ich warte hier draußen auf Euch, das macht mir nichts aus.

– Neinnein, wir wollen Dich begleiten, Du bist der Gast, der sagt, wo es langgeht. Wenn Dich etwas interessiert, schauen wir es uns zusammen genauer an. Wenn nicht, schlendern wir einfach weiter.

Harald ist bei diesem Spaziergang nicht wohl. Er hat das Gefühl, dass man Matteo etwas abverlangt, das er gar nicht will. Vielleicht fühlt er sich sogar belästigt, oder empfindet dieses Gehen – noch schlimmer – als eine Qual. Diesen Eindruck macht er ein wenig, er geht, als handelte es sich um einen Opfergang.

Sie kommen an der kleinen Citykirche vorbei, die von lauter Läden und Cafés umlagert ist. Man sieht sie fast nicht, sie liegt versteckt in dem großen Gewimmel von Menschen, die sich in dieser breiten Gasse drängen. Matteo schaut kurz zur Seite und hebt die rechte Hand.

– Ich möchte kurz hineingehen. Wartet Ihr auf mich?

– Wir kommen mit, ist doch klar.

Matteo geht voraus und hält den beiden anderen die Tür auf. Lin kann sich nicht erinnern, schon einmal auf diese kleine Kirche aufmerksam geworden zu sein. Obwohl sie schon Tausende Male an ihr vorbeigeeilt ist. In dieser breiten Gasse hat man die Augen woanders, kleine Kirchen übersieht man glatt. Sie bleibt mit Harald vorn am Eingang stehen, während Matteo langsam durch den Innenraum geht.

– Ich wette, er findet genau, was er sucht, sagt Harald.

– Und das wäre?, antwortet Lin.

– Etwas, das er zeichnen wird. Etwas in seinen Augen Großes. Etwas, in das man sich – wie hat er gesagt? – vertiefen sollte.

Lin sagt nichts mehr. Sie hält die Kamera dicht vor ihrer Brust und denkt nach. Plötzlich wird ihr klar, dass sie das Projekt falsch angeht. Sie sollte, ohne etwas zu sagen oder zu fordern, einfach hinter dem Typ hergehen. Der Zuschauer würde erkennen, dass der Typ weder nach rechts noch nach links schaut. Er geht geradeaus, ruhig und langsam, als bahnte er sich einen eigenen Weg, der sich mit den Wegen der vielen Eiligen ringsherum nicht kreuzt. Er hebt den Kopf leicht, manchmal schaut er nach oben, als interessierten ihn die Dächer der Häuser, ihre Bekrönungen, ihre Oberfenster, ihre Ausblicke. So zieht er eine stille Schneise in das Gewirr. Das sollte der Zuschauer mitbekommen: sein Alleinsein, sein Empfinden starker Fremdheit. Und dazu sollte man aus dem Off seine nächtlichen Erzählungen zu hören bekommen.

– Wir machen alles falsch, sagt Lin laut. Wir sollten ihn ganz in Ruhe lassen. Wir sollten ihm mit keinem Wort dreinreden, sondern stumm folgen. Wir lassen uns von ihm durch die Stadt führen, anstatt vorzugeben, wohin die Führung geht.

– Habe ich doch längst gesagt, antwortet Harald. Nur so klappt es, man muss ihn in Frieden lassen.

Sie warten weiter auf Matteo, aber es dauert eine Weile, bis er zurückkommt.

– Ich habe etwas entdeckt, sagt er. Einen schwebenden Engel. Ich werde etwas Zeit brauchen, um ihn zu studieren. Wollt Ihr auf mich warten, oder habt Ihr etwas anderes vor?

Harald schaut Lin an und lächelt.

– Zeig uns, was Du entdeckt hast, antwortet Lin.

Matteo führt die beiden ins linke Seitenschiff. Sie bleiben vor der großen Figur eines Engels stehen, der waagerecht an einer Kette hängt und lang gestreckt frei im Raum schwebt. Die großen Augen sind geschlossen, der Mund ist der Mund eines Menschen, der vom Schmerz überwältigt ist. Die Hände hält er über Kreuz vor der Brust, er trägt ein schlichtes Gewand, das ihm bis zu den Füßen reicht. Unter ihm befindet sich eine Platte, auf der an die beiden Weltkriege erinnert wird: *1914–1918, 1939–1945.*

Die drei stehen still und schauen. Lin wagt es nicht, diesen schwebenden Engel zu filmen, nein, das geht nicht. Vielleicht bei einer anderen Gelegenheit, vielleicht früh am Morgen, wenn es noch hell ist in dieser Kirche. Jetzt aber kann sie die Kamera nicht auf diese große Figur richten, als wäre sie eine Sehenswürdigkeit und als wäre sie, die Filmemacherin, eine Touristin, die ihn von allen Seiten ablichtet.

– Ich kann diesen Engel nicht filmen, sagt Lin zu Harald.

– Soll ich es versuchen?, antwortet Harald.

– Nein, antwortet Lin.

Der Anblick der Figur lässt sie nicht los. Was ist mit diesem Engel? Warum packt sie diese Erscheinung? Sie stellt sich neben Matteo, der immer noch den Engel betrachtet. Als sie ihn kurz mustert, sieht sie, dass seine Unterlippe ein wenig zittert.

– Matteo?, flüstert sie leise.

Matteo antwortet nicht, er schaut regungslos.

– Matteo?, macht Lin weiter. Das ist ein Friedensengel, nicht wahr?

– Nein, antwortet Matteo. Es ist der Totenengel, der Engel der Leiden.

– Von wem ist er?

– Der Künstler heißt Barlach, Ernst Barlach. Ich habe seinen Namen auch erst gerade gelesen.

– Und woher weißt Du, dass es ein Totenengel ist? Kennst Du ihn von früher her?

– Er erinnert mich an jemanden. Sein Kopf ähnelt dem Kopf einer Frau, die ich kenne. Ich habe ihn einmal auf einer Zeichnung meines Vaters gesehen.

– Dein Vater hat diesen Engel gezeichnet?

– Nicht ganz, nur den Kopf, und auch den etwas anders. Aber es gibt Ähnlichkeiten – und zwar große. Wieso begegne ich diesem Engel aber ausgerechnet hier, in dieser kleinen Kirche? Es ist seltsam. Ich werde die Figur jetzt ebenfalls zeichnen, und zwar sofort. Aber ich möchte nicht, dass Ihr mich dabei filmt.

Lin atmet tief durch. Als ob sie geahnt hätte, dass Matteo in dieser am Wegrand liegenden Kirche einer Bekannten begegnet! Einer aus seinem Bund, die er heimholen muss, weil er ihren Namen nicht mehr weiß. Natürlich darf man ihn bei dieser Heimholung nicht filmen, auf keinen Fall. Obwohl es schade ist und obwohl sie sich dadurch etwas Großes entgehen lassen.

Bestimmt wird Matteo herausbekommen, um welche

Person genau es sich handelt, und wenn er es herausbekommt, wird er die Geschichte dieser Person auch erzählen. Nachts, wenn Mia ihr Diktiergerät laufen lässt. Im Schlaf redend oder leise vor sich hin murmelnd. Wenn sie dazu die passenden Bilder liefern könnte, ergäbe das eine Doku, wie man lange keine mehr gesehen hat.

Lin entfernt sich von Matteo und geht zu Harald zurück.

– Matteo möchte den Engel zeichnen, sagt sie. Aber er möchte nicht, dass wir ihn dabei filmen. Es ist eine komplizierte Geschichte.

– Und was machen wir jetzt?, fragt Harald.

– Wir lassen ihn allein zurück, sagt Lin. Für heute beenden wir den Dreh! Wir können uns doch nicht dicht neben ihn stellen und wie Voyeure beobachten, was in ihm vorgeht, während er diesen Engel zeichnet. Ich könnte das nicht, es geht mir gegen den Strich.

– Ich könnte das schon, antwortet Harald. Seit wann bist Du so empfindlich?

– Ich bin nicht empfindlich, antwortet Lin, ich spüre einfach nur, dass es diesmal nicht passt.

– Ist ja gut, sagt Harald, dann verschwinden wir eben. Und lassen uns einige große Szenen entgehen. Nur weil uns das Herz klopft. Nur weil dieser Heilige uns in seinen Bann gezogen hat. Schauen, zeichnen, schweigen – das sind ja Matteos Gebote. Und Du machst wahrhaftig mit! Hätte ich nicht vermutet. Wer Filme macht, muss so etwas können: cool bleiben, nahe rangehen, draufhalten, bis es schmerzt. Die Zuschauer würden es Dir danken. Die würden reihenweise das Taschentuch zücken. Und was will ein guter Filmemacher erreichen, wenn nicht, dass Taschentücher gezückt werden. Die Filme, die ich am meisten mag, haben ganze *Tempotaschentücher*-Packungen verbraucht.

– Du hast recht, sagt Lin, aber ich kann es jetzt auch nicht ändern. Ich schaffe es heute einfach nicht, ihn zu filmen.

– Gibt es denn gar keinen Ausweg?, fragt Harald, hast Du überhaupt keine Idee?

– Lass mich mal nachdenken, sagt Lin.

Sie stehen nebeneinander und schauen zu, wie Matteo sich auf den Boden schräg unter den schwebenden Engel setzt. Er zieht den Mantel aus, er öffnet seine Umhängetasche und holt die Zeichenutensilien heraus.

Lin geht noch einmal zu ihm und verabschiedet sich von ihm.

– Tut uns leid, wenn wir Dich gestört oder allerhand Unsinn geredet haben, sagt sie.

– Ihr habt keinen Unsinn geredet, sagt Matteo.

– Bis bald wieder, antwortet Lin.

– Bis bald.

– Dürfen wir noch einen zweiten Versuch mit Dir starten? Im Kölner Norden statt hier in der Innenstadt? Dort, wo es ruhiger ist?

– Im Norden ist es nicht ruhig, antwortet Matteo. Aber wir können es gern versuchen. Sagt Mia Bescheid, dann verabreden wir einen Termin.

Lin geht zurück zu Harald, und Harald winkt Matteo noch einmal kurz zu. Dann gehen sie langsam zum Eingang der Kirche zurück. Lin bleibt stehen und schaut sich um. Aus dieser Ferne ist Matteo durchaus zu erkennen, er beginnt jetzt mit seiner Zeichnung.

– Moment mal, sagt sie zu Harald. Wenn wir ein Stativ hätten, könnten wir ihn von hier aus filmen. Eine einzige, unendlich lange Einstellung. Eine Kamerafahrt auf ihn zu. Ohne Schnitt. Minutenlang. Das wär's. Aber wir haben kein Stativ.

– Ein besseres Stativ als mich findest Du in ganz Köln nicht, antwortet Harald.

– Wie meinst Du das?

– Ich kann die Kamera minutenlang stillhalten. Auf welcher Höhe auch immer. Aus dem Stand, im Knien, im Sitzen, ich halte sie so still, dass kein Zuschauer etwas bemerkt.

– Ich weiß nicht, sagt Lin.

– Aber ich, antwortet Harald, ich weiß. Wir machen das jetzt. Löschen können wir die Aufnahmen noch immer. Wir sollten es aber versuchen, dann waren wir hier wenigstens nicht umsonst.

Er nimmt Lin die Kamera aus der Hand. Seinen Anorak zieht er aus, den Schal auch. Er streift das Stirnband höher, nach oben, es sieht jetzt beinahe wie ein Heiligenschein aus. Lin sieht, dass er stark schwitzt. Die Schweißperlen leuchten auf seiner Stirn. Er zieht auch den Pullover aus. Dann stellt er die Kamera ein und setzt sich auf den Boden. Er sitzt jetzt so da, wie auch Matteo neben dem Engel sitzt. Auf Augenhöhe, denkt Lin.

Harald bläht die Backen auf und bittet Lin um ein Taschentuch. Er wischt sich den Schweiß von der Stirn und trocknet die Hände. Dann öffnet er die obersten Knöpfe des Hemdes.

Lin lauscht. Wie still es hier drinnen doch plötzlich ist! Und draußen ziehen Scharen von Menschen vorbei. Es ist die Stille der äußersten Konzentration, denkt Lin. Sie hält die Luft an ..., als Harald beginnt, den Venezianer zu filmen: einen jungen, dunkel gekleideten, ernsthaften Mann, der immer wieder zu einem schwebenden Engel aufschaut. Als wartete er darauf, von diesem Engel abgeholt und fortgetragen zu werden.

23

Am späten Nachmittag macht sich Mia auf den Weg zur Wohnung ihres Vaters. Aus Xenias Café hat sie einige Stücke Kuchen mitgenommen, sie ist immer noch etwas müde und benommen, weiß aber inzwischen einiges mehr über die Gefühle und Gedanken von Pilgern. Die Wohnung liegt im Erdgeschoss, die Haustür ist offen. Sie betritt das Haus und bleibt einen Moment stehen: Auch die Wohnungstür ist weit geöffnet, und aus der Wohnung hört man ein Scharren und Klopfen, als wären dort Handwerker beschäftigt.

Sie geht langsam in den Flur und versteht nicht, was in der Wohnung vor sich geht. Im Flur sieht es aus, als wäre ein Sturm durch den dunklen Gang gefegt. Die Wandlampen wurden abgeschraubt und liegen nebeneinander auf dem Boden. Der lange Läufer wurde aufgerollt und die Rolle mit einer Kordel verschnürt. Die Türen zu beiden Seiten des Flurs stehen offen, anscheinend geht es auch in den Zimmern drunter und drüber.

Mia behält den Kuchen in der rechten Hand und schaut nach, wo ihr Vater und Matteo sich befinden. Der einzige noch nicht angetastete Raum scheint Vaters Arbeitszimmer zu sein. Dort findet sie ihn auch wahrhaftig, er sitzt an dem runden Tisch, an dem er sich früher oft mit seinen Gästen unterhielt. Der Tisch ist über und über mit Zeichnungen bedeckt, und der Professor ist dabei, jede Zeichnung genau zu studieren. Auf ihrer Rückseite vermerkt er mit einem dünnen Bleistift den Namen der dargestellten Figur und weitere Angaben.

– Vater?! Mia spricht sehr leise, sie möchte nicht stören. Vater?!! Was ist hier los?

Mias Vater zuckt etwas zusammen, er schaut auf, erhebt sich und sagt:

– Ist das nicht fantastisch? Ganz fantastische, einmalige Zeichnungen sind das! Ein wahrer Schatz!

Mia wirft einen kurzen Blick auf die Unmenge von Skizzen in den unterschiedlichsten Formaten. Ganz obenauf liegt die Zeichnung eines schwebenden Engels, der mit offenen Augen in die Ferne schaut, den Mund zu einem leichten Lächeln verzogen. Sie kennt diesen Engel nicht, sie kann sich nicht an ihn erinnern. Deshalb tut sie so, als hätte sie ihn übersehen. Vater kann ungewohnt scharf werden, wenn er ihre Lücken in Kenntnissen über Kölner Kunstdetails entdeckt.

– Schau mal, Barlachs Schwebender Engel, sagt ihr Vater. Matteo ist in der Innenstadt auf ihn gestoßen, ohne dass ihn einer darauf aufmerksam gemacht hätte. Er sagt, er sei nur seinem Gefühl gefolgt, der Engel habe ihn berührt und in die Kirche gelockt.

– In welche Kirche?

– Na, in die Antoniterkirche natürlich.

– Wie heißt die?! Habe ich nie von gehört.

– Du bist bestimmt Tausende Male an ihr vorbeigelaufen.

– Wo steht sie denn?

– In der Schildergasse.

– In der Schildergasse steht doch keine Kirche. Da gibt es nur Kaufhäuser, Läden, Shops und all dieses Zeug.

– Mia, Du solltest die Antoniterkirche kennen! Und das nicht nur wegen Barlachs Schwebendem Engel!

– Ist ja gut, jetzt bitte keine Ermahnungen. Ich werde mir den Engel anschauen, versprochen.

– Dann wirst Du eine Entdeckung machen.

– Und welche?

– Barlachs Schwebender Engel hat geschlossene Augen. Und sein Mund ist schmerzverzerrt. Es ist der Engel des Todes, der an die beiden Weltkriege und ihre Opfer erinnert.

– Ja, und?

– Matteo hat den Engel zweimal gezeichnet. Einmal mit geschlossenen Augen, als Engel des Todes, und einmal mit geöffneten Augen und lächelndem Mund, als Engel der Erlösung.

Der Professor nimmt wieder Platz. Mia weiß nicht, was sie zu dieser Entdeckung sagen soll, deshalb geht sie in die Küche, um Teller für ihren Kuchen zu finden und Kaffee zu kochen. Matteo steht vor dem Fenster und entfernt gerade die beiden kleinen Vorhänge, die dort seit Jahrzehnten hängen. Mias Mutter hat sie ausgesucht und eigenhändig aufgehängt.

– Sag mal, was machst Du denn da?, fragt Mia. Und was ist in dieser Wohnung eigentlich los? Warum stehen die Türen alle offen?

– Ich habe die vielen Zeitungsstapel nach draußen zu den Mülltonnen getragen, antwortet Matteo. Jetzt kommen die aussortierten Möbelstücke dran.

– Wer sortiert hier was aus?!

– Die Wohnung ist viel zu dunkel, wie eine Höhle, da kann sich Dein Vater nicht wohlfühlen. Wir entfernen alles, was diesen Eindruck verstärkt.

– Wie bitte?!

– Ich habe es mit Deinem Vater besprochen. Er war glücklich, dass sich jemand um die Wohnung kümmert.

– Na toll! Dann habe ich wohl total versagt?

– Nein, von Dir war gar nicht die Rede.

– Noch schöner! Lieber Matteo, das ist die Wohnung, in der ich aufgewachsen bin. Ist Dir das klar? Und wäre es daher nicht angebracht, auch mich einmal danach zu fragen, was hier verändert und aussortiert werden soll? Vielleicht hänge ich ja zum Beispiel an den beiden Vorhängen, die Du gerade in der Hand hast und wahrscheinlich gleich in die Mülltonnen schmeißt.

Matteo legt die beiden Vorhänge auf den Küchentisch. Die Decke des Tisches hat er bereits entfernt, sie soll anscheinend auch verschwinden. Mia sieht, wie er schwitzt, er ist ganz mit der Arbeit beschäftigt, er möchte helfen, nichts sonst! Wegen dieses Eifers hat er nicht an sie gedacht, Mia schluckt ihren Ärger herunter und versucht, sich zu beruhigen.

– Setz Dich, Matteo, sagt sie.

Matteo nimmt Platz und wischt sich mit einem Taschentuch die Stirn. Er wirkt verlegen und starrt auf die kahle Platte des Küchentisches.

– Entschuldige, sagt er, Du hast recht. Ich habe einen großen Fehler begangen. Ich hätte an Dich denken müssen und daran, was Dir die Sachen hier bedeuten.

Mia stellt die Kuchenstücke, die sie immer noch in der

Hand hat, auf den Tisch. Dann setzt sie sich ebenfalls. Sie sitzen einander jetzt gegenüber, man hört die kleine Küchenuhr über der Spüle ticken. Mia schaut einen Moment hoch zu ihr und sagt:

– Die kleine Uhr kommt wohl auch dran?

Matteo nickt und antwortet:

– Ja, sie sollte verschwinden.

– Das Ticken und die Schläge dieser Uhr habe ich während meiner ganzen Kindheit gehört. Sie hing in der Küche, damit ich während des Frühstücks immer wusste, wie viel Zeit noch war bis zum Aufbruch in die Schule.

Matteo starrt weiter auf den Tisch, er hat die Schultern hochgezogen, als wollte er sich schützen oder in sich hineinkriechen.

– Natürlich lassen wir die Uhr hängen, sagt er. Und die kleinen Vorhänge hier, die lasse ich waschen und montiere sie dann wieder.

– Nein, sagt Mia. Die Vorhänge können weg, ich habe sie nie gemocht. Und den alten Läufer im Flur, den können wir auch fortschaffen. Aber was hast Du mit den Wandlampen vor?

– Entweder reinige ich sie gründlich – oder sie kommen weg.

– Dann reinigen wir sie gründlich und schauen zunächst einmal, wie sie nach der Reinigung aussehen und ob sie wieder strahlen.

– Ja, das ist eine gute Idee.

Mia geht in den Flur zurück und hängt ihren Mantel an die Garderobe. Dann verteilt sie in der Küche die mitgebrachten Kuchenstücke auf drei Teller. Sie macht Kaffee und deckt den Tisch, die alte Tischdecke kommt nicht mehr zum Einsatz. Matteo bleibt währenddessen sitzen, sie merkt, dass er sich Vorwürfe macht. Er stützt die Stirn auf die geballte Faust seines angewinkelten, rechten Arms.

– Mein Vater hat mir Deine Zeichnungen des Schwebenden Engels gezeigt, sagt Mia.

Matteo schweigt weiter.

– Ich habe diesen Barlachengel noch nie gesehen. Haben Lin und Harald Dir die Kirche gezeigt?

– Nein, umgekehrt, ich habe Lin und Harald hineingeführt.

– Verstehe. Wusstest Du, dass sich in der Antoniterkirche dieser Engel befindet?

– Nein, wusste ich nicht. Der Engel hat mich angelockt, ich habe es genau gespürt.

– Haben Lin und Harald Dich gefilmt, während Du ihn gezeichnet hast?

– Nein, ich mochte es nicht, ich habe sie gebeten, es nicht zu tun.

– Haben sie Dich allein zurückgelassen?

– Ja, sie sind gegangen.

– Und wo warst Du danach?

– Ich habe eine weitere Entdeckung gemacht, ganz zufällig, es war beinahe wie eine Offenbarung.

– Was meinst Du?

Mia sieht, dass Matteo sich konzentriert. Er hebt den Kopf, als wollte er etwas Besonderes sagen oder verkünden. Die Schultern wirken wieder entspannt, er hat seine Gelassenheit wiedergefunden.

– Der Kopf des Schwebenden Engels ist der Kopf einer Frau, sagt er. Ich habe diesen Kopf gleich wiedererkannt, mein Vater hat ihn einmal gezeichnet. Die Zeichnung habe ich zwei- oder dreimal gesehen, aber ich wusste bis heute nicht, wen genau der Kopf darstellt.

– Und wer ist es?

– In der Kirche habe ich nicht danach geforscht, ich habe die ganze Zeit nur gezeichnet. Als ich fertig war, habe ich die Kirche verlassen und bin die breite Gasse mit den vielen Menschen weiter entlang bis zu dem großen Platz ganz in der Nähe gegangen. Dort wollte ich in die U-Bahn steigen.

– Meinst Du den Neumarkt?, fragt Mia.

– Ja, so heißt der Platz: Neumarkt, antwortet Matteo. Und da ist es passiert.

– Was denn?

– Ich wollte mir in einer Bäckerei etwas zu essen holen, da habe ich die Spur gefunden.

– Welche Spur?

– Nahe der Bäckerei habe ich den Eingang zu einem Museum entdeckt. Als ich hineinging, bin ich dem Kopf der Frau begegnet, die Ernst Barlach porträtiert hat. Sie hieß Käthe Kollwitz und war eine große Künstlerin.

– Der Kopf des Schwebenden Engels ist der Kopf von Käthe Kollwitz?

– Ganz eindeutig. In diesem Museum gibt es viele Fotografien, vergleicht man sie mit dem Kopf des Barlachengels, ist kein Irrtum möglich.

Mia antwortet nichts mehr. Es geht hier gerade etwas mystisch zu, denkt sie. Dieses Mystische passt einfach zu Matteo, und ich weiß nicht, was ich dazu sagen soll. Natürlich ist es seltsam, dass er die Antoniterkirche im Trubel der Schildergasse wahrgenommen hat und hineingegangen ist. Und natürlich ist es noch seltsamer, dass er dort auf jenen Schwebenden Engel trifft, dessen Kopf ausgerechnet sein Vater gezeichnet hat. Völlig verrückt wird es aber dann, wenn ihn der Eindruck des Bildes bis zum Neumarkt verfolgt und er im Kollwitz-Museum diesen Kopf wiederfindet und identifiziert.

Mia macht einen letzten Anlauf:

– Hat Käthe Kollwitz denn Ernst Barlach gekannt?

– Ja natürlich, antwortet Matteo. Sie waren gute Freunde. Ich habe gelesen, dass Käthe Kollwitz sogar auf Barlachs Beerdigung war.

– Dann könntest Du recht haben mit Deiner Vermutung, sagt Mia.

– Es ist keine Vermutung, antwortet Matteo, es ist eine starke Offenbarung.

Mia fragt nicht weiter nach. Starke Offenbarung, hinter dieser Formulierung verbirgt sich bestimmt ein tieferer und vielleicht auch komplizierter Gedanke, dem sie jetzt nicht weiter nachgehen will. Er könnte ein Bestandteil von Matteos Geheimnissen sein, die sie vorerst auch nicht ergründen möchte. Deshalb geht sie ins Arbeitszimmer ihres Vaters und fragt ihn, ob er Lust habe, mit Matteo und ihr in der Küche einen Kaffee zu trinken und ein Stück Kuchen zu essen.

– Ich komme sofort, sagt ihr Vater, und Mia denkt: So gut gelaunt war er seit ewigen Zeiten nicht.

Als ihr Vater in der Küche erscheint, hat er eine Zeichnung in der Hand.

– Matteo, sagt er, wie schön, dass Du den kleinen Bischof vom Dreikönigenschrein gezeichnet hast. Die meisten Betrachter übersehen ihn, dabei ist er eine der menschlichsten Gestalten. Unauffällig, ein Diener des Herrn. Du weißt, um wen es sich handelt?

– Nein, sagt Matteo, ich habe keine Ahnung.

Na endlich, denkt Mia, er hat auch einmal keine Ahnung. Was für ein Wunder! Diesmal also keine Offenbarung, sondern schlichte Geschichte: Mittelalter, Proseminar, zweites Semester. Sie nimmt die Zeichnung in die Hand und betrachtet die Gestalt des Bischofs mit Mitra und Messgewand, der seine beiden Arme weit ausbreitet. Und, in der Tat, diese Figur ist sympathisch. Bescheiden, emphatisch, ja, ein Diener des Herrn.

– Na sag schon, Papa, wer ist es?

– Es ist Rainald von Dassel, sagt der Professor. Ihr wisst Bescheid? Ihr wisst, was wir Rainald von Dassel verdanken?

– Mein Gott, sagt Mia, endlich weiß auch ich einmal etwas, Herr Professor. Rainald von Dassel hat die Reliquien der Heiligen Drei Könige von Mailand nach Köln überführt. Ohne diese Reliquien gäbe es den Dom nicht. Und ohne den Dom gäbe es nicht die großen Pilgerzüge des Mittelalters, die sich aus weiten Fernen auf den Weg nach Köln machten.

– Ausgezeichnet, sagt ihr Vater, exakt so ist es.

– Hätte es Rainald von Dassel nicht gegeben, wäre ich also nicht hier, sagt Matteo. Ich habe den Mann gezeichnet, der mich nach Köln geführt hat.

– Du hast ihn mit zwei Armen gezeichnet, sagt der Professor. Die Figur auf dem Dreikönigenschrein hat aber keine Arme.

– Er hat mich umarmt, antwortet Matteo, wir sind uns begegnet.

– 203 –

– Er hat sich lange in Italien aufgehalten, sagt der Professor, in Norditalien, in Rom, er hat überall Bedeutendes geleistet.

– Jetzt sag nicht, dass Du auch das gespürt hast, sagt Mia und lacht.

– Ich habe es gespürt, sagt Matteo und lacht ebenfalls.

Dann sitzen sie zusammen in der Küche, essen den Kuchen und trinken den Kaffee. Mia hat sich beruhigt. Ihrem Vater tut Matteos Anwesenheit gut, und außerdem ist es an der Zeit, die Wohnung zu renovieren. Viele in die Jahre gekommene Möbel sollten raus, die Räume sollten lichter werden. Sie ahnt, Matteo soll diese Arbeiten durchführen. Wenn er das tun würde, bliebe er einige Zeit in Köln. Will er das?

Matteo unterhält sich weiter mit ihrem Vater, die beiden gehen nach dem Kaffee zurück ins Arbeitszimmer. Mia überlegt, was ihr Vater von all diesen Geschichten halten soll. Nimmt er an, sie sei mit Matteo enger befreundet? In dieser Wohnung verwandelt sich eine Bekanntschaft ohne ihr Zutun in Freundschaft. Ein Fremder, der jetzt hinzukäme, könnte denken: Der alte Mann und das junge Paar! Wie schön, dass sich die Generationen in dieser Wohnung verstehen!

Was fantasiere ich bloß herum?, denkt Mia. Vater würde nie fragen, was mich mit Matteo verbindet. Er hält sich in diesen Fragen zurück. Zum Glück tut er das, denn ich weiß ja selbst nicht, was mich mit Matteo verbindet. Ich werde es aber herausbekommen, ich brauche noch etwas Zeit.

Ein wenig später geht auch sie in das Arbeitszimmer. Sie setzt sich zu den beiden Männern an den runden

Tisch und hört zu, was ihr Vater von den Figuren und Dingen auf den Zeichnungen zu berichten hat.

– Ich werde sie Dir alle abkaufen, sagt er schließlich zu Matteo.

– Die Zeichnungen sind nicht zu verkaufen, antwortet Matteo.

– Gut, dann werden wir sie kopieren.

– Auch das möchte ich nicht.

– Und wenn wir Fotos von ihnen machen?

– Nein, auf keinen Fall.

– Und warum nicht?

– Die Zeichnungen sind Berührungen und Anrührungen. Mit ihrer Hilfe habe ich diese fremden Figuren in mein Leben geholt. Jetzt gehören sie zu mir. Meine Finger haben ihre Umrisse nachgezeichnet und Falte für Falte ihrer Gewänder. Mit jedem Strich hat sich die Entfernung zwischen ihnen und mir verringert. Es war kein Scherz, als ich sagte, Rainald von Dassel habe mich umarmt. Als ich mit der Zeichnung seiner Figur fertig war, hat diese Figur mich wirklich umarmt. Ich habe es so empfunden, sehr deutlich.

Matteo steht auf und verlässt das Arbeitszimmer. Er durchquert den Flur und geht ins Bad.

– Manchmal ist er mir ein wenig unheimlich, mit all seinen Berührungen und Anrührungen, sagt Mia zu ihrem Vater.

– Ach was, antwortet er, Matteo ist doch nicht unheimlich. Er ist ein Pilger, das genau ist er, er ist ein gläubiger, mittelalterlicher Pilger, der seinen Händen noch vertraut. Telefoniert er eigentlich mit seinen Leuten in Venedig?

– Nein, er hat kein Handy, sagt Mia. Kein Handy, kein

Smartphone, wahrscheinlich verständigen sie sich durch geheime Anrührungen per Ultraschall.

– Sag so etwas nicht, antwortet ihr Vater. Und macht Euch nicht über ihn lustig. Er kommt aus einer uralten, uns sehr fremden Kultur. Und er gibt sich große Mühe, Köln genauer kennenzulernen.

– Aber Köln besteht doch nicht nur aus dem Dom, einigen Heiligenfiguren, Lochners Altar und dem Schwebenden Engel von Barlach!

– Für ihn schon, antwortet Mias Vater. Er wählt sehr streng aus, und alles andere scheint ihn nicht zu interessieren. Er konzentriert sich auf das alte, heilige Köln, und dieses alte Köln steht in einer Verbindung zum alten Venedig. Das spürt er, und das ist doch erstaunlich. Nein, es ist nicht nur erstaunlich, sondern …

– Ja, was?, fragt Mia, was ist es? Sag es doch! Sprich das Wort doch aus, das Dir auf der Zunge liegt …

– Es ist wie ein Wunder, sagt ihr Vater.

Genau das, denkt Mia, habe ich auch schon mehrfach gedacht. Matteos Anwesenheit hat etwas von einem Wunder. Wie er plötzlich vor meiner Haustür stand … – wie herbeigeweht! Wie eine Erscheinung! Und wie er seitdem uns alle von morgens bis abends beschäftigt! Alles dreht sich um ihn, und jeder von uns sieht etwas anderes in ihm! Am Ende erliegen wir seiner Magie und werden zu seinen Jüngern.

Mia muss husten. So ein Quatsch, denkt sie, ich sollte mich zusammenreißen und diese Geschichte nüchterner sehen. Jetzt trinke ich mit Vater noch ein Glas Wein und verschwinde, und Matteo lasse ich hier zurück. Soll Vater weiter mit ihm diskutieren.

– Ich will mich nicht in Eure Angelegenheiten einmischen, sagt der Professor plötzlich.

Bitte nicht, denkt Mia, bitte jetzt nicht die Frage danach, ob wir enger befreundet sind.

– Ich will nur einen Vorschlag machen, fährt der Professor fort. Matteo könnte bei mir einziehen, hier ist Platz genug für ihn. Und in Deinem kleinen WG-Zimmer kann er doch nicht Nacht für Nacht in einer winzigen Schlafecke verbringen. Wir haben einem solchen Gast mehr und Besseres zu bieten. Meinst Du nicht auch, Mia?

Nein, denkt Mia sofort, nein, das geht nicht. Jetzt nicht, noch nicht, es geht alles zu schnell. Ich möchte unbedingt, dass er noch einige Nächte bei mir übernachtet. Aber wie begründe ich das?

– Danke, Papa, antwortet sie, das ist ein nobler Vorschlag, und ich verstehe gut, was Du meinst. Ich bespreche das mit Xenia und Lisa, ich melde mich wieder in dieser Sache. Und noch eine Bitte: Sprich mit Matteo noch nicht darüber, mach ihm dieses Angebot erst später, wenn wir uns verständigt haben! Es könnte sein, dass er sich sonst verpflichtet fühlt, Dir bei der Renovierung der Wohnung zu helfen. Und vielleicht hat Matteo längst etwas anderes vor. Die Rückreise. Oder die Weiterreise. Ich möchte zuerst mit ihm reden. Trinken wir noch ein Glas Wein zusammen?

– Heute lieber nicht, antwortet ihr Vater, ich möchte noch arbeiten, so wie früher, tief in die Nacht hinein, das war doch immer das Beste.

– Gut, dann gehe ich jetzt, ich fühle mich heute nicht besonders. Ich komme in den nächsten Tagen wieder vorbei, und dann besprechen erst mal wir beide, wie die Wohnung renoviert werden soll. Bist Du damit einverstanden? Ein kleines Wort möchte ich noch mitreden.

Mias Vater steht auf und umarmt seine Tochter.

– Es geht mir sehr viel besser, Mia, sagt er ernst.

– Ich weiß, antwortet sie. Aber sag jetzt bitte nicht: Es ist wie ein Wunder.

Sie lachen beide. Dann geht Mia in den Flur und streift ihren Mantel über, Matteo verlässt gerade das Bad.

– Ich habe noch etwas vor, sagt Mia zu Matteo. Bleibst Du noch hier?

– Ja, antwortet Matteo, wir sehen uns dann später in der Wohnung. Ich habe noch einige Fragen an Deinen Vater.

– Welche Fragen?

– Fragen nach der Identität der Figuren auf meinen Zeichnungen.

– Ach so, das meinst Du! Also, bis später, Matteo.

Ein Kuss links, ein Kuss rechts, Mia verlässt die Wohnung. Im Hausflur bleibt sie einen langen Moment stehen und horcht. Sie hört den Professor fragen:

– Und Ihr Vater hat also den Kopf des Schwebenden Engels gezeichnet?

Die Antwort ist nicht zu hören, anscheinend sitzen die beiden jetzt wieder im Arbeitszimmer. Stimmt, denkt Mia, das habe ich vergessen zu fragen: Warum hat Matteos Vater den Engelskopf gezeichnet? Was ist das für eine Zeichnung?

Mia schüttelt den Kopf und betritt den Bürgersteig. Ihr Heiligen alle, denkt sie, steht mir bei, aber rührt mich bitte nicht an!

24

Seit dem frühen Abend hat Lisa eine Woche Urlaub. Sie kann sich nicht erinnern, schon einmal so kurzfristig um eine freie Woche gebeten zu haben. Bisher hat sie ihren Urlaub gezielt über das ganze Jahr verteilt und sich schon zum Jahresbeginn genaue Gedanken darüber gemacht, wo sie ihn verbringen will. Sie hat ein Faible für große Städte, in denen bekannte Romane spielen, Städte also wie London, Paris oder Wien, dort fährt sie hin und besichtigt sie nicht wie ein Tourist, der sich auf alles stürzt, was nach einer Sehenswürdigkeit aussieht, sondern mithilfe von »literarischen Führern«.

Solche Bücher wählen aus, welche Gebäude, Straßen und Zonen einer Stadt in literarischen Texten vorkommen. Lisa nimmt sie (am liebsten natürlich Romane) auf Reisen mit und macht sich vor Ort auf die Suche, ob sie etwas von dem wiederfindet, wovon die Romane erzählen. Genau das bereitet ihr das größte Vergnügen: die Entdeckung von Übereinstimmungen oder Abweichungen zwischen dem Erfundenen und dem Realen. Sie notiert ihre Beobachtungen an den Rändern der Bücher mit Bleistift, und sie ist stolz darauf, später ein Buch zu besitzen, das aus zwei Texten besteht: dem des jeweiligen Autors und ihren eigenen Notizen über

die realen Orte der Handlung, die sie jeweils dazu-
schreibt.

Dass Lisa einmal in einer Buchhandlung arbeiten
würde – darauf lief schon Jahre vor Beginn dieser Arbeit
alles hinaus. Sie ist das dritte Kind ihrer Familie, und das
bedeutete in ihrem Fall: Die Eltern haben sich nicht mehr
so stark für sie interessiert wie für ihre beiden älteren
Brüder. Wollte man es positiv beschreiben, könnte man
sagen: Man ließ sie in Ruhe, und diese Ruhe nutzte sie
und zog sich zurück. Die beiden Brüder wohnten zusammen in einem Zimmer, sie aber hatte ein Zimmer für
sich, das die Brüder nicht betreten durften. Gab es etwas
Besseres als eine solche Konstellation? Zwei Brüder, die
sich laufend miteinander beschäftigten, die konkurrier-
ten, sich schlugen und fast dieselben Interessen hatten –
und daneben die Schwester, das dritte Kind, das schon
mit zehn Jahren das Gefühl hatte, einen eigenen Haushalt zu haben?!

Saßen die Brüder vor dem Fernseher oder widmeten
sich ihren Computerspielen, hielt Lisa sich in ihrem
Zimmer auf, las ein Buch, bereitete sich einen speziellen
Tee und aß, was sie an kleinen Leckereien aus einer Bäckerei mitgenommen hatte. Niemand sprach mit ihr
über ihre Passionen, denn zum Glück traf sich die Familie nicht jeden Tag zu gemeinsamen Mahlzeiten. Mutter
und Vater hatten ihre anstrengenden Berufe (Busfah-
rerin und Angestellter in der städtischen Verwaltung),
und das sogenannte Familienleben bestand darin, manchmal einen gemeinsamen Ausflug zu machen oder einige
Tage der Ferien miteinander zu verbringen. Lisa hat
sich oft gefragt, warum die Eltern überhaupt eine Fami-

lie gegründet haben, darauf aber nie eine befriedigende Antwort erhalten. Ihre Mutter hat einmal gesagt, es sei gut, drei Kinder zu haben, dann sei es in der Wohnung niemals still, und ihr Vater hat sich nie dazu geäußert, sondern nur behauptet, ein Kind sei anstrengend, zwei Kinder seien das Übliche und drei Kinder gerade richtig.

Vielleicht lag es auch an solchen Erklärungen, dass Lisa sich nicht vorstellen konnte, einmal Kinder zu haben. Vielleicht lag es aber auch daran, dass die Bücher sie zu sehr beschäftigten. *Ein Leben mit Büchern*, so nannte sie es, und sie verband damit so genaue Vorstellungen wie andere Menschen mit der Gründung einer realen Familie. Zum Leben mit Büchern gehörte, dass man mit vielen Autorinnen und Autoren gleichzeitig über die unterschiedlichsten Themen im Gespräch war. Daher las Lisa nicht nur jeweils ein Buch, sondern mehrere zugleich. Auch sie lebte also mit einer Familie, aber mit einer, deren Mitglieder sie sich selbst aussuchte und je nach ihren Stimmungen und Interessen neu zusammenstellte.

Natürlich genügte es nicht nur, Bücher zu lesen, man musste sich auch mit dem Leben der Autorinnen oder Autoren beschäftigen. So versuchte Lisa, sie (durch Lektüre ihrer Tagebücher oder Briefe) näher kennenzulernen, und sie näherte sich ihnen in Extremfällen der Zuneigung sogar so stark, dass sie eine Weile so zu leben versuchte, wie diese Menschen anscheinend gelebt hatten. Einige Wochen ihrer Pubertät hat Lisa »wie Ingeborg Bachmann« gelebt (unregelmäßige Nahrungsaufnahme, viele Zigaretten, viel Kaffee, eleganter Mantel, Kleider sind weniger wichtig, Sonnenbrille, die man überall liegen lässt, viele weiße Stofftaschentücher, immer dabei). Und fast ein halbes Jahr hat sie versucht, ein Leben wie das von Lou Andreas-Salomé zu führen. Das führte zu der Fantasie, laufend von bestimmten Männern (und dazu noch von mehreren zugleich) begehrt zu werden. Die Angebote dieser Männer, mit ihr zusammenleben zu wollen, lehnte sie grundsätzlich ab, denn damals hatte sie weder ein besonders großes Interesse an einer Ehe noch an Sexualität. Stattdessen schrieb sie ihren Verehrern Briefe, in denen sie ihnen rabiate Ratschläge darüber erteilte, wie sie ihr Leben in eine Lisa gefällige Richtung hätten ausrichten können.

Lisa hat diese Anwandlungen längst hinter sich, es waren, so sieht sie es heute, Träumereien, typisch für ihr damals noch jugendliches Alter. Dass sie sich an Ingeborg Bachmann orientiert hat, ist niemandem aufgefallen, denn sie hat es heimlich (und nur innerhalb der Wände ihres Zimmers) getan. Und die Briefe der Lou hat sie an Mitschüler geschrieben, die solche strikten und auf Lebensveränderung ausgerichteten Briefe in Wahrheit nie erhalten haben.

Lesen, träumen und all das, was aus diesem Gemisch entsteht, mit der Wirklichkeit so zu verbinden, dass die Wirklichkeit interessanter und farbiger wird – das ist für Lisa noch immer eine schwierige Balance. Manchmal läuft das Lesen sich tot, und manchmal nimmt die Träumerei überhand und führt zu viel Kitsch. Sie weiß das, und sie kontrolliert sich fortlaufend, um in keine Fallen zu geraten. Eine schlimme Falle war das Studium der Germanistik, mit dem sie nach dem Abitur (aus lauter Bücherliebe) begonnen hatte. Gerade noch rechtzeitig hat sie nach dem zweiten Semester den Absprung ge-

– 212 –

schafft. »Germanistik« war etwas für ewig spätpubertär bleibende Jungs, die sich um lauter Theoretisches stritten und dann auch entsprechend Holpriges schrieben. Lisa aber wollte etwas anderes: die Lektüre der Bücher mit dem Leben so zu verbinden, dass das Leben sich darstellte wie eine Geschichte oder wie ein Roman.

Auf dem Weg von der Buchhandlung zur WG überlegt sie, ob sie ihre freie Woche feiern sollte. In ein Café gehen? Mal wieder einen Film im Kino anschauen? Sich mit jemandem verabreden, den sie lange nicht gesehen hat? Sie hat nicht den richtigen, überzeugenden Einfall, und so steht sie dann doch wieder in der U-Bahn, um die dort vorhandenen Leserinnen und Leser zu zählen.

Diesmal lesen nur zwei Fahrgäste, beide weiblich, die eine liest einen relativ dicken Roman, klein gedruckt, und die andere blättert anscheinend in einem Kochbuch. Kochen, ja, das wäre vielleicht eine Idee, sie könnte einkaufen gehen und ihre WG-Mitbewohnerinnen zu einem Abendessen einladen. Allerdings ist sie heute noch müde vom Arbeitsstress und würde eine solche Einladung besser auf einen der nächsten Tage verschieben. Statt des Abendessens könnte man auch mal wieder eine Party veranstalten, das haben sie lange nicht mehr gemacht. Der Anlass wäre »Lisa hat frei«, das wäre originell, ja, das ist keine schlechte Idee. Am heutigen Abend jedoch wird sie sich mit einem Hörbuch und Kopfhörern in ihr Zimmer zurückziehen, das passt, denkt Lisa und bleibt einen Moment unschlüssig vor Xenias Café stehen.

Es ist nicht mehr viel los. Xenia sitzt allein an einem Tisch und blättert in einem Magazin, die Paare sind längst verschwunden und in größere Restaurants abgetaucht, und die üblichen Einzelgänger haben sich auch bereits für eine Abendunternehmung entschieden. Genau zwei Gäste sitzen noch drinnen, jeder allein an einem Tisch. Nun gut, Lisa wird Xenia Gesellschaft leisten und ihr von ihrem Einstieg in das »Lisa hat frei«-Leben erzählen. Sie geht hinein, legt den Mantel ab und setzt sich zu Xenia.

– Da bin ich, sagt sie, Xenia reagiert aber nicht.

– Ich habe mir eine Woche freigenommen, sagt Lisa.

– Wieso denn das?, fragt Xenia und blättert in ihrem Magazin.

– Einfach so. Ich brauche mal eine Woche nur für mich. Länger schlafen, die neue Herbstproduktion lesen, spazieren gehen, schwimmen – all das.

– Schwindel nicht so, antwortet Xenia, sag lieber gleich, was dahintersteckt.

– Ich möchte eine Party in unserer WG organisieren, das haben wir viel zu lang nicht mehr gemacht.

– Muss das sein? Wir sind doch nicht mehr zwanzig, sagt Xenia und hört nicht auf, in dem Magazin zu blättern.

– Und ich möchte in Ruhe nachdenken, wie es weitergehen soll mit mir und dem Leben.

Erst jetzt legt Xenia ihre Lektüre beiseite.

– Möchtest Du etwas trinken?, fragt sie.

– Einen Gin Tonic, antwortet Lisa, aber wirklich nur einen.

Xenia steht auf und geht hinter die bereits leere Theke. Die belegten Brötchen werden noch immer gekauft, aber die getoasteten Panini haben ihnen den Rang abgelaufen.

– 214 –

Xenia kommt mit zwei Gin Tonic zurück und geht dann hinüber zu den beiden Gästen.

– Wir schließen jetzt, sagt sie und wartet, bis die beiden bezahlt haben.

Dann kommt sie an den Tisch zurück und stößt mit Lisa an.

– Auf Deine freie Woche! Ich verstehe Dich gut, ich hätte das auch einmal nötig! Aber jetzt sag mal: Worüber genau denkst Du nach?

– Zum Beispiel darüber, wie lange ich noch mit Euch zusammen in der WG leben will. Ich könnte mir inzwischen auch eine kleine Wohnung leisten und allein leben.

– Im Ernst? Ausgerechnet in Deinem Fall kann ich mir das am wenigsten vorstellen. Ich dachte immer: Lisa ist die ideale WG-Bewohnerin, jede WG kann glücklich sein, wenn Lisa ihr angehört. Sie zickt nicht, sie streitet nicht, und sie braucht nicht die tägliche Aufmerksamkeit oder Pflege. Lisa hat ein eigenes Leben, und das wirkt nach außen hin stabil und problemlos.

– Danke, sagt Lisa, das hört sich nett an, aber auch langweilig. Die freundliche, problemlose Lisa, die wahrscheinlich bis zur Rente in einer WG wohnen und danach in ein Altenheim ziehen wird. Scheußlich ist das!

– So habe ich es nicht gemeint, und das weißt Du. Übrigens denke ich in letzter Zeit auch immer häufiger: Warum lebst Du noch in einer WG? Du solltest allein oder zu zweit leben, am besten zu zweit.

– Und wer käme dafür infrage?

– Keine Ahnung.

– Und warum wünschst Du Dir dieses Wohnen zu zweit?

– Das Leben wäre vielleicht anstrengender, aber konzentrierter. Ich hätte einen Partner mit ähnlichen Interessen, wir würden uns streiten, viel miteinander unternehmen, täglich über aktuelle Themen sprechen. Das Leben wäre eine intensive Fortsetzungsgeschichte.

– Und was ist es jetzt?

– Es ist harte Arbeit mit Anhang.

– Die WG ist bloß ein Anhang?

– Ja, unsere Gespräche fordern uns nicht. Jede von uns macht etwas anderes, wir sehen uns häufig, aber wir sind kein echtes Trio.

– Sind wir nicht? Ich finde, wir sind durchaus ein Trio, und zwar ein sehr gutes. Ich lebe gern mit Euch zusammen, aber ich finde auch, dass ich den Moment des Absprungs nicht verpassen darf. Sonst vermoose ich mit Euch.

– Vermoosung – das sitzt, das gefällt mir. Unser Trio-Leben steht an der Grenze zur Vermoosung. Mensch, das sollten wir mal Mia sagen. Sie wird uns für verrückt halten.

Die beiden trinken fast gleichzeitig einen Schluck, die beiden Gäste verabschieden sich. Xenia steht auf, schließt die Tür ab und erkennt Mia, die gerade schräg gegenüber ins Haus gehen will. Xenia gibt ihr ein Zeichen, kurz ins Café zu kommen, aber Mia zögert einen Moment. Dann kommt sie doch über die Straße und betritt den Raum.

– Guten Abend, sagt sie, ich habe noch etwas vor, ich kann nicht lange mit Euch plaudern.

– Setz Dich und trink in Erinnerung an unseren gestrigen Abend einen Gin Tonic mit uns, sagt Xenia. Wir begraben gerade das Gestern und feiern das Heute. Lisa hat sich eine Woche freigenommen. Sie will übrigens bald ausziehen. Und ich denke auch über eine Auszeit und das Ausziehen nach. Wie steht es denn mit Dir?

Mia setzt sich, während Xenia aufsteht und einen dritten Gin Tonic holt.

– Bleib sitzen, sagt Mia, ich trinke so was heute nicht.

– Du trinkst so was, antwortet Xenia, wir haben schließlich ein großes Thema: Ausziehen oder nicht ausziehen? Allein leben, zu zweit leben oder sich lieber gleich vermehren?! Radikal. Fünf Kinder. Mit fünf verschiedenen Männern. Und danach zusammen mit einer Frau leben und die Kinder auf die Partner verteilen. An jedem Wochenende streichelt man ein anderes.

– Matteo wird bald ausziehen, sagt Mia.

Es ist still. Xenia und Lisa schauen Mia an, als hätte sie gerade eine Sensation verkündet.

– Nein, ist nicht wahr, sagt Xenia.

– Nein, das kann doch nicht sein, sagt Lisa.

– Mein Vater wird ihm ein Zimmer in seiner Wohnung anbieten. Da ist genug Platz. Wir wären Matteo los und auch meinen Vater. Er versteht sich sehr gut mit ihm, er wird mittwochs nicht mehr bei uns vorbeikommen.

– Moment mal, sagt Xenia, das läuft jetzt aber übel an uns vorbei.

– Finde ich auch, sagt Lisa, wir haben das noch keineswegs abgesegnet.

– Wie bitte?, antwortet Mia, was gibt es da denn abzusegnen? Matteo kriecht jede Nacht zum Schlafen in seine Hundeecke, und meinen Vater habt ihr mittwochs doch immer gemieden. Lieber wäre es Euch gewesen, er

– 217 –

hätte uns nicht aufgesucht, sondern seine Flasche Sekt anderswo mit einem Freund geleert.

– Wir haben Matteo noch gar nicht richtig kennengelernt, antwortet Lisa. Und genau das lasse ich mir nicht entgehen. Ich möchte mich länger mit ihm unterhalten, und er soll mich zuerst porträtieren.

– Deshalb hast Du Dir doch extra freigenommen, sagt Xenia.

– Und wenn es so wäre?, antwortet Lisa, was wäre dagegen zu sagen?

– Nichts, antwortet Xenia, oder höchstens, dass auch andere Frauen Ansprüche auf Matteo anmelden.

– Stimmt es denn wirklich, dass Ihr die WG auflösen wollt?, fragt Mia.

– Nein, sagt Xenia, Lisa denkt darüber nach, ab wann sie allein leben möchte. Oder zu zweit. Oder gleich mit mehreren Kindern.

– Ich wünsche mir keine Kinder, antwortet Lisa, und ich wünsche mir auch kein Leben zu zweit. Ich denke darüber nach, allein zu leben.

– Aber Dein Partner darf Dich besuchen. Du kochst für ihn vegan, ihr habt veganen Sex, und dann darf er wieder abziehen. Bis zur nächsten veganen Begegnung.

– Wie kommst Du denn darauf?, fragt Lisa.

– Ich wette, Du träumst von so einem Leben, antwortet Xenia. Sicher hast Du davon gelesen, und es reizt Dich, auch ein solches Leben zu führen.

– Du liest zwar nicht viel, antwortet Lisa, aber kitschige Träume hast Du anscheinend auch. Gerade Du!

– Aber klar, sagt Xenia, ich träume davon, mit Matteo durch Venedig zu gondeln. Er zeigt mir die Besonderheiten der dortigen Gastronomie und fährt mich in seinem Hausboot durch die schmalen Kanäle. Nachts mache ich die Bekanntschaft junger und vermögender deutscher Touristen, denen ich die Venedig-Expertin vorspiele. Sie dürfen mich in die Bars der alten Hotels abschleppen und dann sehen wir weiter.

Mia rührt ihren Gin Tonic nicht an, sie möchte sich noch mit Lin und Harald treffen, um das weitere Vorgehen in Sachen Dokumentarfilm zu besprechen.

– Was ist eigentlich mir Dir?, fragt Xenia, wann willst denn Du ausziehen und unsere Trio-Leidenschaft beenden?

– Ich bleibe auf jeden Fall noch, bis ich die Abschlussarbeit geschrieben habe, antwortet Mia.

– Und das heißt?, fragt Xenia nach.

– Mindestens noch ein Jahr, eher mehr.

– Okay, sagt Xenia, dann haben wir eine feste Orientierung. So lange würde ich es ebenfalls aushalten.

– Ich kann mich für nichts verbürgen, sagt Lisa und trinkt ihr Glas leer.

– Moment, antwortet Mia, wie sollen wir denn nun weiter verfahren? Soll Matteo noch einige Tage in der WG bleiben? Seid Ihr dafür? Oder soll ich meinem Vater grünes Licht geben, dass er ihm das Zimmer in seiner Wohnung anbietet?

– Matteo soll bleiben, antwortet Lisa, auf jeden Fall.

– Ja, ich bin auch dafür, er soll noch bleiben, sagt Xenia. Bis wir ihn ganz durchschaut haben. Bis wir seinen Geheimnissen auf den Grund gegangen sind und vor allem, bis er Lisa porträtiert hat.

– In Ordnung, sagt Mia, dann verbleiben wir so. Matteo bleibt, bis wir anders entscheiden. Und ich überlasse Euch meinen Drink.

Sie steht auf und winkt den beiden zum Abschied kurz zu. Xenia und Lisa atmen beinahe zugleich tief durch.

– Trinken wir beide das noch?, fragt Xenia.

– Teil es auf, antwortet Lisa, und lass bitte die Spitzen. Ich fühle mich heute sehr gut, und das soll noch etwas anhalten.

Xenia nimmt Mias Gin Tonic in die Hand und verteilt den Inhalt in die beiden leeren Gläser. Xenia und Lisa stoßen noch einmal an, dann einigen sie sich darauf, über WG-ferne Themen zu sprechen. Auch Matteo darf nicht erwähnt werden.

– Mal sehen, wie lange wir das durchhalten, sagt Xenia.

Mia aber öffnet im Haus schräg gegenüber die Haustür und bleibt im Treppenhaus stehen. Sie hat wieder einen kleinen Anfall von Müdigkeit und Erschöpfung. Nein, sie wird sich nicht mehr mit Lin und Harald treffen, sondern lieber mit Lin telefonieren. Danach wird sie zu Bett gehen, auch wenn Matteo noch nicht da sein sollte.

In der Wohnung angekommen, zieht sie sich um, trinkt einen Schluck Wasser und geht in ihr Zimmer. Dann schreibt sie auf ein Stück Papier: »Bitte um Ruhe. Schlafe bereits.« Sie heftet das Papier an ihre Zimmertür. Schluss, aus, dieser Tag hat sie überfordert, jetzt hilft nur noch der baldige Tiefschlaf.

25

Vorher sollte sie aber noch telefonieren, denn sie will wissen, was genau am Nachmittag passiert ist. Wo überall haben Lin und Harald Matteo gefilmt? Hat er sie wirklich in die Antoniterkirche geführt? Und wie ist das alles im Einzelnen abgelaufen? Davon, dass sie Matteo am späten Nachmittag in der Wohnung ihres Vaters getroffen hat, wird sie nicht sprechen, und über den Schwebenden Engel und die ominöse Zeichnung erst recht nicht.

Sie ruft Lin an und erklärt ihr zu Beginn, dass sie zu erschöpft sei, um sich auf den Weg zu einem Treffen zu machen. Lin ist das recht, man kann das Wichtigste auch telefonisch besprechen.

– Also, sagt Mia, jetzt erzähl mal. Wie ist der Nachmittag verlaufen? Habt Ihr gute Aufnahmen gemacht?

– Langsam, antwortet Lin, der Reihe nach. Und zunächst mal das Wichtigste: Ich werde aus dem Typ nicht schlau, ich kann ihn nicht einordnen. Vielleicht ist er mir auch einfach nur fremd, oder er spielt uns allen was vor. Und genau das interessiert mich: Wer ist er?! Was treibt ihn um?! Das ist meine Filmfrage, mein Thema, verstehst Du?!

– Ich verstehe Dich genau, sagt Mia, mir geht es

ähnlich. Aber jetzt erzähl mal weiter, was passiert ist.

– Harald und ich, wir haben ihn zunächst im Dom gefilmt. Wie er kerzengerade und mit versteinerter Miene hinter dem Dreikönigenschrein steht und zeichnet. Wie er sich die kleinsten Figuren minutenlang mit dem Fernglas anschaut. Er kann sich unglaublich gut konzentrieren, den ganzen Besucher- und Touristentrubel um ihn herum ignoriert er. Mir selbst wurde bei dieser Konzentration beinahe übel. Als würden seine Augen magnetische Wellen ausstrahlen, die alles abscannen. Und als erwiderten die kleinen Figuren diese Wellen mit kleinen Signalen. Als fühlten sie sich erkannt oder wiedererkannt. Ja, im Ernst, Du hättest das sehen sollen. Ich konnte nach einer Weile nicht mehr hinschauen oder gar filmen, mir wurde schwindlig.

– Ach hör auf, jetzt übertreibst Du.

– Nein, tue ich nicht. Ich wollte die Kamera an Harald übergeben, aber der fand das Ganze öde und viel zu statisch. Deshalb haben wir den Typ schließlich nach draußen gelockt. Aufnahmen in der Innenstadt – das war unser Programm.

– Ich wette, Matteo hat sich geweigert, dabei macht er nicht mit.

– Geweigert?! Viel schlimmer. Er ist kerzengerade und mit einem abwesend tuenden Heiligenantlitz durch die Straßen gegangen. Kein Blick nach rechts und links. Als lebte er in einer anderen Welt. Ganz plötzlich ist er abgebogen, mitten auf der Schildergasse. Er ist in die Antoniterkirche gegangen, als wäre das selbstverständlich und genau der Ort, den er während seiner Traumwandlerei angepeilt hat. Dort hat er uns den Schwebenden Engel gezeigt. Eine große Skulptur von Ernst Barlach. Hängt waagerecht in der Luft, an einer Kette, vollkommen ungewöhnlich. Ich bin erschrocken, als ich diese Figur sah.

– Und warum?!

– Weil ich schon beim ersten Anblick spürte, dass es eine Verbindung gab zwischen diesem Engel und Deinem Matteo. Als stünden sie in geheimem Kontakt miteinander. Und als wäre Matteo nicht zufällig in diese Kirche gegangen, sondern um genau diesem Engel zu begegnen. Als ich die beiden sah, diese schwebende, schwere, traurige Gestalt, und daneben dieser schmale, ernste und konzentrierte Mensch, kamen sie mir wie Verwandte vor.

– Und weiter?

– Ich habe sie nicht filmen können, es ging einfach nicht. In meinen Augen wäre es indiskret gewesen …

– Wie bitte?! Das kenne ich von Dir aber anders. Dass Du Filmen als indiskret empfindest, ist noch nie vorgekommen. Du würdest mit einer versteckten Kamera doch selbst in das Bett anderer Leute kriechen, um ein paar Nahaufnahmen zu bekommen.

– Ich kann es Dir auch nicht erklären. Hinzu kam, dass Matteo uns ausdrücklich gebeten hat, keine Aufnahmen zu machen. Wir sollten verschwinden, abhauen, nicht weiter stören. Er hat sich auf den Boden gesetzt und zu zeichnen begonnen.

– Und Ihr seid gegangen?

– Ich wäre gegangen, aber Harald fand das feige. Er hat Matteo gefilmt, aus einiger Entfernung zwar, aber eben doch. Wir haben eine einzige lange Aufnahme: fast zehn

Minuten. Ein Zoom auf Matteo, der unter dem Engel sitzt und zeichnet. Wir haben es uns später angeschaut. Es ist fantastisch. Wenn es nach mir ginge, würden wir die gesamten zehn Minuten zeigen. Uns fehlt nur eins.

– Und was?

– Der Ton, uns fehlt der Ton. Aber für den bist ja Du zuständig.

– Moment mal, Lin …

– Kein Moment mal, es war so vereinbart.

Mia spürt die vorherige Müdigkeit nicht mehr. Sie steht auf und geht ans Fenster. Irgendwas würde sie jetzt gerne tun, um in Ruhe zu überlegen, wie sie weiter vorgehen soll. Spülen, die Küche aufräumen, irgendwas. Die Küche ist aber längst aufgeräumt, und den Flur hat Matteo gefegt und gewischt, und dieses Zimmer hier hat er auch aufgeräumt, sogar den Schrank, in dem früher das große Chaos herrschte.

Matteo, Matteo! Überall hat er sich, ohne viele Worte zu machen, eingenistet! Wohin man schaut, trifft man auf seine Spuren. Jeden, dem er begegnet ist, hat er in seinen Bann geschlagen, selbst den spröden Harald. Fast hat man das Gefühl, nicht mehr von ihm loszukommen. Es ist wie Magie, als bände er die Menschen an sich, intensiv und indem er sie an bestimmten wunden Punkten berührt. Ihren Vater hat er in seiner Traurigkeit und seinem einsamen Dasein getroffen und mit wenigen Handgriffen und seiner freundlichen Aufmerksamkeit dieses Elend halb vertrieben. Und bei Lisa und Xenia hat er ebenfalls ihre geheimen Punkte gewittert. Mein Gott, es wird immer unheimlicher.

– Bist Du noch dran?, fragt Lin.

– Ja, sagt Mia, mir geht gerade viel durch den Kopf.

– Da geht es Dir wie mir, der Typ macht einen verrückt.

– Jetzt mal ganz in Ruhe, sagt Mia. Wie machen wir
weiter? Es läuft alles darauf hinaus, dass wir einzelne
Sequenzen drehen: im Dom, in der Antoniterkirche. Was
wäre als Nächstes dran?

– Ich habe Matteo vorgeschlagen, dass wir bei Euch
oben im Norden drehen. Den Alltag. Die Straßen. Vielleicht Eure WG. Was meinst Du?

– Und, was hat er gesagt?

– Er war einverstanden.

– Ich erwarte nicht viel davon. Er wird sich wieder ent-
ziehen und seine steinerne Miene aufsetzen. Und Schwebende Engel gibt es im Norden nicht, das kann ich Dir
garantieren.

– Wir könnten es trotzdem versuchen. Ein Experiment.
Matteo erkundet den Norden. Nippes. Die scheckige, le-
bendige Welt. Keine Heiligenfigürchen, sondern das
nackte, brutale Dasein. Schön und klar und direkt, eben:
Nippes.

– Ich überlege es mir, Lin. Lass uns morgen wieder darüber sprechen. Ich brauche eine Nacht, um wieder in
Façon zu kommen.

– In Ordnung, hört sich gut an, muss ich mir merken.
In Façon kommen. Chic.

– Jetzt hör auf und bring mich nicht noch mehr durcheinander. Gute Nacht, ich melde mich morgen im Laufe
des Vormittags.

Mia beendet das Gespräch. Sie bleibt weiter am Fenster stehen und blickt hinab auf die leere Straße. Soll sie

noch einmal hinausgehen und allein ein paar Runden durch die Umgebung drehen? Zur Beruhigung? Um einen klaren Kopf zu bekommen? Sie fragt sich, wie und wodurch Matteo es eigentlich geschafft hat, einen intensiveren Kontakt mit ihr herzustellen. Am stärksten wohl dadurch, dass er ein Stück Venedig ist. Und damit ein Stück einer schönen Vergangenheit, von der sie sich noch nicht verabschiedet und getrennt hat. Wenn sie mit ihm Italienisch spricht, ist dieses Venedig sofort wieder da. Und wenn sie zu zweit sind, ist auch eine gewisse Intimität da, als hätten sie etwas gemeinsam, das die anderen nicht haben und kennen. Das Venedig-Gefühl, das Gefühl, sich in einer Welt aufzuhalten, in der alles gestaltet und geformt ist.

Matteo, denkt sie weiter, benimmt sich hier in Köln so, als wäre er in Venedig. Er sucht das Gestaltete, Geformte, und er beginnt mit den ältesten Zeugnissen. Vielleicht ist es das, vielleicht macht das sein Geheimnis aus. Und genau dieses Verhalten erscheint allen, die ihn hier beobachten und kennenlernen, absolut fremd. Sie selbst wissen nicht, was sie mit ihrer Umgebung verbindet, sie denken darüber keinen Moment nach. Sie unterhalten sich, durchstreifen die Stadt und leben in den Tag hinein. Matteo aber wählt aus und sammelt genau jene Bestände, die ihn anziehen. Er sucht nach den Spuren, die aus Venedig nach Köln und wieder zurückführen. Magnetische Wellen, wie Lin gesagt hat! Und diese magnetischen Wellen fängt er in seinen Zeichnungen ein. Sie gehören nur ihm, keinen anderen lässt er an sie heran. Konsequent. Und genau richtig. Kein Kopieren, fotografieren, posten. Keine Anrufe und Kontakte mit der Familie, nicht einmal das. Wie hält er so etwas bloß aus?

Mia will hinaus, an die frische Luft. Sie möchte noch einmal genauer nachdenken. Legt sie sich das alles zurecht? Stimmt es auch? Und sieht sie ihn nicht zu positiv? Vor allem aber: Übersieht sie nicht die negativen Züge?

Sie will zum Schrank gehen, um sich für den Nachtgang umzukleiden, als sie Matteo unten auf der Straße erkennt. Er hat eine dunkle Kapuze übergestreift, die sie bisher noch nicht an ihm gesehen hat. Ist er es überhaupt? Ja, er ist es, aber die Kapuze bringt wieder etwas Fremdes in das Bild, das sie sich gerade von ihm gemacht hat. Heimlichtuerisch, so wirkt er jetzt. Als behielte er das Wichtigste für sich, weil es die blöden Deutschen nichts angeht. Blöde Deutsche?! Nein, unmöglich, so würde er nicht denken und reden. Würde er nicht? Woher weiß sie das so genau? Vielleicht denkt und redet er so, wenn er mit seinen Landsleuten im Ristorante zusammen ist? Ja, was ist überhaupt damit? Verkehrt er dort noch? Und wo verkehrt er sonst?!

Mia zieht sich aus und streift ein T-Shirt über. Dann legt sie sich rasch ins Bett. Sie löscht das Licht und versucht, reglos zu liegen. Dabei kribbelt es im ganzen Körper. Magnetische Wellen, diese Formulierung geht ihr nicht mehr aus dem Kopf. Warum musste Lin damit kommen? Mia schließt die Augen und hält den Atem an. Matteo öffnet gerade die Wohnungstür, sie hört, wie er den Flur betritt. Jetzt bleibt er vor der Zimmertür stehen. Er liest das Stück Papier, ihre Bitte um Ruhe. Dann hört sie nichts mehr von ihm. Ist er in die Küche geschlichen oder hat er sich in Luft aufgelöst? Das sähe ihm ähnlich. Sich in Luft aufzulösen oder sich zu verwandeln in andere Materie. Gas. Helium. Etwas in der Art. Matteo, der Flaschengeist. Matteo, der plötzlich zum Himmel aufsteigt und dort die Freundschaft mit Rainald von Dassel feierlich besiegelt. Mit Weihrauch und Engelsgesang.

Nichts von ihm ist zu hören. Was macht er nur? Sie hält die Unwissenheit nicht länger aus und steht auf. Langsam schleicht sie zur Tür und öffnet sie einen Spalt. Nichts. Wo steckt er, verdammt. Sie tastet sich im Dunklen zur Küche vor, auch da ist er nicht. Bleibt eigentlich nur noch das Bad. Sie friert und bleibt im Flur stehen. Dann öffnet sie die Tür zum Bad und sieht ihn gleich. Er liegt mit geschlossenen Augen in der Badewanne, in T-Shirt und Unterhose.

– Was machst Du denn hier?, fragt Mia.

Matteo öffnet die Augen und setzt sich auf.

– Ich wollte Dich nicht stören. Ich wollte warten, bis Du eingeschlafen bist.

Mia schüttelt den Kopf und ermuntert ihn, in ihr Zimmer zu kommen. Matteo steht auf und folgt ihr langsam. Im Zimmer zieht er sich aus und legt sich sofort in sein Bett. Es ist dunkel, nur der Schein der Straßenlaternen erhellt noch die Szene.

– Du bist sehr müde, stimmt's?, fragt Matteo.

– Es geht, antwortet Mia, wenn Du willst, können wir noch ein wenig plaudern.

– Dein Vater weiß wirklich viel. Es ist ein großes Glück, dass ich ihn getroffen habe. Niemand kennt sich besser aus.

– Im alten Köln kennt er sich aus, da hast Du recht.

– Im alten Venedig auch.

– Sag mal, telefonierst Du nicht mit zu Hause?

– Nein, das ist nicht nötig.

– Aber wieso nicht?

– Weil ich weiß, was in Venedig geschieht.

– Was soll das heißen?

– Dass ich zu jeder Stunde weiß, was zu Hause geschieht. Und dass ich in Kontakt stehe mit meiner Mutter und der Schwester.

– Also doch. Du hast Kontakt.

– Ja, ich schließe die Augen und sehe sie vor mir. Morgens, gegen sechs, wenn ich aufstehe, steht auch meine
Schwester auf. Jeden Tag beginnt sie damit, dass sie mit
einem Besen die Treppen kehrt. Ist das nicht seltsam? Sie
tut es jeden Tag. Kehren. Ganz ruhig und friedlich. Sie
braucht etwa eine halbe Stunde dafür, dann zieht sie sich
an und geht auf den Markt am Rialto. Sie kauft kaum
etwas ein, höchstens das Notwendigste für die kleinen
Mahlzeiten des Tages. Brot, ein wenig Gemüse, einen
Fisch. In unserem Haushalt wird nichts gelagert. Was wir
essen und trinken, hole ich oder holt meine Schwester
für den jeweiligen Tag vom Markt. Das kommt Dir vielleicht unpraktisch vor, und, ja, unpraktisch ist es wahrhaftig. Wir könnten auch für zwei oder drei Tage auf
Vorrat einkaufen. Tun wir aber nicht. Weil uns der Markt
am Rialto gefällt. Weil wir den frühen Morgen genießen.
Gibt es denn etwas Schöneres als den frühsten Morgen
auf dem Rialto-Markt? Gibt es in der Welt überhaupt
etwas Schöneres? Es ist immer schön dort. Wenn die
Sonne zwischen den Dächern hervorkriecht. Wenn das
Wasser sie ansaugt. Wenn die Nebel alles einhüllen und

die Stimmen leiser und verhaltener sind. Zu jeder Jahreszeit ist der Markt am Rialto der beste Einstieg in einen Tag.

Er hat ja recht, denkt Mia. Schade aber, dass ich vergessen habe, das Diktiergerät einzuschalten. Das wäre eine gute Passage für den Film gewesen. Davon brauche ich unbedingt mehr. Sie tastet im Dunkeln nach ihrem Smartphone, dann schaltet sie das Gerät ein und legt es leise neben ihr Bett.

– Das heißt, Du stehst den ganzen Tag mit Deiner Mutter und Deiner Schwester in Kontakt. Denkst Du oft an sie?

– Ja, natürlich. Ich nehme mir den Tag über immer mal wieder Zeit, an sie zu denken. Ich schließe die Augen und konzentriere mich auf die Bilder Venedigs. Wie viel Uhr ist es, was ist gerade in meinem Elternhaus los? Das ist viel intensiver und schöner als jedes Telefonat. Würde ich mit zu Hause telefonieren, würden wir uns nur erzählen, was wir sowieso schon wissen. Ich mache jetzt das Frühstück, würde meine Schwester gegen acht Uhr sagen. Und ich mache Feuer, würde meine Mutter sagen. Und was könnte ich antworten? Genau so habe ich es mir vorgestellt, würde ich sagen.

– Na gut, aber was stellen sich Deine Mutter und Deine Schwester denn vor? Sie wissen doch nicht, was Du in Köln treibst, sie kennen Köln doch nicht.

– Nein, tun sie nicht. Aber was könnte ich ihnen erzählen? Nichts, das sie länger im Kopf behalten, und nichts, das sich festsetzen würde. Nach meiner Rückkehr zeige ich ihnen meine Zeichnungen und dann erzähle ich ihnen, was ich in Köln gesehen habe.

Mia spürt, dass ihre Unruhe nicht nachlässt. Vielleicht hat sie mit dem Schwebenden Engel und der ominösen Zeichnung zu tun. Sie muss dem auf den Grund gehen.

– Sag mal, versucht sie es, Du hast von einer Zeichnung Deines Vaters erzählt, auf der Barlachs Schwebender Engel zu sehen ist.

– Nicht der Engel ist darauf zu sehen, sondern sein Kopf. Der Kopf einer Frau. Der Kopf von Käthe Kollwitz, wie ich jetzt weiß. Aber ich weiß eben noch mehr.

– Was weißt Du noch?

– Es ist nicht nur der Kopf von Käthe Kollwitz, sondern auch der meiner Mutter.

– Wie bitte?

– Der Kopf von Käthe Kollwitz und der Kopf meiner Mutter ähneln sich sehr. Früher, in Venedig, habe ich nur gedacht, das ist der Kopf meiner Mutter. Mein Vater hat meine Mutter gezeichnet. Wahrscheinlich hat er genau das getan. Vielleicht wusste er aber auch, dass Barlach den Kopf von Käthe Kollwitz gezeichnet hat.

– Ja, was nun?! Glaubst Du, dass Dein Vater den Schwebenden Engel von Barlach gekannt hat?

– Natürlich. Der Kopf von Käthe Kollwitz hat Züge des Nordens. Und der Kopf meiner Mutter eher Züge des Südens. Vielleicht hat mein Vater den Norden in einen Süden verwandelt, das könnte sein.

– Und was willst Du als Nächstes tun, um mehr Licht in die Sache zu bekommen?

– Vorerst nichts Bestimmtes. Irgendwann werde ich auf eine Person oder Figur stoßen, die mir hilft.

Jetzt weiß ich zwar etwas mehr, denkt Mia, ruhiger bin ich deshalb aber nicht geworden. Ich muss weiterfragen.

– Noch was. Wie bist Du mit Lin und Harald verblieben? Habt Ihr Euch verabredet, um weitere Aufnahmen zu machen?

– Lin möchte hier im Norden drehen, aber das wird mir nicht sehr gefallen. Wir können es versuchen, das schon, vielleicht fällt uns aber noch etwas Besseres ein.

– Du meinst, wir sollten Dich zunächst einmal in Ruhe lassen?

– Ja, das wäre schön. Ich möchte erst einmal meine eigenen Wege gehen. Allein. Ohne Begleitung. Verstehst Du?

– Ich verstehe genau, lieber Matteo. Und ich werde Lin und Harald sagen, dass wir abwarten, bis Du uns ein Zeichen gibst.

– Danke, sagt Matteo, und Mia hört, dass er die Bettdecke höherzieht, wie er es immer macht, wenn er schlafen will.

Bitte, bitte, gern geschehen. Ganz nach Ihren Wünschen, der Herr. Wie Sie es anordnen und wie Sie befehlen, denkt Mia und beißt sich auf die Unterlippe. Sie schaltet das Diktiergerät aus und schließt die Augen.

– Schlaf gut, Matteo, sagt sie.

– Gute Nacht, antwortet er.

Wenn nur die Unruhe nicht wäre, denkt Mia. Wie soll ich schlafen? Am liebsten wäre es mir, wenn er sich zu mir legte. Nein, kein Sex. Ich würde ihn gerne berühren, um mich zu vergewissern, dass er nicht aus Gas oder Helium ist. Und ich würde mir wünschen, dass ich meinen Kopf auf seine Schulter legen darf. Er könnte mir vom Rialto erzählen und was dort vom frühen Morgen bis zum Mittag geschieht. Und ich würde gestehen, dass ich mir nichts so sehr wünsche, wie mit ihm einige Zeit in seinem Elternhaus zu verbringen. Ich würde auch gegen sechs aufstehen, ich würde mit ihm oder seiner Schwester auf den Markt gehen, und ich würde im Kreis seiner Familie … Stopp!

Sie richtet sich erschrocken auf. Jetzt ist es heraus. Jetzt ist sie an dem Punkt angekommen, auf den sie sich schon die letzten Tage hin zubewegt hat. Die Anwesenheit Matteos in Köln hat zur Folge, dass sie sich immer mehr nach Venedig zurücksehnt. Nicht danach, wieder mit den alten Cliquen durch die Stadt zu ziehen. Und erst recht nicht danach, dort in einer WG mit zwei oder drei anderen Studentinnen zu leben. Nein, das alles nicht. Sie sehnt sich nach Venedig zurück, um mit Matteo zu leben. Und das bedeutet? Und das be-deu-tet …, bitte, was?!

Sie sitzt aufrecht in ihrem Bett, als er leise zu sprechen beginnt. Langsam lehnt sie ihren Körper wieder zurück und lässt ihn fallen. Die Stille. Das Licht der Straßenlaternen. Matteo flüstert. Schläft er schon? Redet er jetzt im Schlaf? Es hört sich so an:

– Die Scharen der Engel. Ich habe mich immer mit ihnen beschäftigt. Viele denken, Engel seien alle gleich, aber das stimmt nicht. Sie sind sehr verschieden. Es gibt die fleißigen, frommen, kleinen, die auf dem Bild von Stefan Lochner den grünen Vorhang mit den vielen Vögeln hinter der Maria halten. Und es gibt die koketten, selbstbewussten und streitsüchtigen wie in der Scuola dei Carmini in Venedig. Ich verstehe etwas von Engeln, ich kenne viele genau. Aber so einen wie den von Ernst Barlach habe ich noch nie gesehen. Eine so große, re-

– 233 –

gungslos schwebende Gestalt! Eine Skulptur im weiten Raum, die man berühren und umgehen kann! Vielleicht ist dieser Engel meinem Vater erschienen. Auch Vater hat sich viel mit Engeln beschäftigt. Ich vermute, er hat den Engel gezeichnet, als er Mutter kennenlernte. Mutter kam vom Festland, und Vater hat sie auf die Inseln Venedigs geholt. Es mag ihm so vorgekommen sein, als käme sie zu ihm geflogen. Von weit her, still und streng. Mit weiten geöffneten Augen, voller Hoffnung und Neugier. Es gibt die eingesessenen Venezianer, und es gibt die Menschen vom Festland, die von den eingesessenen Venezianern angelockt werden, für immer auf die Inseln zu kommen. Wer angelockt wird, verlässt die Inseln nie wieder. Er wird venezianisch getauft und bleibt. Langsam vergisst er die Welt, in der er zuvor gelebt hat. Nach einer Weile ist das Heimweh verschwunden. Er hört auf das Wasser in den Kanälen, er folgt dem Tempo der Ruderschläge, und er sitzt während der Sonnentage spätabends hoch oben auf den Altanen. Der Blick über die Dächer. Das schwere Blau, das sich in die Kanäle ergießt. Die leiser werdenden Stimmen …

Mia hat sich wieder aufgerichtet. Verdammt, sie hat das Diktiergerät zu früh ausgeschaltet. Jetzt schläft er tief. Aber – was hat er gesagt? Wovon hat er gesprochen? Von den Engeln Venedigs? Von seiner Mutter? Von der venezianischen Taufe? Sie bekommt Matteos Text nicht mehr zusammen, es ging alles zu schnell. Ihr friert. Und sie denkt: Was hat dieser Mensch mit mir vor?!

26

Am nächsten Morgen ist Matteo noch früher auf als sonst. Er hat viel geträumt, aber er kann sich nicht mehr an die Traumbilder erinnern. Irgendwas ist in ihm stark in Bewegung und treibt auf eine Engführung zu. Es ist, als habe er bereits einen Schlüssel zu den Rätseln der letzten Tage in der Hand, sei aber noch nicht fähig, ihn einzusetzen. Wie passen die Personen und Ereignisse hier in Köln zusammen? Er hat das Gefühl, es handle sich um ein Puzzle, zu dem nur noch die letzten Teile fehlen.

Als er in der Küche ein Glas Wasser trinkt, taucht plötzlich Lisa in einem dunkelblauen Morgenmantel auf. Sie wirkt noch verträumt und erzählt, dass sie sich eine Woche freigenommen habe. Ob er sich noch an sein Versprechen, sie zu porträtieren, erinnere? Natürlich erinnert er sich daran. Sie fragt, wann er Zeit habe, an dem Porträt zu arbeiten. Und er antwortet, dass er das Porträt am Nachmittag anfertigen könne. Sie müsse sich allerdings ein paar Stunden Zeit nehmen.

Lisa ist die Freude über Matteos Zusage anzumerken. Sie umarmt ihn, Kuss links, Kuss rechts, dann verabreden sie eine Uhrzeit. Matteo nickt, er wird noch einige zusätzliche Zeichenmaterialien beschaffen, am späten

– 235 –

Nachmittag wird er Lisa porträtieren. Als er im Flur steht und hinüber ins Café gehen will, begegnet er Xenia.

– Ich bin zu spät dran, sagt sie, ich habe sehr schlecht geschlafen.

Die beiden verlassen zusammen das Haus, überqueren die Straße und nehmen im noch leeren Café ihre Arbeit auf. Keine Worte, beide wissen längst, was sie zu tun haben. Ein Fremder könnte meinen, sie seien ein eingespieltes Paar, das dieses Café seit langer Zeit zusammen führt. Als die Tische gewischt sind und der Boden gefegt, die Brötchen belegt und der Kaffee gekocht, sitzen sie zu zweit an einem Tisch und frühstücken.

– Soll ich mal ehrlich sein?, fragt Xenia.

Matteo schaut sie an und zuckt kurz mit den Schultern.

– Okay, sagt Xenia, ich bin jetzt mal ehrlich. Ich habe mich schon sehr an Dich gewöhnt. Als wärst Du bereits lange in Köln. Jeden Morgen freue ich mich drauf, mit Dir den Laden hier zu öffnen. In meinen Augen passen wir gut zusammen. Von einem Partner wie Dir habe ich eigentlich immer geträumt.

Matteo schaut sie weiter an, als forschte er nach, ob er ihre Sätze ernst nehmen soll.

– Was heißt »eigentlich«?, fragt er schließlich.

– »Eigentlich« heißt: Ohne es genau zu wissen. Ich habe mich nach einem Partner wie Dir gesehnt, ohne mir das einzugestehen. Im Grunde bin ich es satt, dieses Café weiter allein zu führen. Ich brauche eine Veränderung, etwas Starkes für die Zukunft. Einen Schritt, durch den sich die Tore öffnen. Du verstehst?

Ja, Matteo versteht. Was aber meint sie genau? Und von welchen Toren ist hier die Rede?

– Ein Schritt in die Zukunft wäre es, erklärt Xenia, wenn ich dieses Café übernähme. Ich möchte es dem Besitzer abkaufen, ich habe keine Lust mehr, für die guten Einnahmen anderer Leute zehn Stunden am Tag zu arbeiten. Und ich glaube, ich bekäme es hin. Allerdings nicht allein, ich bräuchte eine zuverlässige Partnerin oder einen zuverlässigen Partner. Und genau den habe ich jetzt gefunden. In Dir, Matteo, und in niemand anderem. Jetzt sag was dazu und starr mich nicht so an!

Matteo aber blickt weiter ernst und trinkt einen Schluck deutschen Filterkaffee. Xenia glaubt zu sehen, dass er sich eine Antwort zurechtzulegen versucht. Etwas Ausweichendes oder Vorbehalte.

– Hey, sagt sie, ich habe Dich um eine Reaktion gebeten. Ist das zu viel verlangt? Sag nein, sag na ja, sag ja – aber sag bitte etwas!

– Ich habe kaum Geld, Xenia, antwortet Matteo, ich kann Dir nicht helfen.

– Es geht nicht um das Geld, sagt sie.

– Ich finde, es geht auch um Geld. Wenn wir das Café zusammen übernehmen, sollte ich Geld mit einbringen. Du kannst das nicht allein hinbekommen, während ich nur die Hilfskraft bin. Und wie genau stellst Du Dir das eigentlich vor? Ich habe nicht nur kein Geld, ich habe auch keine Wohnung, ich besitze nichts, ich bin ein Fremder, der erst seit wenigen Tagen hier ist.

– Wir würden uns eine kleine Wohnung suchen, antwortet Xenia.

– Eine Wohnung?! Für uns beide, meinst Du?

– Ja, für uns beide. Kannst Du Dir nicht vorstellen, mit mir zusammenzuleben?

– Mit Dir zusammen?!

– Ja, mein Gott! Bin ich ein Monstrum oder ein Ekel? Es gibt viele Männer, denen ich sehr gefalle. Das kann ich Dir sagen, obwohl Du es wahrscheinlich nicht glaubst.

– Aber ich glaube es sofort.

– Aha. Nett von Dir. Aber Dir gefalle ich nicht – das willst Du sagen, stimmt's?

– Nein, will ich nicht. Du gefällst mir. Aber wir müssen uns noch mehr aneinander gewöhnen. Von heute auf morgen zusammenzuleben, das geht mir zu schnell.

– Finde ich nicht. Ich hasse langes Nachdenken und das ewige Hin und Her. Ich würde sofort mit dir zusammenziehen. Was ja nicht bedeutet, dass wir gleich Kinder zeugen oder jede Nacht heißen Sex haben müssen. Nee, das bedeutet es nicht. Vorerst. Mal sehen. Wie auch immer. Herrje, Du bringst mich ganz durcheinander.

Matteo sieht, dass sie sich mit der rechten Hand kurz über die Augen wischt. Sie wirkt übermüdet und nervös, wahrscheinlich hat sie sich die halbe Nacht mit diesem Geständnis beschäftigt. Er weiß nicht, wie er darauf reagieren soll, und sie nimmt ihm eine weitere Antwort ab, indem sie aufsteht und zurück in die Küche geht.

Mit Xenia zusammenleben? In einer gemeinsamen Wohnung? Mit ihr dieses Café umgestalten und ihm eine venezianische Note verleihen? Ist es das? Ist er deshalb nach Köln gekommen? Die Fragen schwirren ihm durch den Kopf, aber er weiß nicht weiter. Das Angebot ist typisch für Xenia. Sie grübelt nicht lange, und sie sagt auch offener als andere, was sie bewegt. Ist sie in ihn verliebt? Das muss nicht sein, sie hält ihn vielleicht nur für einen guten Partner. Für jemanden, mit dem man umgehen kann. Alles Weitere wird sich ergeben – oder auch nicht. Dann löst man die Verbindung wieder, und ein anderer Typ zieht in ihre Wohnung.

Matteo steht auf und geht ebenfalls in die Küche. Er stellt sein Geschirr ab und bleibt neben Xenia stehen.

– Ich überlege mir das, sagt er, es ist gut, dass Du mir von Deinen Ideen und Träumen erzählt hast.

Xenia lacht laut auf.

– Ideen und Träume! Darum geht es nicht, lieber Matteo. Ich liebe etwas Handfestes, Klares, Kompromissloses. Ich träume nicht, und ich bin auch nicht besonders ideenreich. Ich sehe das Ziel vielmehr vor mir, nur ein paar Schritte entfernt. Aber ich mache es nicht allein, das nicht. Ich brauche Unterstützung und eine zweite Person, die an dem Projekt genauso viel Gefallen hat wie ich selbst.

– Ich überlege es mir, sagt Matteo ein zweites Mal.

– Okay, dann überlege und überlege und überlege … Ich warte aber nicht lange, ich habe nicht viel Geduld. Los, jetzt mach Dich auf den Weg und lass es Dir durch den Kopf gehen.

Sie schaut ihn an, er steht etwas hilflos vor ihr und starrt auf das abgestellte Geschirr. Manchmal hat er etwas abscheulich Rührendes, nicht zu fassen.

– Komm, sagt Xenia, gib mir einen Kuss. Und dann machst Du Dich auf den Weg.

Sie zieht ihn an sich heran und küsst ihn auf den Mund. Er erwidert diesen Kuss vorsichtig, dann stößt sie ihn von sich fort und lacht wieder laut.

– Das Küssen müssen wir aber noch üben, mein Lieber, sagt sie.

Endlich lacht auch er, dann geht er zurück ins Café, greift nach seinem Mantel und verschwindet im Freien.

Was ist nur los? Lisa will porträtiert werden, und Xenia will mit ihm zusammenziehen. Beide haben sie etwas mit ihm vor, an das er bei seiner Ankunft in Köln niemals gedacht hätte. Wäre es richtig gewesen, Xenia gegenüber mehr Freude und Bereitschaft zu zeigen? Und ist dieses Porträt wirklich ein guter Einfall? Eigentlich mag er doch keine Porträts. Und wer weiß, was sich noch ergibt?

Hier in Köln hat alles gleich Folgen. Lebt er überhaupt noch allein? Drei Freundinnen kümmern sich um ihn. Und aus der Ferne beobachtet ihn ein Kamerateam, während in einer großen Wohnung ganz in der Nähe ein alter Mann auf seinen Besuch wartet.

Er nimmt die U-Bahn und überlegt. So geht es nicht weiter. Aber wie? Vielleicht tut es ihm gut, sich mit den Landsleuten zu unterhalten. Ja, das könnte ihm weiterhelfen, auch wenn er seine Probleme mit ihnen nicht besprechen kann oder will.

Als er das Ristorante betritt, sind die jungen Kellner gleich wieder bei ihm. Sie führen ihn zu dem Tisch, an dem sie sich versammeln, um vor der Ankunft der Gäste gemeinsam zu essen. Hat er Hunger? Vielleicht eine Hühnersuppe? Nein, er hat keinen Hunger. Ein Glas Wein? Auch nicht. Aber was dann? Etwas Fisch, wenn es frischen Fisch gibt. Natürlich gibt es den: eine Orata oder kleine Seezungen? Gegen Mittag werden sie ihm das servieren. Und: Nein, er braucht nicht zu zahlen, der Besitzer spendiert es. Es gibt sogar Arbeit: am Wochenende, wenn ein bekannter Stadtpatron im Ristorante seinen siebzigsten Geburtstag feiert. Dann könnte er in der Küche aushelfen. Einverstanden? Ja, einverstanden. Matteo bedankt sich und atmet durch. Er wird etwas Geld verdienen, das ist wichtig, denn er möchte nicht nur von dem Geld der anderen leben.

Bevor gemeinsam gegessen wird, plaudert er mit den jungen Kellnern. Sie ziehen ihn wieder auf. Was mit seinen drei Frauen sei? Ob er schon eine ausgewählt habe? Oder ob er gleich mit allen dreien ... – na, er wisse schon was. Sie lachen und steigern sich in einen kleinen Rausch: Drei Frauen oder eine, alle drei zusammen, oder eine nach der andern? Morgens eine, mittags die zweite, abends die dritte? Und nachts wieder alle drei, zusammen?

Einer von ihnen spürt gerade noch rechtzeitig, dass es Matteo zu viel wird. Er lenkt die anderen ab und macht ein paar beschwichtigende Zeichen: Nicht so heftig, Jungs, jetzt beruhigt Euch. Und als wollte er alles in vernünftigere Bahnen lenken, fragt er:

– Du bist auf Brautschau, was?!

Matteo schüttelt den Kopf und lächelt verkrampft.

– Aber ja, Du bist auf Brautwerbung. Eine von den dreien wirst Du auswählen, und dann wirst Du sie nach Venedig heimführen. Wenn alles passt.

Matteo starrt abwesend vor sich hin. Dann sagt er leise:

– Was sollte denn passen? Was meinst Du?

– Deine Familie muss einverstanden sein – und die Familie Deiner Braut auch. So heiratet man in Venedig.

Nach altem Ritus, verstehst Du? Keine Heirat ohne die Einwilligung der beiden Familien, sonst wird es nichts, sonst kannst Du Deine Braut gleich online ausgucken und mit ihr ein Leben im Nirgendwo führen. Nicht in Venedig, nicht in Köln, sondern im Nirgendwo: auf den Balearen, auf den Kanarischen Inseln, dort, wo es online die besten Angebote für junge Paare gibt.

Matteo fühlt sich nicht wohl. Er möchte das alles nicht hören, es setzt ihm zu. Er bittet um ein Glas Leitungswasser, und als sie ihm eine Flasche Mineralwasser mit einem leeren Glas hinstellen, nimmt er trotzig das Glas und verschwindet damit in der Küche. Um es mit Leitungswasser zu füllen. Um einen Moment Ruhe zu haben. Um ihnen zu zeigen, dass er nicht alles mit sich machen lässt. Hätte er gewusst, wie sie sich aufführen und was für einen Unsinn sie reden, wäre er nicht hierhergekommen. Sollten sie damit weitermachen, wird er am Wochenende nicht mehr erscheinen. Arbeit wird er auch anderswo finden. Hoffentlich.

Als er zurückkommt, haben sie sich etwas beruhigt. Anscheinend hat der Anführer auf sie eingeredet. Matteo setzt sich wieder auf seinen Platz und versucht, gleichgültig zu wirken.

– Ich wette, Du hast noch nie an Heirat gedacht, sagt der Anführer.

– Nein, antwortet Matteo, noch nie. Warum sollte ich daran denken?

– Eine Gelegenheit zu heiraten ergibt sich nicht von allein. Es ist eine schwierige Sache. Viele junge Männer heiraten heutzutage überhaupt nicht mehr, oder sie heiraten zum falschen Zeitpunkt. Wenn sie zu alt sind. Oder weil sie ein Mädchen einfach nicht loswerden. Bist Du mit einer ein paar Jahre zusammen, musst Du sie heiraten. Alles andere gehört sich nicht, verstehst Du?

– Wie gesagt, antwortet Matteo, ich habe mir darüber noch keine Gedanken gemacht.

– Solltest Du aber, sagt sein Gegenüber. Solltest Du bald. Entscheide Dich für eine von den dreien, mach ihr den Hof, wirb um sie, gib Dir Mühe – und dann führst Du sie heim. Vorher hast Du das Einverständnis ihrer Familie eingeholt, und in Venedig holst Du das Einverständnis *Deiner* Familie ein. Du musst es richtig machen, wie es sich gehört, nach altem Ritus: Brautschau, Brautwerbung und Heimführung. Das sind die drei Gebote, und da hältst Du Dich dran, hast Du verstanden?

Matteo spürt etwas Rabiates und Definitives in den Worten des kleinen Anführers. Was hat er bloß? Er misst höchstens ein Meter sechzig, aber er dirigiert mit den Händen, als hätte er über das Leben anderer Leute zu entscheiden. Als stünde es unter seiner Obhut. Und als würde er im Fall des Ungehorsams seine Truppen aussenden, um die Befehlsverweigerung zu bestrafen.

– Sag: Ich habe verstanden, macht der kleine Anführer weiter.

Matteo leert sein Glas und schaut ihn an. Die anderen Kellner am Tisch sind plötzlich ganz still. Es ist, als beobachteten sie ein Duell.

– Sag: Verstanden!

– Ich habe gehört, was Du gesagt hast, antwortet Matteo. Im Augenblick habe ich nicht vor zu heiraten. Ich hoffe, Du verstehst das endlich.

– Na sowas, antwortet der Anführer. Du kommst hier

ohne einen Cent rein und reißt die Klappe auf. Du tust, als könntest Du meine Empfehlungen überhören. Das habe ich gar nicht gern. Und das hat in den meisten Fällen auch Folgen. Kapiert?!

– Du bist nicht gut drauf, sagt Matteo. Und rede nicht weiter so mit mir. Für diesen Befehlston gibt es nicht den geringsten Grund.

– Gibt es nicht?, sagt der kleine Anführer laut und steht auf.

Zum Glück kommt in diesem Moment der Besitzer des Ristorante aus der Küche.

– Na, sagt er, habt Ihr Spaß?

– Ja, antwortet der kleine Anführer, der Typ hier macht richtig Spaß.

– Los, Leute, geht in die Küche und macht Euch nützlich, sagt der Besitzer.

Wenigstens einer, der vernünftig redet, denkt Matteo. Den kleinen Anführer hatte anscheinend der Furor gepackt. Vielleicht will er unbedingt heiraten. Oder er war verheiratet und ist geschieden. Oder er muss heiraten und stemmt sich noch dagegen. Das Thema beschäftigt ihn jedenfalls, mehr als es normal wäre.

Der Besitzer setzt sich zu ihm an den Tisch und unterhält sich eine Weile mit ihm. Sie sprechen über Venedig, der Besitzer verfolgt täglich, was es im Süden Neues gibt. Matteo hört zu, aber er ist nicht sehr konzentriert. Die Worte des kleinen Anführers beschäftigen ihn weiter. Wie konnte er nur so aggressiv aus der Haut fahren?

Schließlich macht er sich auf den Weg zur Toilette, um einen Moment Ruhe zu haben. Dorthin geht es durch einen schmalen dunklen Flur und dann einige Treppen hinab. An den Wänden rechts und links hängen Schwarz-Weiß-Fotografien. Matteo bleibt stehen und schaut sie sich an: Das zerstörte Köln. Der schwarze Dom wie eine Reliquie inmitten einer Welt, die nur noch aus Trümmern besteht. Die Rheinbrücken zusammengebrochen. Keine Menschen.

Matteo bleibt stehen. Ihn friert. Solche Fotos hat er noch nie gesehen. Ist das überhaupt Köln? Oder sind das Szenen eines apokalyptischen Films? Er spürt den Schweiß auf seiner Stirn, das Unwohlsein verstärkt sich. Und dazu glaubt er im Hinterkopf weiter die raue Stimme des kleinen Anführers zu hören: Verstanden?! Halt die Klappe! Sag was!

– Nein, sagt Matteo, neinnein. Das gibt es doch nicht. Das alles muss renoviert werden. Aber man wird es nie schaffen. Niemals. So viele Restaurateure kann man gar nicht aufbieten.

Er stolpert die Treppe herunter zur Toilette und wäscht sich mit kaltem Wasser durchs Gesicht. Sein Atem geht schnell, er hält es in diesem Ristorante nicht länger aus. Es ist, als wäre er in die Hölle geraten. Und als hätten sich die jungen Kellner unter Leitung ihres Anführers in lauter kleine Teufel verwandelt. Längst hat er keinen Appetit mehr, nein, er wird auf keinen Fall bleiben. Und er wird auch nicht am Wochenende kommen. Nie mehr wird er dieses Ristorante betreten.

Er geht durch den dunklen Flur zurück und bleibt vor der letzten Schwarz-Weiß-Fotografie stehen. Sie zeigt die Gestalt einer Madonnenfigur, die mit dem Jesuskind allein auf einem Sockel inmitten der Trümmer steht. Fast unversehrt. Bis auf das Jesuskind, dem der Kopf fehlt.

– 245 –

Matteo geht nahe heran und schaut ein zweites Mal hin. Es stimmt, dem Jesuskind fehlt der Kopf. Anscheinend hat ein Geschoss ihn getroffen und sofort zerschmettert. Die Madonna steht mit dem Leichnam auf dem Arm da wie eine unwirkliche Erscheinung. Sie ist am Kopf verletzt und hat die Augen nur einen kleinen Spalt geöffnet. Die langen Haare sind schön gewellt, sie trägt ein kostbares Gewand.

Matteo kann nicht länger hinschauen. Er erträgt den Blick der Madonna nicht. Es sieht so aus, als hielte sie die Tränen nur mit äußerster Selbstbeherrschung zurück. Was ist das für eine Madonna? Und wo wurde diese Aufnahme gemacht? Er kann sich nicht von der Fotografie lösen. Diese junge, schöne Frau – und der Leichnam des Kindes, den sie fest mit der rechten Hand hält.

Plötzlich öffnet sich die Tür zum Gang, und der Besitzer des Ristorante erscheint. Er bleibt neben Matteo stehen und schaut ihn von der Seite her an:

– Ah, hier bist Du! Du schaust Dir die Fotos an! Die meisten Gäste gehen daran vorbei. Sie mögen die Fotos nicht. Hast Du schon mal solche gesehen? Fotos vom zerstörten Köln?

– Nein, antwortet Matteo. Das ist furchtbar. Es tut mir weh, diese Fotos zu sehen. Besonders das hier, die Madonna. Was ist mit ihr?

– Das ist die Madonna in den Trümmern. Alles um sie herum wurde zerstört, sie ist als Einzige übrig geblieben.

– Dem Jesuskind fehlt der Kopf, sagt Matteo.

– Inzwischen nicht mehr, antwortet der Besitzer. Das Jesuskind hat seinen Kopf längst wieder erhalten. Die Figuren wurden tadellos restauriert.

– Und wo finde ich sie?, fragt Matteo.

Der Besitzer geht zurück mit ihm an den Tisch. Er holt einen Stadtplan und zeigt ihm, wo sich die Madonna in den Trümmern heute befindet.

– Es ist nicht weit von hier, sagt er, nach dem Essen kannst Du sie besuchen. Zehn Minuten, mehr brauchst Du nicht.

– Ich esse nicht hier, antwortet Matteo, ich habe zu tun. Vielen Dank für Ihre Hilfe. Die Jungs sind übrigens gar nicht gut drauf. Aber egal, das kommt immer mal vor.

– Was war mit den Jungs?, fragt der Besitzer.

– Sie sind ein bisschen überdreht, antwortet Matteo.

Er gibt dem Besitzer die Hand und verabschiedet sich. Dann macht er sich auf den Weg in Richtung Dom. Er möchte die Madonna in den Trümmern sehen und zeichnen. Mit dem Jesuskind, das anscheinend gerettet und sogar geheilt wurde.

Als er im Freien ist, wird ihm plötzlich so übel, wie es lange nicht vorgekommen ist. Er bleibt stehen, sein Herz rast. Er spuckt mehrmals aus, irgendetwas Bitteres hat sich in seinem Mund festgesetzt. Er spürt einen leichten Schwindel, dann schlägt er auf den Boden. Er krümmt sich zusammen, als hätte man ihn geschlagen.

Von gegenüber kommen ein paar Passanten gelaufen, um ihm zu helfen. Er richtet sich wieder auf und bleibt sitzen. Die Passanten fragen, ob sie einen Arzt holen sollen. Matteo bittet um ein Glas Wasser und versucht, sich zu beruhigen. Es war alles zu viel. Die Attacken der jungen Kellner. Und, noch schlimmer: die Schwarz-Weiß-Fotografien in der Dunkelheit des Gangs. Wie Szenen

– 247 –

eines Films, der ihn plötzlich in seine Handlung hinein-
zog. Als wäre er, Matteo, eine Figur mitten in diesem
unglaublichen Elend. Ein schwarz gekleideter, junger
Mann, der sich auf den Weg macht, zu retten, was zu
retten ist. Wie zum Beispiel das Jesuskind. Und die Madonna, die ebenfalls dringend der Hilfe bedarf.

Als er ohnmächtig wird, stützt ihn ein Passant von
hinten. Es ist dunkel, er hört höhnisches, lautes Geläch-
ter. Gleich werden sie ihn schlagen und ihm die Kleider
vom Leib reißen. Er hustet und wacht wieder auf. Jemand reicht ihm ein Glas Wasser.

– Sollen wir den Notarzt rufen?, fragt ein anderer.

Matteo antwortet nicht. Er hat das Gefühl, für kurze
Zeit anderswo gewesen zu sein. In der Welt der Trümmer.
Schwarz-weiß. Kein Mensch war mit ihm unterwegs. Er
war allein, und er hatte den Auftrag, die Welt zu restaurieren.

– Verstehen Sie uns?, wird er gefragt.

Er antwortet noch immer nicht.

– Sollen wir einen Notarzt holen?, hört er ein zweites
Mal.

Er versteht nicht, was sie von ihm wollen. Er trinkt
das Glas Wasser leer und wischt den Dreck von seinem
Mantel. Ein Kreis von Passanten umgibt und beobachtet
ihn.

– Wieder alles in Ordnung?, fragt jemand.

Matteo schluckt, der bittere Geschmack ist verschwunden.

– Sono veneziano, antwortet er, voglio vedere la mia
famiglia.

– Was sagt er?, fragt jemand.

– Er ist Venezianer und möchte zu seiner Familie, antwortet ein anderer.

Matteo steht auf und macht eine kleine Verbeugung. Dann sagt er auf Deutsch:

– Vielen Dank für die Hilfe. Meine Familie …, sie wartet auf mich.

Er löst sich aus dem Pulk der Passanten. Sie schauen ihm hinterher, als er weiter in Richtung Dom geht.

– Ist mit dem alles in Ordnung?, fragt jemand.

– Nein, antwortet ein anderer, mit dem stimmt etwas nicht.

– Sollen wir nicht doch einen Arzt rufen?

Die Passanten bleiben stehen und diskutieren weiter. Erst langsam löst sich die kleine Versammlung auf. Matteo ist längst verschwunden und nähert sich ohne Umwege der Marienkapelle, in der die Madonna in den Trümmern steht. Ich bin unterwegs, denkt er. Keine Sorge. Ich bin gleich da. Dann werde ich tun, was immer in meinen Kräften liegt. Das Schlimmste ist überstanden. Meine Familie hält zu mir. Auf sie ist in allen Lebenslagen Verlass.

27

Als er die kleine Kapelle betritt, blickt er nach rechts und erkennt sie sofort. Hinter den einfachen Kirchenbänken führen drei Stufen zu einem schlichten, kleinen Altar. Und dahinter, an der Wand der Apsis, ist ihr Platz.

Er kniet sich in eine der leeren Bänke und schaut sie an. Sie ist unverwundet und wirkt in diesem stillen Raum so gelassen und ruhig, als hätte sie mit großer Kraft allen Teufeln getrotzt. Sie birgt das Jesuskind in der rechten Hand, wie einen Schatz, den sie aus den Trümmern gezogen und gerettet hat. Es hat winzige Locken und lächelt sogar ein wenig.

Als er die Madonna länger anschaut, kommen ihm die Tränen. Sie sieht wahrhaftig so aus, als hätte sie das Schlimmste überstanden und so etwas wie einen Frieden gefunden. Ein Rest des schweren Kummers steckt noch in ihrem Blick, der nichts fixiert, sondern über das Nächste hinwegschaut. Als wäre es nicht mehr vorhanden. Oder als ertrüge sie es nicht mehr.

Er wagt es nicht, sie durch das Fernglas zu betrachten. Nein, so nahe möchte er ihr nicht kommen. Allein mit dem Kind steht sie nur wenige Meter entfernt wie in einer Klause. Er lässt den Kopf sinken und blickt auf den Boden. Dann schließt er die Augen und betet. Gegrüßet seist Du, Maria, voll der Gnade. Der Herr ist mit Dir.

Er grüßt sie, ja doch, er wagt es. Seit seinen Kindheitstagen hat er so mit ihr gesprochen. Sie gegrüßt, sie angesprochen, so, wie sie der Herrgott gegrüßt und angesprochen hat. Er hat seinen schönsten Engel geschickt und um sie geworben. Der Herrgott ist auf Brautschau und Brautwerbung gegangen, denn er hatte genau sie ausgesucht unter den vielen auf dieser Erde. Sie sollte seine Braut werden, und so hat er um ihr Einverständnis gebeten und ihr erklärt, was er mit ihr vorhat.

Wenn es einem schwerfällt, zu Gott oder zum Heiland zu beten, ist sie zur Stelle. Man kann ihr alles sagen und mit ihr sprechen, man kann sich mit ihr beraten. Sie ist geduldig und klug, sie lässt einen ausreden, und dann schickt sie einem die richtigen, guten Gedanken. Nicht immer sofort und nicht immer alle auf einmal. Aber sie lässt einen nie im Stich. Denn sie weiß, wie schwer es ist, im Leben dem eigenen Fühlen und Denken zu folgen.

Auch sie selbst hatte es damit nicht leicht. Gott und der Heiland haben ihre Fragen nicht immer beantwortet, deshalb musste sie eigene Wege finden. Voller Vertrauen. Ohne zu murren und ohne sich aufzulehnen, wenn sie nicht weiterwusste. Das Schlimmste hat man ihr zugemutet, den Tod des eigenen Sohnes. Sie hat ihn mit ansehen müssen, und niemand konnte sie danach trösten. So hat sie ihren ganz eigenen Weg und Platz finden müssen. Den der stummen Dulderin. Den der Zuhörerin. Den der Mittlerin. Matteo blickt wieder auf und schaut sie erneut an.

– 251 –

Gegrüßet seist Du, Maria, voll der Gnade. Der Herr ist mit Dir. Er braucht jetzt ihre Hilfe, denn er weiß nicht mehr weiter. Warum genau ist er in Köln? Wohin führen hier seine Wege? Was hat Gott mit ihm vor?

Seit dem Tod seines Vaters hat ihn eine große Unruhe befallen. Er hat seinen Mentor und besten Freund verloren, und er hat jetzt für seine Mutter und die Schwester zu sorgen. Der kleine Palazzo muss dringend restauriert werden, und er selbst sollte nicht länger in einer unwürdigen Anstellung arbeiten, sondern sein eigenes Geschäft eröffnen und sich selbständig machen.

Er hat sich Mühe gegeben, Mutter und Schwester zu helfen, aber er hat den richtigen Schwung hin zur Selbständigkeit noch nicht aufbringen können. Vaters Tod hat ihn zu sehr bedrückt und gefangen gehalten, und mit der Zeit hat sich eine Lethargie eingeschlichen, die ihm nicht gutgetan hat. Seine Mutter hat das bemerkt, vielleicht hat sie ihn deshalb mit Nachdruck aufgefordert, ins Ausland zu reisen. Damit er dort auf andere Gedanken kommt. Und um Menschen zu treffen, die anders sind als seine venezianischen Gefährten.

Er wäre aber nie ins Ausland gereist, wenn er Mia nicht kennengelernt hätte. Er war nicht mit ihr befreundet, aber sie hat ihm gefallen. In Venedig hat er sie aus der Ferne beobachtet und nicht gewagt, sich ihr zu nähern. Als sie ihn (wie viele andere) eingeladen hat, nach Köln zu kommen, hat er diese Einladung (als Einziger von allen) ernst genommen. Als wäre es nicht nur um ihre Einladung gegangen, sondern als hätte ihm jemand ein Zeichen gegeben: Fahr nach Norden, verlass Venedig, folge dem Stern!

Mia, der Stern, ja, so hat er es empfunden. Und hier in Köln weitete sich diese Geschichte. Als wäre er ein Pilger, der im Dom ein Ziel und viele Vertraute gefunden hat. Allen voran die Gottesmutter, dann die drei Könige, Rainald von Dassel, die Stadtpatrone. Sie haben ihn empfangen und ihm das Gefühl gegeben, eine zweite Heimat gefunden zu haben. *Venezia – Colonia …* – das gehörte in seinen Augen plötzlich sehr eng zusammen. Die beiden Kathedralen berührten und ergänzten einander, und die Figuren Kölns reihten sich ein in den Bund der Figuren Venedigs, den es seit seiner Kindheit gab. Zusammen mit seinem Vater hat er ihn restauriert und gezeichnet, und jetzt besteht er aus den Figuren des Südens und denen des Nordens.

Gegrüßet seist Du, Maria, voll der Gnade. Der Herr ist mit Dir. Maria und der Herr – sie haben sich hier in Köln aber noch weiter um ihn gekümmert. Drei junge Frauen haben ihn aufgenommen und sind sehr gut zu ihm gewesen. Inzwischen ist er mit jeder ein wenig befreundet, und es gibt mit jeder eine eigene Geschichte. Wenn er diese Geschichten weiterdenkt, ahnt er, wohin sie führen. Um eine von den dreien wird er werben und sie heim nach Venedig führen. Er ist auf Brautschau, das versteht er jetzt endlich. Der kleine Anführer hat es ihm höhnisch ins Gesicht gesagt, als wäre er zu unbeholfen oder zu dumm, um auf Brautschau zu gehen und zu werben. Das aber ist er keineswegs, nein, das ist er nicht, und er wird es beweisen.

Geworben hat er bisher noch um keinen Menschen, es hat sich nicht ergeben, und er lebte im Reich seiner Familie wie einer, dem nichts fehlt und der seinen Platz gefunden hat. Seit dem Tod seines Vaters ist das jedoch nicht mehr so. Ihm selbst und der Familie geht vieles ab, und es ist seine Aufgabe, die Familie zu restaurieren.

Xenia hat ihm bereits angeboten, mit ihm zusammenzuleben. Sie ist klug, aufrichtig, und sie gefällt ihm. Mit ihr zusammen ein Café zu betreiben, wäre nicht schlecht und würde vielleicht sogar gelingen. Es würde aber bedeuten, dass er länger in Köln bleibt. Ein Jahr, mehrere Jahre. So viel Zeit hat er aber nicht. Er kann Mutter und Schwester nicht sich selbst überlassen, er muss handeln, und das nicht irgendwann, sondern bald.

Auch Lisa fühlt sich, anders als er anfangs dachte, zu ihm hingezogen. Es mag sein, dass auch sie darauf hofft, mit ihm in eine eigene Wohnung zu ziehen. Für sie ist er ein Künstler, den sie bewundert und der ihr das Gefühl gibt, mit einem besonderen Menschen befreundet zu sein. Einem, der mehr sieht als die anderen. Einem, der sich um sie kümmert und sie durch das Leben wie ein treuer Freund begleitet.

Er kann sich aber nicht vorstellen, ein solches Leben zu führen. Seine Rolle darin erscheint ihm zu passiv, und außerdem ahnt er, dass Lisa sich in Venedig nicht wohlfühlen würde. Vielleicht würde sie in Verehrung erstarren. Oder sie würde sich so bewegen, als befände sie sich in einem Venedig-Roman.

Bleibt noch Mia, und darüber hinaus gibt es noch Mias Vater. Nur wegen Mia ist er anfänglich nach Köln gekommen und ist dort außerdem noch auf ihren Vater getroffen, der ihn an seinen eigenen Vater erinnerte. Von Anfang an sind sie wie gute Freunde miteinander umgegangen, und von Anfang an hatten sie ein gemeinsames großes Thema. Die alte Welt der Portale, Figuren, Anrührzettel und Schreine. Ihre Erhaltung und Restaurierung. Die Geschichten, die sie umgeben. Die Empfindungen, die man spürt, wenn man ihnen begegnet und sich in sie vertieft.

Aber nicht nur wegen der Freundschaft mit dem Professore ist Mia von den drei Frauen die Auserwählte. In ihrer Gegenwart fühlt er sich am wohlsten, sie ist die Einzige, der er etwas von sich erzählt. Was ihn beschäftigt, was er empfindet und denkt. Wenn sie ihm zuhört, öffnet sich etwas in ihm, und er wird sogar etwas gesprächig. Wozu er sonst nur selten aufgelegt ist. Weil er in seiner eigenen Welt lebt, und diese eigene Welt in den Augen der anderen seltsam und fremd ist. Sie würden ihn verhöhnen oder auslachen, wenn sie davon mehr erführen.

Mia aber tut das nicht. Sie achtet und respektiert ihn. Manchmal kommt es ihm sogar so vor, als habe sie Freude an dem, was er sagt, macht und wie er mit ihr umgeht. Dabei hat er sich sehr zurückgehalten und mit der Werbung noch nicht begonnen. Könnte er sich dazu entschließen, würde er ihren Vater um ein Zimmer in seiner Wohnung bitten. Auf diese Weise würde er eine gewisse Distanz einhalten und gleichzeitig versuchen, das Vertrauen und die Zustimmung ihres Vaters zu gewinnen.

Wie hat der kleine Anführer gesagt? Die Familie der Braut muss ihr Einverständnis geben, und wenn das erreicht ist, muss das Einverständnis der eigenen Familie folgen. Richtig, so sind die Regeln. Er traut sich zu, Mias Vater für sich einzunehmen, aber er weiß nicht, ob die eigene Mutter und die Schwester einverstanden wären.

– 255 –

Die Mutter vielleicht – oder?! Nein, nicht vielleicht, die Mutter bestimmt. Die Schwester jedoch wird sich nur sehr langsam an den Gedanken gewöhnen, dass seine Braut keine Venezianerin ist.

Dabei war auch seine Mutter nicht aus Venedig. Sie kam aus Como, und der Vater hat sie dort auf einem Restaurierungskongress kennengelernt. Vor ihrer Bekanntschaft hat sie einige Zeit im Norden Deutschlands gearbeitet und von dort vielleicht eine Abbildung von Barlachs Schwebendem Engel mitgebracht. Ja, jetzt wird es ihm klar, so könnte es wirklich gewesen sein.

Gegrüßet seist Du, Maria, voll der Gnade. Der Herr ist mit Dir. Der Schwebende Engel hoch aus dem Norden, was geschah mit der Abbildung weiter? Bei ihrer Betrachtung wird seinem Vater aufgefallen sein, dass der Kopf des Engels dem Kopf der jungen Frau aus Como ähnelte. Und genau deshalb hat er ihn womöglich gezeichnet. Als eine Liebeserklärung und als eine Aufforderung, ihm wie ein schwebender Engel nach Venedig zu folgen. Vielleicht also hat Vater mit dieser Zeichnung um seine Braut geworben und sie mit ihrer Hilfe nach Venedig gelockt. Indem er den Kopf aus dem Norden in einen des Südens verwandelte. Indem er sich diesen Kopf zu eigen machte und sein Arbeiten und Tun mit dem Arbeiten und Tun der jungen Frau aus Como verband.

Denn auch das sind die Regeln, »von alters her«: Dass die jungen Männer Venedigs um die Frauen vom Festland auf besondere Weise werben. Dass sie diese Frauen anlocken und sie mit den Blicken und Auftritten der schönsten Stadt, die es gibt, konfrontieren. Bis sich entscheidet, ob diese Frauen solche Blicke und Auftritte erwidern oder sich rasch wieder entfernen. Bleibt aber eine in Venedig, wird sie für immer bleiben. Sie wird die Heimat vergessen und bald keine Sehnsucht mehr nach ihr empfinden. Mit der Zeit wird sie sprechen und deklamieren wie eine Venezianerin, und sollte sie Kinder bekommen, werden die Venezianer diese Kinder behandeln, als wären es Einheimische.

Matteo steht auf und beendet im Stehen sein Gebet und die Bitte um Beistand. Die Madonna in den Trümmern …, sie wird ihm helfen. Als Erstes wird er Mias Vater aufsuchen und ihn um eine Unterkunft bitten. Als Zweites wird er versuchen, Mia näherzukommen und in ihr die Erinnerung an die venezianischen Monate zu wecken. Xenia und Lisa wird er weiter freundlich begegnen, ohne sich ihnen zu nähern. Und Lin und Harald wird er bitten, die Filmaufnahmen einzustellen.

Jetzt nämlich ist es entschieden. Er ist keine unentschlossene, seinen Weg suchende Filmfigur mehr, sondern er ist Matteo: ein Venezianer, der nach Köln gekommen ist, um dort eine Frau für das spätere venezianische Leben im Kreis seiner Familie zu finden.

28

Mia fährt mit ihrem Rad am Rhein entlang. Sie fährt langsamer als sonst, denn ihr geht viel durch den Kopf. Zunächst macht ihr das gemeinsame Filmprojekt Sorgen. Seit sie heute Morgen aufgewacht ist, weiß sie genau, dass sie die Mitschnitte von Matteos nächtlichen Erzählungen niemandem übergeben wird. Nicht Lin, nicht Benita – und erst recht nicht den vielen Zuschauern eines möglichen Films. Was Matteo gesagt hat, gehört nur ihr, und außerdem gehört es zum Schönsten, was sie seit Langem von einem Menschen zu hören bekommen hat.

Es ärgert sie, dass sie überhaupt auf den Gedanken eines solchen Angebots an Lin und Benita gekommen ist. Erklären kann sie es sich nur dadurch, dass sie nie mit solchen Texten gerechnet hätte. Sie sind so eigen, privat und intim, wie sie es sich nicht hatte vorstellen können. Vieles in ihnen ist Traum und Märchen, doch diese Träume und Märchen spielen mit den Stoffen der Realität.

So etwas ist typisch für Matteo, dessen Leben in Köln sie von Anfang an für ein Doppelleben gehalten hat. Als studierte er Köln, um in dessen alten Figuren und Zeichen Verwandte zu den Figuren und Zeichen Venedigs zu entdecken! Und als erlebte er das Reale, Alltägliche wie eine erstaunliche Welt voller Wunder! Ist man mit ihm zusammen, geht es immer auch um eine zweite Realität hinter den bekannten Dingen. Die man langsam und mit Vorsicht entziffern muss. Sonst bleibt alles banal, immer gleich, tot.

Sie kennt ihn erst seit Kurzem etwas besser, und doch fühlt sie sich schon mit ihm verbunden. Seine Nähe zu ihrem Vater trägt auch dazu bei. Wie selbstverständlich er ihm begegnet! Ohne Scheu, aber auch ohne Aufgeblasenheit! Am ehesten wie ein lernbegieriger, freundlicher Student und Schüler, der von jedem Wort seines Lehrers profitiert und dankbar ist für den kleinsten Hinweis. Im Grunde denken und arbeiten die beiden ja gemeinsam an einem großen Projekt: dem der Erforschung der alten Zeichen, die sich dabei mit Leben füllen. Als wären es reale Wesen, denen man auch in der Welt des Realen begegnen könnte!

Mia hat keine Lust, den Weg zur Kunsthochschule fortzusetzen. Dort könnte sie Lin und Benita begegnen und müsste ihnen Rede und Antwort stehen. Darüber, wie viele Minuten Ton sie schon aufgezeichnet hat! Darüber, wovon der Venezianer gesprochen hat! Und schließlich auch darüber, in welchen Ecken des alten Nippes man ihn filmen könnte!

Wenn sie ehrlich ist, hat sie jedes Interesse an diesem Film verloren. Matteo gehört nicht in eine Dokumentation, sondern (wenn überhaupt) in einen magischen Spielfilm. Schwarz-weiß, still und langsam, seine Texte verbunden mit einer fremden Minimalmusic. Und genau das wird sie auch Lin und Benita sagen: Matteos Leben in Köln ist nicht zu dokumentieren! Und sowieso ist alles Dokumentieren ein einziges Ausweichmanöver gegenüber dem großen Spielfilm!

Den aber können sie zu dritt natürlich nicht drehen. Weswegen man das ganze Projekt beerdigen sollte! Um es im Kopf weiterzuträumen und um den magischen Film im Kopf entstehen zu lassen. So etwas könnte sie sich vorstellen, sie spürt bereits den Reiz dieser Idee.

Sie hält inne und steigt vom Rad. Sie schiebt es zu einer Bank und setzt sich. Wenn sie jetzt die Augen schließt, sieht sie Matteo auf seinen Wegen durch Köln. Es ist neblig, und es ist Herbst, schon am späten Nachmittag wird es dunkel. Matteo trägt einen schwarzen Mantel, und in seiner Umhängetasche hat er das Fernglas und seine Zeichenmaterialien dabei. Er geht nicht schnell, sondern so, als durchstreifte er das Viertel im Norden Kölns wie jemand, der nach einer Bleibe sucht. Nach einer Bleibe?! Wo genau und für wie lange?!

Immer wieder bleibt er stehen, blickt hinauf zu den oberen Stockwerken der Häuser oder macht eine Pause auf einem der großen rechteckigen Plätze, wo er die Kinder auf den kleinen Spielplätzen beobachtet. Einige Mütter sitzen an den Rändern und unterhalten sich, Matteo aber sitzt etwas im Abseits, allein auf einer Bank. Manchmal holt er seinen Skizzenblock heraus und zeichnet eines der Kinder. Ein stilles Gör auf einer Schaukel. Einen kleinen Jungen, der mit sich selbst Fußball spielt.

Dann aber macht er eine Pause. Er denkt und träumt sich zurück nach Venedig, er nimmt Kontakt auf mit seiner Mutter und mit der Schwester. Wie von selbst skizziert sein Stift die kleine Kirche San Polo oder den großen Platz, der sie umgibt. Auf kaum einem anderen Platz

Venedigs stehen so viele geschwungene Bänke wie auf diesem. Waren sie nicht rot? Und standen hinter der Kirche nicht einige hohe, dunkle Zypressen? Auf dem Platz von San Polo haben fast zu jeder Tageszeit einige Kinder gespielt, auch das gibt es in Venedig nicht häufig. Die Großeltern führten sie aus und saßen plaudernd auf den roten Bänken.

Mia schließt die Augen und lehnt sich zurück. Sie hört das leise Rauschen des Rheins, das Gemurmel der kleinen Wellen. Die Kirche und der Platz San Polo. Dort wohnt also Matteo. Dort sind jetzt seine Verwandten unterwegs. Auf dem Weg zum Rialto oder in den kleinen Läden ringsum. An die Kirche schließt sich eine Kapelle an, in der sie einmal die Kreuzwegbilder eines venezianischen Malers studiert hat. Es waren dramatische, kleine Szenen der Passion Christi, und sie reihten sich aneinander wie Kapitel einer großen Erzählung. Sie kann sich gut an diese Szenen erinnern – Matteo aber wird jedes Detail genau kennen.

Wenn sie wieder nach Venedig kommt, wird er sie in diese Kirche begleiten und mit ihr diese Szenen studieren. Sie werden nebeneinander auf dem Platz San Polo sitzen und die Großmütter sowie die kleinen Kinder beobachten. Danach werden sie aufbrechen zu einem Spaziergang, Hand in Hand. Hier und da werden sie einen Caffè trinken, und am frühen Abend werden sie in Matteos Boot durch die dunklen Kanäle gleiten.

Vielleicht wäre es möglich, bei ihm und seinen Verwandten zu wohnen. Zimmer gibt es in ihrem Palazzo genug. Und vielleicht könnte sie sich nützlich machen und neben dem Studium behilflich sein. Die Kirche und der Platz San Polo – Mia fixiert diese Bilder, sie stehen ihr jetzt genau vor Augen. Fast regungslos sitzt sie eine Weile auf der Bank und träumt die kleinen Wellen des nahen Flusses hinüber in die Kanäle des Südens.

Als sie den rauen Wind spürt, steht sie langsam auf. Nein, sie wird heute nicht in die Kunsthochschule gehen. Sie steigt aufs Rad und fährt weiter am Rhein entlang. Die Kunsthochschule lässt sie rechts liegen. Sie hat die Ferne vor Augen. Pappelalleen. Schmale Pfade am Ufer. Brachliegendes Gelände. Eine Fähre. Sie wird lange fahren, ja, sie wird sich an diesem Tag weit von den vertrauten Dingen entfernen.

29

Am späten Nachmittag sitzt Lisa in der Küche der WG und wartet darauf, von Matteo porträtiert zu werden. Er hat sie gebeten, auf einem einfachen Küchenstuhl Platz zu nehmen und sich damit direkt vor eine der kahlen Wände zu setzen. Den hellblauen Pullover hat sie ausziehen müssen, sie sitzt jetzt in einer weißen Bluse da, ein Bein über das andere geschlagen.

Matteo hat einige Meter von ihr entfernt ebenfalls Platz genommen und schaut sie an. Sie hält seinen Blick nicht gut aus, es ist ein durchdringender, forschender Blick, und obwohl sie weiß, dass er lediglich die Züge ihres Gesichts und dessen Besonderheiten studiert, macht sie dieser Blick doch verlegen. Deshalb sieht sie immer wieder zur Seite, sie starrt auf den Kühlschrank und dann zum Fenster, oder sie sucht auf der Tischplatte nach einem Gegenstand, an dem der Blick einen Halt finden könnte. Matteo sagt dazu nichts, er hat einen Skizzenblock auf den Knien und macht mit einem feinen Bleistift einige Striche. So richtig scheint er mit der Arbeit noch nicht begonnen zu haben, er skizziert Details, so stellt sie es sich vor.

Plötzlich spürt sie, wie trocken ihr Mund ist, das ist die Aufregung, denkt sie, sie kennt eine solche Trockenheit von anderen Situationen her. Als sie während einer Kundenberatung in der Buchhandlung nicht weiterwusste oder als sie einmal bemerkte, dass sie etwas verwechselt und im Gespräch einen Fehler gemacht hatte. Als sie von einem dreisten männlichen Kunden auf erotische Literatur angesprochen und gefragt worden war, ob sie so etwas auch lese oder vielleicht sogar Erfahrungen in der Praxis habe. Andere Buchhändlerinnen werden in solchen Momenten rot oder beenden sogar die Beratung, sie aber bekommt einen trockenen Mund und kann nicht weitersprechen.

Damals musste sie sich entschuldigen, um ein Glas Wasser aufzutreiben, und sie leitete die Entschuldigung mit einem kleinen Hustenanfall ein, der zu ihrer eigenen Verblüffung sehr überzeugend geriet. Als hätte sie sich verschluckt. Als litte sie unter Reizhusten. In der Buchhandlung waren diese kurzen Anfälle bekannt, und man zog sie damit auf. »Heute schon gehustet?«, wurde sie manchmal ironisch gefragt, und einer der Kunden, der von Beruf Arzt war, beschenkte sie bei jedem seiner Besuche mit Hustenpastillen.

Lisa hält die Hand vor den Mund, aber der kurze Husten stellt sich diesmal nicht ein. Es sieht eher so aus, als gähnte sie oder als atmete sie kräftig durch, weil die Luft in der Küche zu stickig ist. Matteo beobachtet sie weiter genau und reagiert sofort:

– Bist Du müde? Sollen wir das Porträtieren auf morgen verschieben?

– Oh nein, bitte nicht. Ich bin nicht müde. Die Luft hier drin ist nur etwas stickig.

Matteo steht auf und öffnet das Fenster. Er bleibt davor stehen und schaut sie jetzt von oben an. Wieder hält sie den Blick nicht aus und sieht auf den Boden, das hilft aber nicht, denn sie spürt diesen Blick, als berührte er sie ganz direkt. Was ist denn das? Schafft sie es nicht einmal, einige Zeit ruhig und gelassen auf einem Stuhl zu sitzen? Vielleicht hilft es, mit Matteo ein paar Worte zu wechseln.

– Soll ich weiter still sein oder können wir uns unterhalten?, fragt sie.

– Das können wir, antwortet er, erst wenn es ernst wird, solltest Du einige Zeit still sein.

– Wann wird es denn ernst?

– Ich überlege mir gerade, wie ich die Porträts anlegen soll. Ich möchte mehrere kleine Skizzen machen und kein großes Porträt. Große Porträts sind altmodisch und steif. Das passt nicht zu jungen und lebenslustigen Menschen.

– Findest Du mich lebenslustig?

– Ja, natürlich.

– Das hat noch keiner zu mir gesagt.

– Was hat man denn gesagt?

– Zum Beispiel, dass ich eine Träumerin sei. Dass ich zu sehr in den Büchern lebe. Dass ich oft einen unbeholfenen Eindruck mache. Dass ich weltfremd sei.

– Wirklich? Wer sagt denn so etwas? Das hört sich gar nicht gut an.

– Ich habe mich daran gewöhnt. Und ich finde manchmal, dass die anderen recht haben. Ich bin oft unbeholfen und ungeschickt, und vielleicht spielen die Bücher in meinem Leben wirklich eine zu große Rolle.

– Aber es könnte doch zu etwas Positivem führen,

viele Bücher zu lesen und sich mit ihnen zu beschäftigen.

– Zu was denn zum Beispiel?

– Zum Beispiel dazu, dass Du andere Gedanken als die von den meisten erwarteten hast. Oder dass Du den Lebenstrott ignorierst. Oder dass Du in eigenen Zeiten und Räumen lebst. Ist da nicht was dran?

– Doch, stimmt, da ist was dran. Ich bin aber zu vorsichtig.

– Wieso? Was soll das heißen?

– Ich lebe oft in eigenen Zeiten und Räumen, wie Du das nennst, aber ich teile und erlebe sie nicht mit anderen.

– Du sprichst darüber nicht?

– Nein, niemals. Ich schreibe höchstens auf, was ich denke und fühle.

– Du führst Tagebuch?

– Nein, kein Tagebuch, aber ein Notizbuch. Ich notiere, was mir beim Lesen der Bücher durch den Kopf geht.

– Na bitte, das ist doch etwas Positives.

Lisas Mund ist wieder trocken, und sie weiß genau, woran es liegt. Sie würde Matteo jetzt gerne von ihren akuten Träumen erzählen. Davon, dass sie gleich morgen Abend eine Party feiern möchte. Unten, in Xenias Café. Gefeiert würde Matteos Ankunft in Köln. »Matteo zieht ein« wäre das Motto, und eingeladen wären nur die nächsten Bekannten und Freunde. Ein paar Kolleginnen aus der Buchhandlung. Einige besonders gute Gäste des Cafés. Ein paar von Mias Kommilitoninnen aus der Hochschule.

»Matteo zieht ein« – das wäre eine Formel dafür, dass

sie den Venezianer endgültig für einige Zeit in der WG aufnehmen. Lisa würde vorschlagen, dass er für jeweils eine Woche bei einer der drei Mitbewohnerinnen übernachtet. Er soll den Schlafplatz regelmäßig wechseln, sodass jede der drei die Chance erhält, ihn zu beherbergen. Auf jeweils eigene, persönliche Art. Freundlich, nicht aufdringlich, eben so, wie man einen sympathischen Fremden beherbergen sollte, ohne ihm auf die Nerven zu gehen.

Diese schöne Idee kann Lisa aber nicht laut formulieren. Sie bringt es einfach nicht über die Lippen, und sie redet sich insgeheim damit heraus, dass sie das Ganze erst noch mit Xenia besprechen sollte. Xenia wird die Idee gut finden, da ist sie sicher, während sie nicht genau weiß, ob Mia diesem Vorhaben auch etwas abgewinnen kann. Sie hält sich gegenwärtig stark zurück und spricht nicht von ihren Gefühlen, dabei spürt man doch genau, dass viel in ihr vorgeht. Besser ist es also, Mia zunächst nicht einzuweihen, sondern die Party mit Xenia zu planen. Sind die Planungen erst einmal fortgeschritten, können sie Mia vor vollendete Tatsachen stellen.

Matteo schließt das Fenster wieder. Er zieht seinen schwarzen Pullover jetzt ebenfalls aus und sitzt jetzt in einem weißen Shirt da. Wie ein Handwerker, wie einer, der gleich mit den Reparaturen beginnt. Er öffnet seine Tasche und entnimmt ihr weitere Stifte, die er nebeneinander auf die Tischplatte legt. Dann bittet er Lisa, sich ein Glas Wasser zu holen und es in der rechten Hand zu halten. Die Beine weiter übereinandergeschlagen. Das Glas auf dem rechten Knie. Locker, als hätte sie es in Gedanken dort abgesetzt und würde es gleich wieder zum Mund führen.

Lisa steht auf und holt sich ein Glas. Es kommt ihr seltsam vor, dass er ausgerechnet das von ihr verlangt. Spürt er, dass sie einen trockenen Mund hat? Aber wieso? Sie hat doch fest und deutlich gesprochen, ohne sich ein einziges Mal zu räuspern. Oder ist das Glas nur ein malerisches Accessoire, das eine kleine Szene gestaltet und prägt?

– Durst habe ich eigentlich nicht, sagt sie.

– Nein, ist klar, antwortet Matteo, das Glas bringt nur etwas Aktion in die Szene.

– Aktion?!

– Ja. Wenn Du das Glas so in der Rechten auf dem Knie hältst, bekommt die Szene etwas Nachdenkliches. Das kleine Porträt öffnet sich und spielt in der Zeit.

– In welcher Zeit?

– In der Zeit nach einem Schluck Wasser und vor dem nächsten.

Lisa schweigt wieder. Die Sache mit dem Spiel in der Zeit gefällt ihr. Porträts, auf denen die Figuren nur steif herumsitzen und den Betrachter anschauen, sind langweilig, da hat Matteo recht. Schon ein einziger Gegenstand genügt also anscheinend, um Leben in das Bild zu bringen.

– Ein Buch würde vielleicht besser zu mir passen als ein Glas Wasser, sagt sie.

– Moment, antwortet Matteo, erst das Glas, dann das Buch. Hast Du noch weitere Vorschläge?

– Danach ein Stadtplan. Ich liebe Stadtpläne. Überall, wo ich länger hinfahre, kaufe ich mir einen genauen

Stadtplan. Ich zeichne meine Stadtwege ein, direkt in den Plan.

– Mit einem Kuli?

– Mit mehreren Kulis. Und jeder hat eine andere Farbe.

– Und wozu die verschiedenen Farben?

– Jede Farbe für einen Tag. Ich zeichne die Tagesstrecken direkt in die Pläne. Mitsamt den Stationen. Ich meine die Cafés, wo ich etwas getrunken habe, oder die Geschäfte, die ich betreten habe, oder die Buchhandlungen, in denen ich herumgestöbert habe.

– Eine Liste der Buchhandlungen stellst Du bestimmt vor jedem Stadtbesuch schon im Voraus zusammen, sagt Matteo.

– Stimmt, antwortet Lisa, woher weißt Du denn das?

– Das war nicht schwer zu erraten. Du bist schließlich eine Bibliomanin.

– Ich bin was?

– Eine Bücherfresserin. Jemand, der ein erotisches Verhältnis zu Büchern hat, der sie liebt und täglich viele von ihnen in die Hand nimmt.

– Das hört sich ja pervers an.

– Ach was, nicht pervers, sondern anziehend.

– Du findest mich anziehend?

– Bibliomaninnen finde ich anziehend, ja.

So was Blödes. Lisa will nicht als Bibliomanin anziehend gefunden werden. Das klingt, als gehörte sie zu einer Sekte. Oder einem Klub mit geheimen Riten. Dem Klub der Unterdrückten, die sich nicht trauen, von ihren Träumen zu reden.

Sie reckt sich etwas auf und schaut Matteo an. Das

Glas Wasser in ihrer jetzt angehobenen Rechten zittert ein wenig.

– Als Nächstes fahre ich nach Paris, sagt sie und räuspert sich kurz.

Er hört auf zu skizzieren und atmet hörbar laut aus, er ist erstaunt.

– Wirklich? Und das steht schon fest?

– Ja, ich fahre übermorgen.

– Übermorgen? Du hast bisher noch nicht davon gesprochen. Wie lange bleibst Du?

– Mal sehen, ein paar Tage vielleicht.

– Und, was hast Du vor? Außer Buchhandlungen zu besuchen.

– Mit Dir durch Paris flanieren.

– Mit mir?!

– Ja, hast Du keine Lust, mich zu begleiten?

Matteo setzt den Stift wieder an und schweigt. Sie spürt, dass sie ihn in Verlegenheit gebracht hat. Er skizziert, schaut sie kurz an, skizziert wieder, schaut sie kurz an. Gleich wird er sagen, dass es jetzt ernst wird und sie die Unterhaltung einstellen sollten.

– Hey, ich habe Dich was gefragt, sagt Lisa.

– Hey, ich habe zu tun, antwortet Matteo.

Lisa schweigt und schaut ihn jetzt an. Sie wird den Blick nicht mehr abwenden, nein, sie wird ihn jetzt so lange anschauen, bis er antwortet. Wenn nur das Skizzieren und Zeichnen nicht wäre. Plötzlich empfindet sie es als angenehm, so genau betrachtet zu werden. Jede Pore steht unter Beobachtung, der Kopf ist nicht mehr ein profaner Kopf, sondern eine Welt mit unendlich vielen Zeichen. Matteo muss sich entscheiden, welche er hervorhebt und welche er unterdrückt, welche zueinanderpassen und welche er vielleicht dazuerfindet. Er ist jetzt der Herr über ihr Dasein, er gestaltet es, setzt Akzente und macht jenen Menschen aus ihr, den er in ihr erkennt.

Aus diesem Grund wollte sie von ihm porträtiert werden. Weil sie ihn zwingen wollte, sie genau anzusehen und sich ein Bild von ihr zu machen. Bisher hat er das nach ihrem Empfinden nur selten getan. Er war sehr freundlich zu ihr, er hat ihr Geschenke gemacht, aber er hat sich nicht viel mit dem beschäftigt, was sie gesagt hat. Als wäre sie im Bund der drei WG-Bewohnerinnen nur die dritte. Und wer wäre dann die Nummer eins? Mia? Xenia? Sie weiß es nicht genau, sie ahnt nur, dass sie gegenüber den beiden zurückliegt. Deshalb war der Gedanke mit dem Porträt ja so gut. Während er daran arbeitet, muss er sich auf sie konzentrieren. Und sie hat Zeit, eine stärkere Nähe zu ihm herzustellen.

– Gar nichts zu sagen, ist nicht leicht, fängt sie wieder an.

– Es ist sehr leicht, antwortet er, Du musst nur an etwas Wichtiges denken und Dich darauf konzentrieren.

– Dann denke ich jetzt an Paris und daran, dass wir zu zweit an der Seine entlanggehen.

Er antwortet wieder nicht, sondern runzelt nur etwas die Stirn, als gäbe es beim Skizzieren ein kleines Problem. Die zu dünne Nasenspitze? Das rechte Ohr, das um ein Deut größer ist als das linke? Der zu schmale Mund? Lisa räuspert sich wieder und trinkt etwas Wasser. Jede Woche möchte sie von Matteo porträtiert werden. Und jedes Mal als eine andere. Als Leserin in einem Pariser

Café. Als Schwimmerin im Mittelmeer. Als eine junge Frau, die im Morgenrock seitlich auf einem Diwan liegt. Der ganze Bilderkitsch, der in ihr schlummert, käme endlich ans Tageslicht. In klarer, kluger Gestaltung. Geläutert. Der Kitsch ausgemistet, aber die dahintersteckende Sehnsucht noch spürbar. Manche Leute verbieten sich den Kitsch von vornherein. Als lauerte in diesen übertriebenen Bildern nicht auch etwas Wahrheit. Sie bekennt sich dazu, und sie arbeitet daran. Woran? Etwas von der im Kitsch steckenden Sehnsucht hinüberzuretten in den kitschfreien Alltag. Wie aber könnte das gehen? Zum Beispiel, indem Matteo sie zeichnet.

Warum trägt sie eigentlich diese weiße Bluse? Das sieht viel zu korrekt und brav aus. Sie hat einen schlichten, hellblauen Pullover für das Porträt ausgewählt. Der hat ihm anscheinend überhaupt nicht gefallen. Wenn sie das gewusst hätte, wäre sie mehr in die Offensive gegangen. Und womit? Etwa mit einem Morgenrock? Sie lächelt, als sie sich vorstellt, wie sie im Morgenrock hier in der Küche sitzen und Matteo anschauen würde. Das wäre mehr als nur ein Porträt, es wäre ein intimer Moment.

– Was ist?, fragt er, warum lächelst Du?

– Ich habe an etwas Schönes gedacht, antwortet sie.

– Und woran?, fragt er.

Sie schüttelt kurz den Kopf, als wollte sie andeuten, dass das Schöne geheim bleiben muss. Er wird denken, dass sie an Paris gedacht hat, ja, bestimmt. Insgeheim hat sie vielleicht auch daran gedacht. Wie sie in Paris im Morgenmantel seitlich auf dem Bett liegen und aus einem geöffneten Fenster in den grünen Innenhof eines

Hotels schauen wird. Sie wird den Kopf aufstützen und hinausschauen, sie wird den weich-grauen Pariser Himmel studieren und sich wundern, dass die großen Wolken diese Stadt meiden. Warum ist es eigentlich so unmöglich, dass Matteo sie begleitet? Etwa, weil er kein Geld hat? Sie würde ihn einladen, oder sie würde ihm, wenn er darauf besteht, das Geld vorstrecken. Das Geld darf dabei nicht die Hauptrolle spielen. Es kommt auf etwas anderes an. Darauf, ob man einige Tage miteinander verbringen möchte. Darauf, ob es einen interessiert, wie sich ein Parisaufenthalt mit diesem anderen Menschen gestaltet.

Matteo aber geht nicht auf das Thema ein. Er schiebt es einfach durch sein Zeichnen beiseite. Nun gut, sie hat sich vorgenommen, ihn nicht zu nerven. Immerhin hat sie das Ganze einmal zur Sprache gebracht, vielleicht geht es ihm sogar durch den Kopf. Sie wird die Party morgen Abend nutzen, um von ihm eine Antwort zu erhalten. Paris – ja oder nein? Und wenn ja, unter welchen Bedingungen?

Sie sagt, dass ihr kühl sei, und sie fragt ihn, ob sie etwas anderes anziehen dürfe als die weiße Bluse. Nein, das sollte sie nicht, er ist gerade dabei, die Bluse zu zeichnen. Als er das sagt, glaubt sie zu spüren, wie seine Finger den Kragen der Bluse berühren. Sie fahren daran entlang, sie glätten und straffen ihn. Es ist ein Gefühl, wie sie es noch nie erlebt hat. Als übertrüge sich die Energie des Zeichnens direkt auf ihre Kleidung und auf ihre Haut. Sie hält still und spürt wieder den trockenen Mund. War sie einem Menschen schon einmal so nahe? Sie würde jetzt gerne davon sprechen, aber sie hat dafür keine Worte. Unendlich viele Bücher hat sie gelesen, und doch gehen ihr gerade in diesem Augenblick die Worte aus. Dabei drängt es sie doch, etwas zu sagen. Was denn? Was genau?

– Nimm bitte noch mal einen Schluck Wasser, sagt Matteo.

– Ich habe gar keinen Durst, antwortet sie.

– Ich möchte Dich die Hand mit dem Glas heben und wieder absetzen sehen. Und ich möchte sehen, wohin Du schaust, wenn Du trinkst.

– Wird es noch lange dauern?

– Wir können gleich Schluss machen. Ich arbeite dann allein weiter.

– Hier, in der Küche?

– Nein, in Mias Zimmer.

– Ist sie da?

– Nein. Wenn sie da wäre, würde ich dort nicht arbeiten können. Ich muss allein sein. Aus den Motiven, die ich skizziert habe, lässt sich vielleicht etwas machen.

– Was denn?

– Mal sehen, ich muss überlegen. Mit Buch oder Stadtplan skizziere ich Dich ein andermal.

Er steht auf und sammelt die Blätter mit Lisas Stirn, Augen, dem Scheitel, dem Mund, den Lippen beim Trinken zusammen. Am liebsten würde sie ihm einen Kuss geben. Als hätten sie gerade gemeinsam eine Reise gemacht. Und als wären sie bereits auf Probe in Paris gewesen. Sie sagt dazu aber nichts, sondern streift ihren hellblauen Pullover wieder über.

– Danke, Matteo, sagt sie nur.

Er antwortet nicht, sondern ist in seine Blätter vertieft. Sie schaut ihn noch einmal etwas länger an. Wie er neben dem Küchentisch steht und die Motive studiert.

– Darf ich einmal sehen?, fragt sie.

– Nein, antwortet er, es sind nur Entwürfe. Und Entwürfe zeigt man nicht herum.

– Niemals?, fragt sie nach.

– In keinem Fall, antwortet er und lacht.

Sie schaut auf die Uhr. Xenia wird gleich das Café schließen. Sie sollte hinuntergehen und mit ihr die Party besprechen. Sie verabschiedet sich kurz und verlässt die Küche. Als sie im Flur nach ihrem Mantel greift, glaubt sie zu hören, dass Matteo sich wieder setzt. Jetzt ist er allein, jetzt betrachtet er sie wieder. Die Stirn, die Augen, die Lippen – seine Blicke fahren jede Kontur ab. Sie atmet tief durch, dann öffnet sie die Wohnungstür und zieht sie leise hinter sich zu.

30

Am Abend kommt Mia von ihrer langen Fahrradtour am Rhein entlang wieder in den Kölner Norden zurück. Als sie an der Wohnung ihres Vaters vorbeifahren will, sieht sie, dass in vielen Zimmern Licht brennt. Sie bleibt einen Moment stehen und schaut sich das seltene Bild an: die vertraute Wohnung der Kindheit, die so hell und freundlich wirkt, als lebten dort wieder mehrere Menschen.

Mia steigt ab und schiebt das Fahrrad zur Haustür. Sie öffnet die Tür mit ihrem Schlüssel und stellt das Fahrrad in den Flur. Dann klingelt sie an der Wohnungstür. Sie hat zwar auch für diese Tür einen Schlüssel, möchte aber nicht unangemeldet in die Wohnung platzen. Besser ist es also zu klingeln, es dauert auch nicht lange, bis ihr Vater die Tür öffnet.

– Guten Abend, sagt Mia und umarmt ihren Vater.

Dass er sich verändert hat, fällt ihr auf den ersten Blick auf. Was genau ist aber passiert? Er hat sich die Haare schneiden lassen, ja, das ist es. Seit Langem hatte er nicht mehr so kurze Haare. Sie machen ihn jünger und wacher, das steht ihm gut. Und, seltsam: Er trägt weder einen Pullover noch eine seiner alten Westen, sondern ein weißes Hemd mit Krawatte.

– Du siehst festlich aus, sagt Mia, hast Du Besuch oder bist Du im Aufbruch?

Der Professor lacht kurz auf, er scheint sich sehr über ihr Kommen zu freuen.

– Weder noch, antwortet er, ich bin allein und brüte über meinen Schriften.

Er geht voraus, während Mia sich in den Zimmern umschaut. In der Küche läuft leise Musik, und auf dem Tisch steht eine große Obstschale mit vielen verschiedenen Früchten. Dort brennt ebenso Licht wie in ihrem früheren Kinderzimmer, das inzwischen ein Gästezimmer ist. Auf dem Bett liegt eine Decke, die sie nicht kennt. Sie ist dunkelrot und bringt, wie sie findet, eine ernste Note in den kleinen Raum. Alle Türen stehen offen, auch die des väterlichen Arbeitszimmers. Sie geht hinein, ihr Vater sitzt an seinem Schreibtisch, auf dem lauter kleine Druckschriften liegen.

– Ich komme gleich in die Küche, dann gibt es etwas zu trinken, sagt er, lass mich nur noch eine Kleinigkeit hier zu Ende bringen.

– Was sind das für Drucke?, fragt Mia.

– Das sind Sonderdrucke meiner alten Aufsätze. Ich ordne sie jetzt nach ihrem Erscheinen und erstelle eine Liste.

– Wie viele sind es denn?

– Über dreihundert.

– Dreihundert?! Ist das Dein Ernst?

– Den ersten habe ich vor über vierzig Jahren geschrieben, den letzten vor einem halben Jahr.

– Und wie viele Seiten sind das?

– Mal sehen, ich weiß es noch nicht genau. Der kür-

zeste Text hat nur vier Seiten, der längste über fünfzig.

– Und warum machst Du Dir diese Arbeit?

– Für eine Buchausgabe in mehreren Bänden. Vogts
»Gesammelte Aufsätze«. Matteo wird einige Zeichnungen beisteuern. Dann wirkt das Ganze nicht wie eine
Bleiwüste, sondern wie ein konkreter Anschauungsun-
terricht. Ich habe schließlich nie über Gott und die Welt,
sondern über ganz bestimmte Gegenstände geschrieben.
Die kann man betrachten, in die Hand nehmen, die
kann man verstehen, und die kann man zeichnen. Es
geht nicht um Theologie, sondern um Mysterienge-
schichte.

– Soll ich Dir was sagen? Du machst einem richtig Lust,
das alles zu lesen.

– Danke, das freut mich. Ich habe jetzt auch wieder mal
reingeschaut. Und ich finde sie gar nicht so schlecht.
Manchmal habe ich mich sogar gefragt, wie ich auf so
kluge Deutungen gekommen bin.

Er lacht wieder kurz auf, und Mia denkt: Es ist nicht
zu fassen, wie sehr er sich verändert hat. Nicht nur äu-
ßerlich, sondern er hat auch mehr Schwung und Pläne,
er arbeitet gleich an mehreren Bänden, und er hat einen
Schüler gefunden, der seine Aufsätze illustriert.

Sie lässt ihren Vater seine Arbeit zu Ende bringen und
geht in die Küche. Im Kühlschrank stehen mehrere Flaschen Sekt. Soll sie eine öffnen? Ihr ist nach Sekttrinken,
aber sie weiß nicht, ob ihr Vater ebenfalls Sekt trinken
möchte.

– Trinken wir ein Glas Sekt?, ruft sie durch die Wohnung.

– 278 –

– Ist das Dein Ernst?, ruft er zurück und fügt hinzu: Bisher hast Du mich immer allein trinken lassen.

– Bisher ist bisher, antwortet Mia.

– Fantastisch, hört sie ihren Vater rufen, es geschehen noch Zeichen und Wunder.

Wenig später sitzen sie zusammen und stoßen mit ihren Sektgläsern an. Mia erzählt von ihrer Fahrradtour am Rhein entlang und dass sie sich einen Tag freigenommen hat. Ohne Vorsatz, aus heiterem Himmel. Ihr Vater spricht von gemeinsamen Fahrten auf derselben Strecke in ihrer frühen Kindheit. Als er länger davon spricht, erinnert sich Mia plötzlich auch wieder genau. Ist sie also heute auf Kindheitswegen gefahren? Es sieht ganz danach aus. Schließlich kommen sie auch auf Matteo zu sprechen.

– Hast Du Dir Gedanken wegen seiner Übersiedlung in diese Wohnung gemacht?, fragt ihr Vater.

– Xenia und Lisa sind momentan noch dagegen, antwortet sie.

– Aber wieso? Hier hat Matteo ein anständiges Zimmer und Raum für die Arbeit. In Eurer WG dagegen hat er nicht einmal einen eigenen Tisch, um in Ruhe zeichnen zu können.

– Ja, Du hast recht. Aber es ist nicht so einfach.

– Und warum nicht?

– Weil die beiden irgendwie an ihm hängen. Er interessiert und beschäftigt sie.

– Das hört sich aber sehr mysteriös an.

– Ja? Tut es das? Es ist aber auch mysteriös. Wir sind alle drei mit Matteo beschäftigt. Er denkt und fühlt vollkommen anders als wir.

– Mia, Du weißt, ich halte mich aus Deinem Leben heraus. In dieser Sache möchte ich aber einmal nachfragen...

– Ich weiß, ich weiß. Ich weiß, was Du mich fragen willst. In welchem Verhältnis ich zu Matteo stehe. Ich kann Dir aber dazu nicht viel sagen. Seit er hier ist, denke ich wieder häufiger an Venedig. Und ich überlege, ob ich nicht für einige Wochen zurücksollte. Mein Aufenthalt dort ist noch nicht zu Ende. Es fehlt etwas, aber ich weiß nicht genau, was es ist.

– Ich frage mal weiter, aber ich verstehe, wenn Du mir nicht antworten willst. Hat Matteo Dich nach Venedig eingeladen?

– Nein und ja. Er hat es nicht direkt getan, aber er hat mir viel von Venedig und dem Leben seiner Familie erzählt. Sie wohnt in einem kleinen alten Palazzo nahe San Polo ...

– Ja, ich weiß. Auch mir hat er davon erzählt. Ich kenne sogar das Haus, ich habe es von früheren Aufenthalten dort in Erinnerung.

– Wirklich? Nun gut, jedenfalls gibt es in einem solchen Haus Platz genug.

– Du meinst, es gibt Platz für Dich.

– Ja, das gäbe es, es gäbe Platz für mich.

– Ich verstehe. Das beschäftigt Dich also. Hat Matteo davon gesprochen, wie lange er noch in Köln bleiben wird?

– Nein, mit keinem Wort. Niemand von uns weiß etwas darüber. Weißt Du Genaueres?

– Nein, mir gegenüber hat er dazu auch nichts gesagt. Ich vermute aber, dass er vorhat, noch eine Weile zu bleiben.

– Eine Weile … – was soll das heißen? Eine Woche? Einen Monat? Ein halbes Jahr?

– Auf mich wirkt er so, als hätte er hier noch etwas vor. Und als würde er abreisen, wenn diese Sache abgeschlossen ist.

– Meinst Du die Zeichnungen für Deine Bücher?

– Nein, die könnte er auch in Venedig anfertigen.

– Aber um was geht es dann?

– Ich weiß es nicht. Innerlich ist er intensiv mit etwas beschäftigt. Als müsste er ein bestimmtes Problem lösen.

– Das stimmt, er wirkt hartnäckig und konzentriert.

– Mir gefallen solche Menschen ja sehr, das weißt Du.

– Ja, ich weiß. Schließlich gehörst Du selbst zu dieser Spezies.

– Ich?! Ich gehöre dazu?

– Aber ja. Als Kind habe ich früher oft neben Deinem Schreibtisch auf dem Teppich gesessen und mit meinen Spielsachen gespielt. Und Du hast geschrieben, unermüdlich, pausenlos. Ich erinnere mich gut, wie schön das war.

– Ja, das war eine gute und stille Zeit für uns beide.

Sie schweigen einen Moment und nehmen aus Verlegenheit fast zugleich einen Schluck aus ihren Gläsern.

– Was hast Du denn heute noch vor?, fragt Mia.

– Vielleicht noch etwas Arbeit, antwortet ihr Vater. Aber wenn Du Zeit hast, lade ich Dich zum Essen ein. Wir sind lange nicht mehr zu zweit essen gegangen.

Mia lehnt sich etwas auf ihrem Stuhl zurück. Es stimmt, sie waren lange nicht mehr zusammen essen. Warum eigentlich nicht? Und warum hat sie sich nie für die Aufsätze ihres Vaters interessiert? Sie hätte doch zumindest ein paar lesen können, aus Interesse an den Themen, aber auch aus Interesse für das Leben ihres Vaters. Wie denkt er, wenn er nicht mit Alltäglichem beschäftigt ist? Und was geht dabei in ihm vor? Wieso hat er sein ganzes Leben dem Studium von Bischofsstäben, Reliquienschreinen und Pilgerzeichen gewidmet? Das ist doch alles sehr interessant und nichts, über das man einfach hinweggehen kann. Als wäre es nur eine Spielerei oder langweilige Wissenschaft. Nein, das war es für ihren Vater bestimmt nicht. Das Forschen und Schreiben bedeuteten ihm viel. In einem kleinen Sektor der Welt wollte er sich so genau auskennen wie nur irgend möglich. Darin bestand sein Ehrgeiz, und nicht darin, eine wissenschaftliche Karriere zu machen.

– Gut, sagt Mia, dann gehen wir beide mal wieder zusammen essen. Ich nehme die Einladung an, Herr Professor.

Sie lachen beide, und wieder spüren sie eine leichte Verlegenheit. Dann leeren sie ihre Gläser. Mia steht auf und spült sie kurz aus, und ihr Vater verschwindet noch einmal für zehn Minuten im Arbeitszimmer. Um eine letzte Eintragung zu machen. Und um zu notieren, wo er die Arbeit morgen früh wieder aufnimmt.

Was für ein seltsamer Tag!, denkt Mia und geht langsam von Zimmer zu Zimmer, um in jedes noch einmal einen kurzen Blick zu werfen. Als hätte sie es darauf angelegt, heute eine kleine Zeitreise zu machen. Zurück in die Kindheit und aus der tiefen Vergangenheit direkt in Richtung Zukunft. Natürlich hat ihr Vater recht. Matteo braucht ein richtiges Zimmer und einen Platz für seine Arbeit. Ein Buchprojekt wie das gleich in mehreren Bänden geplante erfordert größere Anstrengungen als seine täglichen Skizzen. Sie wird das bald mit ihm besprechen und ihm von dem Vorschlag ihres Vaters berichten. Und sie ist fast sicher, dass er das Angebot annehmen wird. Die Wohnung ist ruhig und bequem zu erreichen. Und sie ist so groß, dass zwei Menschen sich nicht laufend begegnen und stören. Hinzu kommt, dass Matteo und ihr Vater gut zueinanderpassen. Sie werden sich verstehen, auch das weiß sie genau.

Mia geht ins Bad und wäscht sich die Hände. Noch immer riecht es hier nach der Seife, die ihre Mutter benutzte. Wie hieß noch die Marke? Es ist eine Seife mit starkem Rosenduft, und Mutter mochte sie, weil es eine alte Marke war, die Großmutter schon gekauft hatte. Mia schaut sich um, ob sie noch ein Stück entdeckt, findet so schnell aber keines. Irgendwo in diesem Bad muss sich aber noch eines befinden, so stark riecht es nach Rosen. Benutzt ihr Vater tatsächlich genau jene Seife, die Mutter immer benutzt hatte? Kann das sein? Hat er die Marke im Kopf? Wirklich? Ausgerechnet Vater hat eine Seifenmarke im Kopf?!

Sie verlässt das Bad und geht hinüber ins sogenannte Wohnzimmer. An den Wänden ist die Bibliothek ihrer Mutter untergebracht, viele Bücher zum Thema Architektur, und davor stehen drei Sessel mit einem Beistelltisch und eine Liege, auf der ihre Mutter lag, wenn sie ein Buch las. Links neben dem Fenster ist jedoch eine auffällige Lücke, zwei, drei Meter erscheinen kahl, als hätte man ein Möbel beseitigt und keinen Ersatz gefunden. Mia braucht nicht lange zu überlegen. Das Klavier ihrer Mutter ist fort. Es stand genau an dieser Stelle und

– 283 –

wurde fast täglich gespielt. Für eine Stunde, nicht länger. Am frühen Abend oder vor dem Essen, am Mittag. Ihre Mutter spielte recht gut und machte kaum Fehler. Weil sie immer dieselben Stück spielte. Schumann, aber auch Brahms. Nicht die großen, weit ausholenden Sachen, sondern die Paarminutenstücke, wie sie das nannte. Hat Vater das Klavier verkauft? Hat er es fortschaffen lassen?

Im Wohnzimmer haben die Eltern meist an den Abenden zusammengesessen. Sie haben sich viel unterhalten, Musik gehört und sich von ihrer Arbeit erzählt. Mia kann sich nicht erinnern, häufig dabei gewesen zu sein. Nicht als Kind, aber auch später nicht. Säßen die beiden jetzt wieder zusammen hier, würde sie sich dazusetzen. Und sich mit ihnen unterhalten. Und von ihrer eigenen Arbeit erzählen.

Die Abschlussarbeit! Noch hat sie kein passendes Thema gefunden, auch darüber könnte sie gleich, beim Abendessen, mit Vater reden. Um das ganze Feld der Ideen einmal abzustecken. Und um zu hören, ob er ein paar gute Einfälle hat.

Im Flur bleibt Mia stehen. Was ist denn heute bloß mit ihr los? Sie hat das seltsame Gefühl, älter geworden zu sein. Und wieso? Weil sie sich mit Themen und Dingen beschäftigt, die sie früher links liegen gelassen hat. Selbst ihren Vater hat sie links liegen gelassen. Und die alten Familiengeschichten erst recht. Ganz zu schweigen von einem Klavier, auf dem Mutter täglich spielte.

Die Eltern haben versucht, auch sie an das Klavier zu gewöhnen. Sie aber hat sich von Anfang an nicht mit den schwarz-weißen Tasten anfreunden können. Ich werde nie gut Klavier spielen, hat sie gedacht, und es dann auch bald bleiben gelassen. Bloß rumklimpern wollte sie nicht. Wenn sie ein Musikinstrument gelernt hätte, dann eines, das sie auch hätte beherrschen können. Die Violine? Nein, bestimmt nicht. Das Cello? Auch nicht. Was denn? Die Klarinette. Oder das Saxofon. Ja, genau, eher noch das Saxofon.

Sie hört, dass ihr Vater seine Arbeit abgeschlossen hat. Er löscht das Licht im Arbeitszimmer und kommt zu ihr auf den Flur.

– Sag mal, wo ist eigentlich Mutters Klavier?, fragt sie ihn.

– Ich wollte es stimmen lassen, antwortet er, doch die Klavierfirma meinte, ich sollte es nicht nur stimmen, sondern reparieren lassen. Neue Filzhämmerchen, und einige Saiten müssen ersetzt werden. In ein paar Wochen steht es wieder an seinem alten Platz.

– Aber warum gibst Du Geld dafür aus? Es wird doch nicht mehr gespielt.

– Ich erhalte es trotzdem, antwortet ihr Vater, ich möchte es weiter um mich haben. Und wenn ich dann und wann ein paar Töne anschlage, genügt das.

Mia zieht sich ihren Mantel über und schaut ihren Vater an. Was für ein treuer Mensch!, denkt sie plötzlich und verbietet sich sofort, in dieser Richtung weiterzudenken. Er ist schließlich nicht tot, und sie muss sich keinen Nachruf überlegen. Wird sie das einmal tun müssen? An seinem Grab sprechen? Das einzige Kind – an seinem Grab?

Sie blickt auf den Boden. Unheimlich, welche Gedanken ihr heute durch den Kopf gehen. Gut, dass sie jetzt zusammen essen. Am besten, sie gehen ins nächste Brau-

– 285 –

haus. Sie selbst fühlt sich dort zwar nicht unbedingt wohl, ihrem Vater aber wird es gefallen. Wenn viele Menschen anwesend sind. Wenn es etwas zu lachen gibt.

Er greift nach seinem schwarzen Mantel und einem dunkelblauen Schal.

– Magst Du breite Schals tragende, ältere Männer?, fragt er.

Mia muss lachen. Dann antwortet sie:

– Es sind nicht unbedingt meine Favoriten.

– Meine auch nicht, antwortet ihr Vater und wirft den Schal auf die Hutablage der Garderobe.

Er ist richtig gut gelaunt. Heute Abend geht er mit seiner Tochter aus. Den ganzen Tag hat er gearbeitet und wahrscheinlich nicht mehr als ein paar Früchte gegessen.

– Sag mal, wie heißt die Seife, die Mama immer benutzt hat?, fragt Mia.

Ihr Vater schaut kurz auf, lächelt und antwortet:

– *Rosa centifolia.*

– Puuh, sagt Mia, den Namen hast Du wirklich behalten? Allerhand.

Sie öffnet die Wohnungstür und geht hinaus auf die Straße. Das Fahrrad lässt sie stehen. Gut, dass sie nicht einfach an der alten Wohnung vorbeigefahren ist. In Zukunft wird sie wieder häufiger hier sein. Um nach dem Klavier zu schauen. Um sich die Hände mit einem Stück *Rosa centifolia* zu waschen. Und um zu sehen, wie die beiden Männer die Arbeit an mehreren Bänden mit den gesammelten Aufsätzen ihres Vaters vorantreiben.

31

Kurz vor Mitternacht kommt Mia in die WG zurück. Es ist still und dunkel, die anderen scheinen zu schlafen. Sie schleicht in die Küche, um noch ein Glas Wasser zu trinken, als sie bemerkt, dass der Küchenraum überfüllt ist mit Waren, die anscheinend am Nachmittag oder am Abend eingekauft wurden. Auf dem Tisch befinden sich Bataillone von Flaschen, und über den ganzen Boden verteilt stehen noch nicht ausgepackte Tüten. Sie schaut vorsichtig hinein und begreift gleich, dass darin lauter Sachen für eine Party sind. Chips, eingelegte Oliven, mit rohem Schinken umwickelte Datteln.

Sie ahnt sofort, dass Lisa all das gekauft hat, typisch Lisa, denkt Mia, sie kauft nur ein, was sie selber mag und ihren Vorstellungen von einer Party entspricht. Kein Mensch mag eingelegte Oliven, sie sind altmodisch und gehören in frühere Jahrzehnte, das ist aber Lisa egal, weil sie zu jedem Snack mindestens zwei Oliven isst und so tut, als wären diese popeligen Oliven die Krönung des Genusses. Und wer außer Lisa kauft *Rotkäppchen*-Sekt – und dann noch in solchen Mengen?

Mia fragt sich, wen um Himmels willen Lisa einladen möchte und warum unbedingt eine Party gefeiert werden soll. Sicher hat sie den Ablauf schon geplant und mit

Xenia besprochen. Ja, es sieht so aus, als sollte die Party schon am nächsten Tag steigen. Lisa wird ein neues Kleid tragen, das ahnt Mia ebenfalls, und sie wird schon nach einer halben Stunde leicht angetrunken sein, weil sie zu Beginn einer Party gleich mit dem Trinken loslegt und so tut, als hätte sie in Sachen Alkoholgenuss etwas nachzuholen.

Mia verlässt die Küche wieder, der Anblick des überfüllten Raums stimmt sie ärgerlich, Lisa hätte sie fragen und informieren sollen. Nach einer Party ist Mia überhaupt nicht zumute, sie hat dazu nicht die geringste Lust, sondern würde sich lieber weiter um die anstehenden Dinge kümmern. Matteo umquartieren, für die Abschlussarbeit recherchieren und die Ideen, die sie während des Abendessens mit ihrem Vater besprochen hat, verfolgen.

Über drei Stunden haben sie im Brauhaus verbracht und waren schließlich die letzten Gäste. Es hat ihr gutgetan, dass der Name Matteo und das Thema Venedig nicht mehr angesprochen wurden. Vielmehr haben sie etwas herumgesponnen, sich lauter verrückte Themen für ihre Abschlussarbeit ausgedacht und überlegt, in welchen Schritten man jeweils vorgehen sollte. Vater hatte sein weißes Hemd und die Krawatte auch im Brauhaus anbehalten, sodass der Köbes, der ihn seit Langem kennt, gefragt hat, ob es ihm zu gut gehe.

– Nicht zu gut, aber endlich wieder gut genug, hat ihr Vater geantwortet, und der Köbes hat danach auf Kosten des Hauses zwei Kölsch spendiert.

Mia hängt ihren Mantel an die Garderobe und öffnet langsam die Tür ihres Zimmers. Ein kurzer Blick in Matteos Schlafecke überzeugt sie, dass er tief schläft. Neben seinem Bett aber liegt ein Stapel mit Blättern, anscheinend sind es Zeichnungen, die er gerade oder erst vor Kurzem angefertigt hat.

Mia geht etwas näher heran und kniet sich auf den Boden. Dann hebt sie vorsichtig das oberste Blatt ab und erkennt sofort, dass Matteo Lisa gezeichnet hat. Ja, ohne Zweifel, das sind Lisas Augen, das ist ihr Blick, und das ist ihre Stirn mit den kleinen Locken, die sie so oft beiseitewischt, obwohl sie doch gar nicht zu stören scheinen. Und was ist auf den anderen Blättern?

Mia geht die obersten rasch durch, gibt aber bald auf. Lisa, Lisa und noch mal Lisa! Anscheinend hat Matteo ja geradezu einen Narren an den kleinsten Details ihres Kopfes, ihrer Bluse und ihrer Hände gefressen. Es sieht danach aus, als hätte er Stunden damit zugebracht, sich in Lisas Posituren zu vertiefen. Das wird sie genossen haben, oh ja, Mia kann sich genau vorstellen, wie Lisa das intime Zusammensein mit ihrem Porträtisten im Stillen gefeiert hat.

Als sie sich das vorstellt, begreift sie, warum es eine Party geben wird. Die Party ist Lisas Dank an Matteo, und dieser Dank besteht aus Strömen von *Rotkäppchen*-Sekt, Bergen von eingelegten Oliven und Halden von mit Schinken umwickelten Datteln. Sie legt die Blätter wieder sorgfältig aufeinander und richtet sie aus. Warum hat bloß niemand mit ihr über all diese Dinge gesprochen? Was ist hier los?

Sie zieht sich aus und schlüpft langsam in ihr Bett. Auf dem Rücken liegend, starrt sie gegen die Zimmerdecke. Irgendetwas braut sich in dieser WG zusammen, sie spürt es genau. Es ist wie vor einem starken Gewitter, man sieht die dunklen Wolken aufziehen und duckt sich bereits, in Erwartung der befürchteten Blitze. Dabei war der Abend so schön wie lange kein anderer mehr. Die angeregte Unterhaltung mit ihrem Vater, seine kindliche Freude, wenn sie gemeinsam einen guten Einfall hatten.

Mia nimmt sich vor, am kommenden Morgen alles gleich in die Hand zu nehmen. Sie wird Matteo informieren und ihn fragen, ob er noch während des Tages in die alte elterliche Wohnung umsiedeln will. Stimmt er zu, käme sie allen Querelen zuvor. Die Party braucht sie weiter nicht zu interessieren. Wenn sie stattfindet, läuft das Ganze am Abend in Xenias Café. Dort wird sie sich kurz sehen lassen oder auch nicht, das wird sich ergeben. Niemand hat sie rechtzeitig zu dieser Party eingeladen, da kann auch niemand von ihr verlangen, dass sie erscheint. Und Matteo? Wenn er hingeht? Vielleicht geht es vor allem um ihn? Abwarten.

Sie legt sich auf die Seite und versucht einzuschlafen. Aber es geht nicht, sie fühlt sich hellwach. Immer, wenn sie Kölsch trinkt, ist das so, sie wälzt sich die halbe Nacht im Bett, ohne Ruhe zu finden. Oder liegt es an Lisa und ihren merkwürdigen Planungen? Sie hat etwas Bestimmtes vor, das ist klar, es geht nicht nur um eine Party. Was aber könnte das sein?

Einen Moment überlegt sie, ob sie Xenia wecken soll. Mit ihr lässt sich über solche Fragen gut reden. Allerdings würde es ihr wohl komisch vorkommen, wenn sie mitten in der Nacht geweckt und gefragt würde, was Lisa so vorhabe. Mia atmet tief durch und steht leise wieder auf. Sie schleicht zurück in die Küche, füllt ein Glas mit

Wasser und setzt sich auf einen Stuhl. So wie jetzt hat es hier noch nie ausgesehen, denkt sie. Wie vor einem großen, aber leider spießigen Fest. Etwas für ältere Leute, die sich auf einen »lustigen Abend« freuen. Fehlen eigentlich nur noch bunte Papiergirlanden oder Partylämpchen. Von der Musik ganz zu schweigen.

Ja, richtig, wer kümmert sich bei einer Lisa-Party eigentlich um die Musik? Lisa bestimmt nicht, und Xenia wohl auch nicht. Also wer? Für einen Moment hat Mia den Verdacht, dass Matteo diese Rolle übernehmen soll. Matteos Lieblingsmusik. Etwas Venezianisches. Oder Canzoni, querbeet. Sie lacht auf und schüttelt den Kopf. Nein, sie kann sich auch das nicht richtig vorstellen. Bisher ist Matteo nicht durch besondere Liebe zur Musik aufgefallen. Wenn er überhaupt Musik gehört hat, dann solche aus dem Radio. Küchenbegleitmusik, mehr nicht. Matteo als DJ? Er würde vielleicht gregorianische Choräle einspielen. Oder ernste Chöre aus Verdi-Opern. Sie muss wieder lachen.

Sie trinkt das Glas Wasser auf einen Schluck aus und wischt sich mit dem Handrücken über den Mund. Ihre Hand fühlt sich kalt an, sie ist nervös. Wie soll sie jetzt Schlaf finden? Sie geht wieder zurück in ihr Zimmer und holt ein Handtuch aus ihrem Schrank. Sie faltet es auseinander und legt es auf Matteos Skizzen. Dass und wie er Lisa porträtiert hat, soll im Dunkeln bleiben.

Sie legt sich wieder ins Bett und nimmt sich vor, an etwas Stilles, Ruhiges zu denken. Der große Platz von San Polo. An welche Läden oder Geschäfte erinnert sie sich? Gegenüber dem schmalen, unauffälligen Eingang der Kirche gibt es eine Trattoria. Sie war niemals darin, aber sie erinnert sich, dass sie relativ früh während des Vormittags öffnet. Der Besitzer steht dann draußen, die Arme vor der Brust verschränkt, tatenlos. Und nicht weit davon entfernt gibt es eine Apotheke mit lauter alten Apothekergeräten im Fenster. Dann kommt ein Tabakladen, und links, dort, wo der Platz sich öffnet, steht ein dunkelgrüner venezianischer Kiosk, zugewuchert mit Kalendern und kleinerem Billigplastikspielzeug für Kinder.

Mia stellt sich die Szenen genau vor: wie sie sich der Kirche nähert und stehen bleibt. Wie sie neben dem Eingang nach Ankündigungen von Kirchenkonzerten schaut. Wie sie den Besitzer der Trattoria grüßt, der beim Zurückgrüßen keine Miene verzieht und überhaupt so ausschaut, als wäre es ihm am liebsten, wenn gar keine Gäste erschienen. Wie sie unter das Dach des Kiosks tritt und den Kopf etwas einzieht. Wie sie sich die neuste Nummer der venezianischen Tageszeitung kauft und mit dem Verkäufer einige Worte wechselt. Wie sie die Zeitung unter den linken Arm klemmt und hinüber in die Apotheke geht. Wie sie sich dort eine Handcreme für ihre meist zu trockenen Hände kauft. Wie sie vor der Weite des Platzes stehen bleibt und nach Vögeln Ausschau hält. Wie sie plötzlich wieder von diesem typischen Glücksgefühl durchströmt wird, wie sie es nur in Venedig erlebt hat. Wie sie den Platz verlässt, um in der *Pasticceria Rizzardini* einen Caffè macchiato zu trinken. Wie sie beim Betreten der Pasticceria besonders laut grüßt …

Endlich schläft sie ein und schafft es, die Venedigbilder in ihren Traum hinüberzuretten. Nur dass sie im Traum die nahen Räume nicht mehr erkennt. Irgendwo in Venedig ist sie unterwegs, sie ist allein, und sie soll eine bestimmte Adresse finden. Schon mehrmals hat sie andere Passanten gefragt, und jeder hat sie in eine andere Richtung geschickt. Anscheinend kann niemand ihr helfen, sie muss es selbst hinbekommen, aber ihr fällt nichts mehr ein, was sie in ihrer Suche voranbringen könnte.

Sie schläft so tief, dass sie am frühen Morgen gar nicht bemerkt, wie Matteo aufsteht, ins Bad geht und sich danach ankleidet. In der Küche trifft er Xenia, die beiden sprechen nicht viel miteinander, sondern gehen gleich hinunter ins Café, um dort aufzuräumen und die Öffnung vorzubereiten. Gestern Abend haben Xenia und Lisa von der Party gesprochen, Matteo war nicht gerade begeistert, aber er hat zugesagt, ihnen zu helfen. Davon, dass es eine Party zur Feier seiner Ankunft in Köln werden soll, hat noch niemand etwas gesagt. Lisa hat sich diese Überraschung für das kleine Fest selbst vorbehalten, sie will es zu Beginn der Party verkünden.

Sie steht ebenfalls früh auf, geht ins Bad, kleidet sich an und macht sich in der Küche zu schaffen. Die Tüten müssen ausgepackt, der Kühlschrank muss ausgeräumt, die Flaschen sollten gekühlt werden. Sie versucht, so leise wie möglich zu sein, aber sie kann nicht vermeiden, dass Mia erwacht. Sie reckt sich auf und schaut hinüber in Matteos Schlafecke. Er ist nicht mehr da, also wird er mit Xenia unten im Café sein. Aber was ist in der Küche los?

Sie zögert nicht lange, sondern streift sich ein Kleid über, öffnet die Tür und tritt auf den Flur. Dann nähert sie sich der Küche. Sie schaut vorsichtig hinein, Lisa ist dabei, den Inhalt der Tüten auszupacken und in der Küche zu verteilen. Mia wünscht ihr einen guten Morgen und beugt sich mit dem Kopf etwas vor, ohne den Raum zu betreten. Sie fragt:

– Was ist hier eigentlich los? Was soll das alles?

Lisa unterbricht das Aufräumen nicht, sie arbeitet schnell, und ihre Antwort kommt sofort.

– Wir haben lange keine Party mehr gefeiert. Und jetzt, wo ich eine Woche freihabe, können wir das nachholen.

– Wer ist »wir«? Ich habe keine Lust auf eine Party.

– Na gut, dann eben nicht. Xenia hat aber Lust und Matteo auch.

– Du hast die Sache zusammen mit ihnen geplant?

– Ja, ganz spontan, gestern Abend. Ich bin sogar noch rasch einkaufen gegangen. Das Nötigste. Gleich kaufe ich noch die feineren Sachen. Es macht mir Spaß, verstehst Du?

– Du kannst mir doch nicht erzählen, dass Du ganz spontan und aus lauter Freude eine Party geplant hast. Da steckt doch mehr dahinter.

– Nichts Besonderes.

– Nun sag schon!

– Ich dachte mir, dass wir Matteo mit dieser Party willkommen heißen und offiziell bei uns aufnehmen.

– Wie bitte?!

– Ich werde vorschlagen, dass er jeweils für eine Woche bei einer von uns dreien schläft. Dann ist das Leben für ihn abwechslungsreicher.

– Das ist nicht Dein Ernst!

– Oh ja, das ist mein Ernst! Und Xenia ist einverstanden damit.

– Lisa, das ist zum Lachen! Was sagt denn Matteo dazu?

– Er weiß noch nichts von seinem Glück, ich werde ihn zu Beginn der Party in alles einweihen.

– Ah ja, da hast Du Dich leider verrechnet.

– Wieso?

– Weil er dann längst ausgezogen sein wird.

– Ausgezogen?! Was redest Du denn?

– Mein Vater hat ihm ein Zimmer in unserer alten Wohnung angeboten. Damit Matteo es bequem hat. Und damit er sich nicht in kleine Schlafecken verkriechen muss.

– Das denkst Du Dir jetzt auf die Schnelle aus. Hat Matteo denn zugesagt? Hast Du mit ihm darüber gesprochen?

– In zehn Minuten werde ich mit ihm darüber sprechen. Nachdem ich geduscht und mich angezogen habe. Unten im Café. Noch bevor es öffnet.

Lisa unterbricht ihre Arbeit und schüttelt den Kopf. Sie wartet, bis Mia die Wohnung verlässt, und schließt sich ihr an. Mia hat es eilig, sie springt die Stufen herunter, und als sie vor dem Café steht, klopft sie fest gegen das Glas der Eingangstür. Drinnen wundert sich Xenia über den Lärm und kommt rasch hinzu, um die Tür aufzuschließen.

– Was ist denn los?, fragt sie, ist was passiert?

– Wir müssen hier einiges klären, antwortet Mia.

– Möchtest Du einen Kaffee?

– Nein. Keinen Kaffee, keinen Tee und erst recht keinen *Rotkäppchen*-Sekt!

– Mein Gott, Du bist ja vielleicht schlecht gelaunt.

– 295 –

– Bin ich, ja, bin ich. Und warum?! Weil ich heute Morgen ganz nebenbei vor vollendete Tatsachen gestellt werde. Weil ihr eine Party ohne meine Zustimmung geplant habt. Weil Ihr vorhabt, Matteo in drei Teile zu zerlegen und jeden Teil eine Woche lang anderswo unterzubringen. Der Lisa-Matteo, der Xenia-Matteo und der Rest-Matteo. Ihr habt mich nicht gefragt, was ich davon halte. Nun gut. Ich halte gar nichts davon. Matteo braucht ein anständiges Zimmer und einen guten Platz für seine Arbeit.

– Und wo sollen wir den herzaubern?

– Mein Vater wird ihm ein Zimmer in unserer alten Wohnung anbieten. Dann hat er etwas Gesellschaft und dazu noch einen Gehilfen, der ihn bei seinen Forschungen unterstützt.

– Stimmt das?, fragt Xenia.

Mia kommt nicht zu einer Antwort, denn plötzlich bemerken die drei, dass Matteo die Küche verlassen hat und neben ihnen steht.

– Mia, wovon ist hier gerade die Rede?, fragt er (auf Italienisch).

Mia schaut ihn an und spürt wieder die Nervosität der vergangenen Nacht. Der Kiosk auf dem Platz von San Polo hat längst geöffnet. In der Apotheke unterhalten sich zwei ältere Kundinnen, die ihre kleinen Hunde draußen angebunden haben. Der Besitzer der Trattoria hat gerade Licht gemacht.

– Es geht hier alles etwas durcheinander, antwortet sie (auf Italienisch).

Sie bemüht sich, leise und ruhig zu sprechen, aber sie spürt, dass die anderen sie misstrauisch beobachten.

– Sag ihm, dass er wieder Englisch sprechen soll. Damit wir alle mitbekommen, um was es geht, sagt Xenia.

– Er möchte nur mit mir sprechen, antwortet Mia, ich kann ihm nicht vorschreiben, mit wem er sprechen soll.

– Was geht durcheinander?, fragt Matteo (auf Italienisch).

– Herrgott, sagt Mia, niemand von uns dreien weiß so richtig darüber Bescheid, was Du vorhast. Und jede von uns dreien macht sich ihre Gedanken. Wir wissen nicht einmal, wie lange Du eigentlich bleiben willst. Noch eine Woche? Noch drei Monate? Noch ein Jahr?

– Ich bin lästig, das willst Du anscheinend sagen, antwortet Matteo. Warum sagt Ihr denn nicht die Wahrheit? Ich ertrage die Wahrheit, Ihr braucht Euch keine Gedanken zu machen.

– Hier läuft gerade etwas sehr schief, sagt Xenia, ich verstehe zwar kein einziges Wort, aber ich habe Augen im Kopf.

Mia schweigt. Ihre rechte Hand zittert leicht, sie hat viel zu wenig geschlafen. An diesem frühen Morgen ist sie auf so grundsätzliche Gespräche nicht vorbereitet. Solche Gespräche sind etwas für den Abend. Wenn alle sich wieder etwas beruhigt haben. Sie kann Matteo nicht einmal anschauen, sie bringt es einfach nicht fertig. Erst als er seine Tasche holt und das Café verlässt, löst sich die Erstarrung.

Niemand von den dreien sagt noch ein Wort. Sie beobachten, wie Matteo die Straße überquert und das Wohnhaus schräg gegenüber betritt.

– Ich bin heute nicht sehr gut drauf, sagt schließlich Mia, es tut mir leid.

– Du trinkst jetzt erst mal einen Beruhigungstee, antwortet Xenia.

– Mir bitte auch einen, fügt Lisa hinzu.

Xenia verschwindet in der Küche und setzt das Teewasser auf. Als sie mit zwei Tassen erscheint, ist es noch immer still.

– Wann haben wir das letzte Mal Tee miteinander getrunken?, fragt Lisa, höchstens im Kindergarten.

– Okay, antwortet Xenia, dann trinke ich jetzt auch einen Tee. Den ersten seit Jahrzehnten.

Sie geht wieder in die Küche und kommt bald mit einer dritten Tasse zurück. Draußen, vor der Eingangstür des Cafés, stehen bereits die ersten Kunden. Sie schauen hinein und machen fragende Gesten. Warum das Café nicht öffnet. Was denn los ist. Xenia geht zur Tür, öffnet sie und sagt:

– Entschuldigung, wir brauchen noch ein paar Minuten für uns.

Die Kunden zerstreuen sich. Einige warten und kümmern sich um ihr Smartphone, andere ziehen anscheinend andere Erledigungen vor. Die drei trinken weiter, regelmäßig und langsam.

Seit Matteos Abgang sind kaum zehn Minuten vergangen, da erscheint er wieder. Er trägt den schwarzen Mantel, er hält seine Sporttasche in der rechten Hand, und jeder von den dreien ist sofort klar, dass er sich verabschieden will.

– Ich falle Euch nicht weiter zur Last, sagt er (auf Englisch). Ich fahre noch heute nach Venedig zurück. Tau-

send Dank für alles, ich habe mich bei Euch sehr wohl-
gefühlt.

Mia steht auf und geht auf ihn zu.

– Du hast mich falsch verstanden, sagt sie (auf Italienisch). Niemandem von uns fällst Du zur Last. Wir mögen Dich alle, jede auf ihre Weise. Und mein Vater mag
Dich auch sehr. Das weißt Du. Er hat vorgeschlagen, dass
Du bei ihm einziehst. Platz genug ist ja in unserer alten
Wohnung. Du würdest ihm einen großen Gefallen tun –
und mir auch, Matteo.

Sie spürt, dass er nicht mehr genau zuhört. Vielleicht
denkt er, dass sie sich dieses Angebot rasch ausgedacht
hat. Um nicht unhöflich zu erscheinen. Um weiter die
Rolle als gute Gastgeberin zu spielen. So wie er jetzt da-
steht, hilflos, apathisch, in sich zusammengesunken, hat
es fast den Anschein.

– Davon hättest Du mir früher erzählen sollen, antwortet er, jetzt ist es zu spät. Ich reise noch heute ab.

Er umarmt Mia und danach auch Xenia und Lisa. Die
beiden protestieren und sagen ihm, dass sie die Party nur
für ihn geplant hätten. Um ihn willkommen zu heißen.
Um seinen Einzug offiziell zu feiern und zu begehen.
Lisa wird sogar etwas laut und zieht ihn am Mantel.

– Du kannst uns doch nicht einfach verlassen, sagt sie.
Das geht nicht.

– Das kann ich sehr wohl, antwortet er, und als er genau das sagt, bemerken die drei fast zugleich, dass alles
Reden jetzt nicht mehr hilft.

Er wirkt sehr gekränkt, irgendeine Bemerkung hat
ihn so getroffen, dass er unbedingt abreisen will. Langsam geht er zur Tür und dreht sich noch einmal um. Er

versucht zu lächeln, aber es gelingt ihm nicht richtig.

– Mille grazie, sagt er leise, dann schließt er die Tür und geht die Straße entlang.

– Jetzt lauf ihm doch hinterher!, sagt Lisa zu Mia.

– Ja, lauf ihm hinterher!, sagt Xenia.

Mia aber setzt sich und schaut zur Seite. Sie kann das Bild des Weggehenden, der gleich abreisen wird, nicht ertragen. Es ist zu viel an diesem Morgen.

– Mist, sagt sie, ich habe alles falsch gemacht, einfach alles. Was bin ich doch für eine Idiotin! Und warum muss ich immer meinen verdammten Willen durchsetzen? Meinetwegen hätte er auch bei uns bleiben können, und meinetwegen sogar gedrittelt, eine Woche hier, eine Woche da, die letzte Woche bei mir. Alles wäre besser gewesen als so ein Abgang. Ich wette, wir werden nie mehr etwas von ihm hören. Und wiedersehen werden wir ihn schon gar nicht. Wir haben es einfach vermasselt, gründlich und für immer.

Die Kunden werden langsam ungeduldig. Einige klopfen jetzt heftiger als zuvor gegen die Glasfront. Xenia geht zur Tür, öffnet sie und sagt:

– Leute, es tut mir sehr leid, aber das Café bleibt heute geschlossen. Ein Trauerfall. Etwas Schlimmes, Unerwartetes. Morgen sind wir wieder für Euch da. Versprochen.

32

Kurz darauf trennen sich die drei, und jede von ihnen geht ihrer Wege. Lisa hält es in der Umgebung der WG nicht mehr aus und fährt mit der S-Bahn aufs Land. Sie braucht jetzt Natur, einfache, schlichte, anspielungsarme Natur. Wälder mit Eichen und Buchen. Kühe auf Feldern. Ein paar Blumen am Wegrand.

Xenia fährt ins Zentrum und durchläuft Kaufhäuser von unten nach oben. Selbst in den Stockwerken mit lauter Herrenbekleidung treibt sie sich herum, mustert die neusten Angebote und tut so, als müsste sie etwas aussuchen. Für ihren Freund. Einen schwierigen Typ.

Mia schließlich weiß überhaupt nichts mit sich anzufangen. Wie in Trance geht sie zur nächsten U-Bahn-Station und lässt sich zum Dom fahren. Was aber will sie am Dom? Sie geht hinein und bleibt nirgends stehen. Wie eine Spaziergängerin durchstreift sie erst das rechte Seitenschiff, dann den Chor und schließlich auch noch das linke Schiff. Sie schaut nicht nach rechts und links, sondern blickt starr geradeaus. Ein Beobachter könnte meinen, sie drehe im Dom eine Runde. Und danach eine zweite. Und sogar eine dritte.

Dann verlässt sie das Gebäude durch den Seitenausgang, der direkt zum Bahnhof führt. Ich bin zum Dom gefahren, weil ich in den Bahnhof möchte, denkt sie und ist für einen kurzen Moment erstaunt über diesen Gedanken. Natürlich, das ist es. Während ihrer Rundgänge im Dom ist sie endlich darauf gekommen. Sie geht in den Bahnhof und stellt sich in die Schlange vor der Information. Als sie an der Reihe ist, sagt sie:

– Wann geht der nächste Zug nach Venedig?

In zwei Stunden gibt es eine gute Verbindung mit nur zweimal umsteigen. Sie würde vor Mitternacht ankommen. Sie lässt sich die Verbindung mit den Umsteigestationen ausdrucken und geht für eine Weile nach draußen. Wenn sie nach Venedig fahren sollte, würde sie das noch heute tun. Heute und sofort. Keine Widerrede. Sie kann nicht ertragen, dass diese starke Geschichte so plötzlich abbricht. Das darf einfach nicht sein.

Sie braucht aber noch einen Moment Bedenkzeit. Und sie muss es sich genau vorstellen: dass sie jetzt eine Fahrkarte kauft, dass sie nach Hause fährt und einen Koffer packt, dass sie mit ihrem Vater telefoniert. Das Telefonat mit ihm wird sicher sehr schwierig. Matteos Abreise ist eine bittere Nachricht für ihn und könnte ihm den ganzen Schwung, den er wieder an den Tag gelegt hat, nehmen. Sie muss also sehr vorsichtig mit ihm reden.

Mia geht noch einmal zurück in den Dom. Ist das, was sie vorhat, vernünftig? Wie soll sie Matteo erklären, dass sie ihm hinterhergereist ist? Was soll sie überhaupt zu ihm sagen? Hier bin ich, ich würde mich über ein Zimmer in Eurem kleinen Palazzo sehr freuen? Sie geht wieder durchs rechte Seitenschiff und bleibt vor dem Lochneraltar stehen. Hier hat Matteo gebetet. Soll sie sich hinknien? Soll auch sie vor diesem Altar beten? Nein,

– 302 –

das geht nicht, sie bringt jetzt kein Gebet zusammen. Aber eine Kerze anzünden, das geht. Sie wirft eine Münze in den Opferstock und zündet eine Kerze an, dann wartet sie, bis die Kerze richtig zu brennen beginnt.

Langes Nachdenken hilft jetzt nicht mehr. Sie muss nach Venedig, es gibt keine andere Lösung. Und was sie dort sagt und tut, darf sie jetzt nicht beschäftigen. Sie geht weiter durch den Chor, am Dreikönigenschrein vorbei. Dann verlässt sie den Dom zum zweiten Mal durch den Seiteneingang zum Bahnhof. Sie hüpft die große Freitreppe herunter und betritt die Vorhalle. Ohne noch weiter zu zögern, kauft sie eine Fahrkarte nach Venedig und reserviert auch gleich einen Sitzplatz.

– Ich beneide Sie, sagt die Fahrkartenverkäuferin.

Mia nickt und bedankt sich. Wenn die Frau wüsste, wie es um sie steht. Wie nervös sie ist. Wie durcheinander. Und wie erleichtert, dass sie sich zu diesem Schritt durchgerungen hat.

Während der Rückfahrt in der U-Bahn überlegt sie, welche Kleidung sie einpacken sollte. Sie geht ihre Sachen durch und sortiert sie im Kopf. Was noch? Sie will sich nicht mit unnötigem Kram belasten, sondern mit leichtem Gepäck reisen. So, wie Matteo es vorgemacht hat. Vor ihrer Abfahrt wird sie im Souvenirladen des Doms noch einen kitschigen Minidom kaufen. Als Geschenk für Matteo, den Domenthusiasten. Bei dem Gedanken lacht sie kurz auf, und als sie ihr eigenes Lachen bemerkt, spricht sie laut vor sich hin:

– Na bitte. Geht doch.

Wie warm ist es eigentlich jetzt in Venedig? In dieser herbstlichen Jahreszeit gibt es erheblich weniger Touristen als sonst. An der Seite Matteos wird sie die Stadt durchstreifen, und am frühen Nachmittag werden sie dann und wann auf den Lido fahren und ans Meer laufen. Während ihres letzten Aufenthalts hat sie das immer allein getan. Ans Meer laufen, aufs Meer schauen, am Meer entlanggehen. Solche Gänge befreien den Kopf von allem Gerümpel. Man wird ruhig und kommt zu sich. Man sollte am Meer leben, und man sollte seine Kinder am Meer aufwachsen lassen. Kindern, die dort aufwachsen, kann nichts passieren, denkt Mia. Sie werden das Meer nie verlassen, sie werden am Meer wohnen bleiben. Wohnen und bleiben. Bleiben und wohnen.

Sie fährt sich durchs Haar. Sollte sie ihre Abschlussarbeit nicht über ein venezianisches Thema schreiben? Das wäre keine schlechte Idee. Gleich wird sie mit ihrem Vater telefonieren. Er wird sich über diese Idee freuen, und er wird auch sofort Vorschläge machen. Sie kennt keinen anderen Menschen, der so schnell mit Ideen und Vorschlägen herausrückt. Bedenkenlos. Wie im Rausch. Sie spricht wieder laut vor sich hin:

– Na klar. Er weiß eben Bescheid.

Sie steigt aus der U-Bahn-Station ins Freie und geht die breite Hauptstraße entlang. Plötzlich kommt ihr Harald entgegen. Sie begrüßen sich, und Harald fragt:

– Warum lachst Du?

– Ich fahre gleich nach Venedig, antwortet Mia.

– Du träumst, sagt Harald.

– Ja, sagt Mia, ich träume.

– Soll ich Lin etwas ausrichten?

– Nein, vorerst nicht. Ich melde mich aus Venedig.

– Also im Ernst?

– Ja, im Ernst.

Harald lacht mit ihr und biegt sich etwas unbeholfen nach vorn, als könnte er so Herr werden über sein Lachen. Er ist schwer in Ordnung, denkt Mia und gibt ihm zum Abschied einen Kuss links, einen rechts. Als er weiterzieht, blickt sie ihm noch einen Moment hinterher: was für ein ehrlicher, gut gelaunter und verspielter Vogel! Dann konzentriert sie sich wieder auf die bevorstehende Abfahrt.

– Packen! Aber schnell!, sagt sie laut.

Sie biegt in die Straße ab, in der sich ihre Wohnung befindet. Vor dem Café schräg gegenüber stehen einige Passanten und entziffern den Aushang in der Tür: *Heute wegen eines Trauerfalls geschlossen*. Typisch Xenia, denkt Mia. Sachlich, einfach – und alles stimmt und ist doch ganz anders.

Dann wendet sie sich um und geht auf ihr Haus zu. Als sie den Schlüssel aus ihrer Tasche holt, bleibt sie stehen. Jemand steht vor der Haustür. Ruhig, wartend, als sei er ganz sicher, dass sie kommen werde. Sie schaut ihn an und erkennt ihn sofort. Der Typ ist wieder da.

Lesen Sie auch das neue Buch von Hanns-Josef Ortheil:

Leseprobe aus
Die Mittelmeerreise

Der große, fesselnde Roman
einer Odyssee ins Erwachsenenleben.

Copyright © 2018 Luchterhand Literaturverlag, München,
in der Verlagsgruppe Random House GmbH,
Neumarkter Straße 28, 81673 München
Umschlaggestaltung: buxdesign, München
Umschlagmotiv: Plainpicture/Jeffries
Printed in Germany
ISBN 978-3-630-87535-4

www.luchterhand-literaturverlag.de
www.facebook.com/luchterhandverlag

Die Ankunft

Um 8.48 Uhr kamen Papa und ich in Antwerpen an. Wir waren die Nacht durch gefahren, von Köln über Brüssel (dort waren wir umgestiegen). Im Bahnhof von Antwerpen tranken wir zunächst einen Kaffee, wir waren sehr müde, denn wir hatten während der Nachtfahrt keine Minute geschlafen. Papa sagte, er wünsche sich Seife und eine Dusche, sein Gesicht fühle sich verspannt und verklebt an und außerdem störten ihn die Bartstoppeln. Ich betrachtete sein Gesicht genauer und konnte weder etwas Verspanntes noch Verklebtes erkennen, Bartstoppeln dagegen waren sehr viele zu sehen. Papa sah aus wie ein Mann, der sich tagelang nicht rasiert hat, denn Papas Bart wächst sehr schnell, so dass man ihn, wenn man ihn bändigen will, jeden Morgen rasieren muss.

»Ich sehe scheußlich aus, nicht wahr?« fragte er, und ich antwortete, es sei halb so schlimm, lediglich der Bart sei etwas auffällig. »Halb so schlimm ist schlimm genug«, antwortete Papa, und dann sagte er, er werde sich sofort den Bart rasieren lassen, koste es, was es wolle. Mit so einem scheußlichen Bart werde er die Stadt Antwerpen nicht betreten, und erst recht werde er sich damit nicht auf dem Schiff präsentieren. Was sollten der Kapitän und die Mannschaft an Deck von ihm denken, wenn er mit einem solchen Bart erscheine? Man werde ihn für einen Hafenarbeiter halten, der nächtelang nicht geschlafen, sondern durchgefeiert habe.

»Aber was sollte der Hafenarbeiter gefeiert haben?« fragte

LESEPROBE

ich, und Papa antwortete: »Er hat das Wochenende durchgefeiert, heute ist Montag.« – »Richtig«, sagte ich und schaute
Papa wieder an, »heute ist wirklich Montag!«, und Papa lachte
und tat so, als wäre ihm etwas Unerwartetes, Geniales eingefallen. Ich musste auch lachen, und dann gingen wir durch den
Bahnhof und suchten nach einem Friseur, der Papa den Bart
rasieren würde.

Jeder von uns hatte einen Koffer (Papa einen halbgroßen, ich
einen leichten, kleineren) sowie einen Rucksack dabei. Wir
hielten das nicht für viel Gepäck, und es war auch wahrhaftig
kein Mordsgepäck, sondern leicht zu tragen. »Gut, dass wir
kein schweres Gepäck mitgenommen haben«, sagte Papa, »wenn
es nach Deiner Mutter gegangen wäre, hätte jeder von uns
mindestens zwei Reisetruhen mitnehmen müssen, auf jeder
Schulter eine.«
    Er lachte wieder, denn er war anscheinend trotz der Müdig-
keit guter Laune. Ich war nicht ganz so guter Laune, und das
kam daher, dass ich zu aufgeregt für eine entspannte, gute
Laune war. Ich musste an das Schiff, den Kapitän und die
Mannschaft denken, die uns jetzt im Hafen erwarteten, und
mir wäre es am liebsten gewesen, wir wären sofort dorthin gefahren, anstatt vorher noch Papas Bart auf Vordermann oder
sogar ganz zum Verschwinden zu bringen.
    Papa aber entdeckte dann wirklich einen Friseur und stürm-
te sofort in den Laden, »in zehn Minuten kannst Du wieder
vorbeikommen«, rief er. Wir verstauten unser Gepäck in dem
Friseurgeschäft, und ich drehte eine kleine Runde durch den
Bahnhof, was mich aber nicht beruhigte, sondern eher noch
aufgeregter machte. »Verdammt nochmal«, sagte ich mehrmals
zu mir, »sei doch nicht so nervös! Es geht ja schließlich nicht
um Leben und Tod!«

LESEPROBE

Den Spruch, dass »es nicht um Leben und Tod gehe«, hatte ich von Papa übernommen. Er sagte das häufig, denn er mochte es überhaupt nicht, wenn Menschen in seiner Umgebung nervös waren oder sich übermäßig aufregten. Er selbst blieb fast immer gelassen, ich kannte keinen anderen Menschen, der so gelassen blieb, und ich bewunderte das sehr, denn natürlich wäre auch ich viel lieber so gelassen gewesen, weil man als gelassener Mensch alles viel deutlicher und gründlicher erlebt. Die Nicht-Gelassenen bringen sich wegen ihrer Nicht-Gelassenheit oft um die starken Eindrücke und zappeln nur so durch die Welt, von einer Aufregung zur nächsten, während die Wirklich-Gelassenen vom Leben viel mehr mitbekommen.

Um mich zu beruhigen, setzte ich mich auf eine Bank und versuchte, die Menschen in meiner Umgebung zu beobachten. Was fiel mir an ihnen auf? Was war anders als zu Hause? Ich gab mir Mühe mit solchen Beobachtungen, aber ich bemerkte nichts wirklich Interessantes, wahrscheinlich war ich viel zu müde für das genaue, gescheite Beobachten. Blöderweise ging mir auch Papas Hafenarbeiter nicht aus dem Kopf, seine Erscheinung spukte durch mein Hirn, und mir waren vor lauter Müdigkeit fast die Augen zugefallen, weil sich der Antwerpener Hafenarbeiter dort festgesetzt und die Traumphase eingeleitet hatte.

Der Hafenarbeiter (10. Juli 1967, ohne Uhrzeit)

Henri hatte den gestrigen Sonntag und auch den Tag zuvor durchgefeiert. Fast all seinen Lohn hatte er für Bier und Schnaps ausgegeben, und außerdem hatte er sich etwas Gutes zu essen gegönnt. Sonntagnacht hatte er nicht mehr nach Hause gefunden und stattdessen im Hafengelände geschlafen. Im Hafengelände fühlte er sich wohler als

LESEPROBE

in seinem wirklichen Zuhause, denn dieses wirkliche Zuhause bestand nur aus einem einzigen Zimmer am anderen Ende der Stadt. Nicht einmal einen Kühlschrank besaß er und nicht einmal einen Herd, er war ein armer Teufel, der sich unterwegs von Sachen ernährte, um die er bettelte oder die er mitgehen ließ, wenn einer der Wurstverkäufer einmal nicht aufpasste oder nicht schnell genug war. Henri tat dann so, als wollte er zahlen, ließ sich aber zunächst die Wurst geben. Hielt er sie in Händen, rannte er so schnell wie möglich davon. Kein Wurstverkäufer hatte ihm je folgen können, denn alle hatten ja bei ihrem Stand bleiben und ausharren müssen. Wäre aber einer von ihnen ihm dennoch gefolgt und nachgelaufen, hätte er ihn mühelos abgehängt, denn Henri war mit seiner Größe von 1,80 Meter und einem Gewicht von 70 Kilo ein guter Sprinter, den so schnell niemand einholen konnte ...

Ich wachte wieder auf, Herrgott, ich war wirklich eingeschlafen und hatte von Papas Hafenarbeiter geträumt. So etwas passierte mir oft, ich hörte mit dem anstrengenden Beobachten der Welt auf und begann stattdessen zu träumen – und dann träumte ich manchmal von bestimmten Menschen, als wäre ich der Regisseur eines Films und als hörte ich meiner eigenen Erzählung zu, die wie ein ruhiger Monolog parallel zu den Bildern lief. Die Bilder waren immer schwarz-weiß, ohne Ausnahme, alle meine Träume waren Schwarz-Weiß-Filme, und ich verstand nicht, warum es mir nicht wenigstens einmal gelang, in Farbe zu träumen. Es war eben so, und ich konnte tun, was ich wollte, es gelang einfach nicht.

Ich stand rasch auf und ging zu dem Friseurladen zurück, Papa stand vor einem Spiegel und fuhr sich mit der rechten Hand durchs Gesicht. »Wo bleibst Du denn?« fragte er, »Du bist ja schon über eine halbe Stunde weg.« Ich starrte ihn an, denn er sah ganz anders aus, als er je ausgesehen hatte. Die Haare glänzten und lagen eng am Kopf, und er roch stark nach einem Rasierwasser, als hätte der Friseur eine halbe Flasche über das gesamte Gesicht verteilt. »Was schnüffelst Du denn so?« fragte Papa, und ich sagte, dass ich ihn kaum noch wiedererkenne, so verändert sehe er aus. »So ein Unsinn!« antwortete er, »ich sehe aus wie immer!«

Ich sagte nichts mehr zu seinem Aussehen und dem starken Duft, den er verbreitete, sondern wartete, was als nächstes geschehen würde. Papa aber wartete auch, ich vermutete, dass er auf meine Antwort wartete, ich antwortete aber nichts mehr, denn ich musste den seltsamen Eindruck, den Papa hinterließ, erst einmal verarbeiten. Hätte ich etwas gesagt, so hätte ich behauptet, er sehe aus wie ein italienischer Mafiaboss, der jeden Tag zu seinem Friseur geht und sich mit Rasierwasser und anderen Duftwässerchen überschütten lässt.

Als wir beide einige Zeit darauf gewartet hatten, was der andere noch sagen würde, sagte Papa: »Ich habe mit dem Agenten der Reederei telefoniert. Er hat mir die Nummer des Liegeplatzes gegeben, an dem unser Schiff festgemacht hat. Wir nehmen jetzt ein Taxi und fahren hin, dann sehen wir weiter.« Ich nickte kurz, dann griffen wir nach unserem Gepäck und verließen den Bahnhof.

Unterwegs sagte Papa, der Friseur habe ihn gut und rasch rasiert und ihm sogar noch die Haare gewaschen. Er habe sie geföhnt und getrocknet und mit einem Haarwasser parfümiert, und dann habe er die Haare noch gegelt und das Gesicht mit einem Rasierwasser behandelt. Niemand habe ihn darum gebeten, aber der Friseur habe nichts zu tun gehabt, und so habe er sich eine Sonderbehandlung ausgedacht. »Fast umsonst«, sagte Papa und lachte schon wieder. Als ich nicht mitlachte, drehte er sich nach mir um und fragte: »Sieht es

LESEPROBE

schlimm aus?« Ich schüttelte den Kopf und antwortete: »Nein, nicht schlimm, nur anders, sehr anders.«

Da sagte Papa zunächst nichts mehr, und wir stiegen in ein Taxi, und Papa versuchte, sich mit dem Taxifahrer zu verständigen. Auf Deutsch ging es natürlich nicht, auf Französisch auch nicht, da sprach Papa Englisch, und ich hörte ihn zum ersten Mal seit vielen Jahren Englisch sprechen. (Wann hatte ich ihn das letzte Mal Englisch sprechen hören, wann genau war das gewesen? Ich überlegte krampfhaft, aber ich kam nicht darauf. Schließlich vermutete ich sogar, dass ich ihn noch nie in meinem Leben hatte Englisch sprechen hören.)

»Worüber denkst Du nach?« fragte Papa, als das Taxi losfuhr. Er saß vorne neben dem Fahrer, und ich saß hinten, mit unseren beiden Rucksäcken. Die Frage überrumpelte mich, denn ich wollte nicht sagen, dass ich über Papas Englisch nachgedacht hatte, und so antwortete ich: »Ich bin ziemlich aufgeregt. Und ich bin sehr gespannt, wie unser Schiff aussieht.« Papa lachte noch einmal, und da wusste ich, dass er auch etwas aufgeregt war und laufend lachte, um die Aufregung zu überspielen. »Du bist auch etwas aufgeregt, oder?« fragte ich, da drehte Papa sich zu mir um und sagte: »Ehrlich gesagt: Ja, bin ich.« – »Sonst bist Du niemals aufgeregt«, antwortete ich. – »Wirklich nicht?« sagte Papa, und dann drehte er sich wieder um und schaute stumm auf die Straße, so dass ich annehmen musste, er überlege gerade selbst, wie es mit seiner Aufregung im Allgemeinen und im Besonderen bestellt sei.

Wir erreichten dann die Einfahrt zum Hafengelände. Dort mussten wir uns als Passagiere des Frachtschiffes *Albireo* ausweisen, das einer Reederei in Bremen gehörte und morgen von

Antwerpen nach Istanbul auf große Fahrt gehen würde. Die Hafenkontrolleure warfen auch einen Blick in unsere Rucksäcke, während die Koffer sie seltsamerweise nicht interessierten. Dann wurden wir durchgewunken, und das Taxi schlich langsam durch das immer größere, riesige Hafengelände.

Ich hatte ein solches Gelände mit seinen Kränen, Masten, Schuppen und Speichern noch nie gesehen, es machte einen gewaltigen Eindruck auf mich. Überall wurden schwere Güter verladen, und ich erkannte auf den Decks der Schiffe und unten, an den Kais, kleine Gruppen von Hafenarbeitern, die mich sofort an Henri erinnerten. Die Frachtschiffe, die ich zu sehen bekam, waren so viel größer als die Touristendampfer in Köln, auf denen ich schon mehrmals den Rhein entlang gefahren war, dass man diese beiden Schiffstypen gar nicht miteinander vergleichen konnte. Es wäre so gewesen, als hätte man einen Riesen mit einem lächerlichen Gartenzwerg verglichen, ja, so ungefähr wäre es gewesen.

Papa drehte sich wieder nach mir um und fragte: »Na, wie findest Du es hier?« Ich schluckte und antwortete: »Das verschlägt einem die Sprache.« – »Wie bitte?!« sagte Papa da, etwas lauter und beinahe drohend. Und ich antwortete schnell: »Ich versuche später mal, es genau zu beschreiben. Ich brauche noch etwas Zeit.«

Papa hasst kaum etwas so sehr wie die Redensart, dass einem etwas »die Sprache verschlägt«. Oder »dass man keine Worte für dies und das findet«. Oder »dass sich das alles nicht in Worte fassen lässt«. Rede ich so, nennt er es »eine Bankrotterklärung«. »Bankrotterklärungen« dieser Art entstehen (wie Papa meint) nur aus Faulheit oder aus Dummheit oder aus Ignoranz und haben daher mit absolut schlechten Eigenschaften zu tun. »Alles, aber auch alles lässt sich beschreiben, und zwar von gut bis sehr gut bis zu genial«, ist einer von Papas Grundsätzen, die er mir gegenüber ungezählte Male wiederholt hat. Gelingt es einem nicht, etwas zu beschreiben, muss man es erneut (und wieder und wieder) versuchen, so lange, bis man zumindest eine halbwegs gute Beschreibung hinbekommen hat. »Diese Anstrengung ist man sich selbst und der Sprache schuldig«, sagt Papa meistens noch, was sich so anhört, als wäre *die Sprache* eine große Mutter, die man nicht im Stich lassen dürfe, sondern als deren eifriges Kind man sich beweisen müsse.

Schließlich fuhr das Taxi durch große Halden abgesägter, mächtiger Baumstämme, und der Fahrer verlangsamte das Tempo immer mehr, bis er den Liegeplatz entdeckt hatte. Er deutete auf das überdimensionale Schiff, das am Kai lag und gerade beladen wurde, und Papa und ich zogen die Köpfe ein und schauten durch die Fenster des Taxis. Als erstes erkannten wir vorne rechts am Bug den Namen des Schiffes: ALBIREO. Er stand dort wie der Name eines Königreichs, so mächtig und herrschaftlich, dass meine Aufregung überhand nahm und mein Herz stark zu klopfen begann.

Papa fragte den Fahrer nach dem Preis für die Fahrt, dann bezahlte er (umständlich und langsam), und schließlich stiegen wir aus, während der Taxifahrer unsere Koffer aus dem Kofferraum holte und sie am Kai abstellte. Wir stellten unsere Rucksäcke daneben, und der Taxifahrer winkte noch einmal und fuhr davon.

Da standen wir also. Wir standen und reckten die Hälse hoch und lasen immer wieder die königliche Fanfare: ALBIREO! Wir bewegten uns nicht, und als ich einen flüchtigen Blick auf unser Gepäck warf, kam es mir (angesichts der immensen

Größe des Schiffes) so vor, als begännen unsere Koffer und Rucksäcke langsam zu schrumpfen. Ja, wirklich, sie machten sich klein und immer kleiner und sahen schließlich so aus, als schämten sie sich, zu uns zu gehören, oder als hätte sie etwas von der kalten Furcht, die uns gerade befiel, ebenfalls befallen.

Es war der 10. Juli 1967, es war ein heißer Sommertag, der Himmel war glattblau, keine Wolken waren zu sehen – und doch wurde mir plötzlich kalt. Ich hatte eindeutig Angst vor diesem Riesen direkt vor meinen Augen, ich empfand ihn als fremd, nichts, aber auch gar nichts hatte ich mit seinem Königreich zu tun. Nicht einmal *ein* Wort kannte ich, um seine Bestandteile zu benennen, höchstens »Bug« und »Heck« kamen mir in den Sinn, doch die richtigen Wörter, die Fremd- und Fachworte, mit denen man die Glieder seines Reichs bezeichnete, die kannte ich nicht.

Würden Papa und ich dieses Monstrum betreten, würde es uns allmählich verschlingen und gar nicht erst erlauben, mit seinen Einzelteilen Kontakt aufzunehmen. Es bestand aus Eisen und Stahl, damit kannten wir uns nicht aus. Wir waren Witzfiguren, jawohl, nichts anderes waren wir. Dieses weit über menschliche Maße hinausgewachsene und unheimliche Schiff, das gerade Tonnen von Fässern und Eisenringen in seinem Schlund bunkerte, würde sich einen Spaß mit uns machen. Irgendwo würde es uns abschütteln und über Bord kippen, im Golf von Biskaya oder kurz nach Gibraltar, ich ahnte es.

»Was ist mit Dir los?« fragte Papa, »ist Dir nicht gut?« – »Nein«, antwortete ich, »mir ist schlecht.« – »Wieso denn das?« – »Wir kommen mit diesem Schiff bestimmt nicht zurecht, es ist zu groß.« – »Hast Du etwa Angst?« – »Ja.« – »Ach was«, sagte Papa, »wir haben doch keine Angst. Wir freuen uns auf das Schiff. *Albireo* ist ein schöner, klangvoller Name. Für die nächsten Wochen wird die *Albireo* unsere neue Heimat, Du wirst sehen.« (…)

Viele Informationen zum Buch finden Sie unter
www.ortheil-blog.de
Alle Bücher von Hanns-Josef Ortheil finden Sie unter
www.hanns-josef-ortheil.de

Hanns-Josef Ortheil

Die Moselreise

224 Seiten, btb 74417

Im Zentrum dieses ungewöhnlichen Buchs steht das Tagebuch einer Moselreise, das Hanns-Josef Ortheil als Elfjähriger verfasst hat und das erkennen lässt, wie wichtig für den kleinen Jungen schon das Reisen, die Sprache und das Schreiben waren …

»Ein zauberhaftes Kleinod!«
Der Spiegel

Die Berlinreise

288 Seiten, btb 74997

Das zweite Reisetagebuch des jungen Hanns-Josef Ortheil: eine Reise in das geteilte Nachkriegsberlin und zurück an jene Orte, an denen sein Vater und seine Mutter als junges Paar während des Zweiten Weltkriegs gelebt haben …

»Eine wunderbare Lektüre – unterhaltsam, nachdenklich, lebendig und vor allem voller Herz.«
Focus online

btb